他沉沦，他跌倒。你们一再嘲笑，须知，他跌倒在高于你们的上方。他乐极生悲，可他的强光紧接你们的黑暗。

——尼采

自序

我的宇宙

2015年，《心理罪》系列小说第一季的收官之作《第七个读者》首次出版时，从未给自己的作品写过序的我，用一篇《命运光轮》作为这本书的序言。时隔7年，方木的故事仍旧在市场上长销不衰，并且，又将有装帧更加精美、内容更加丰富的新版《心理罪》面世。所以，我还想说点什么。

走上写作之路纯属偶然。即使由现在的我回望2006年4月的那个下午，仍然不知道是什么样的力量驱使我在空白word文档上敲下“第七个读者”这几个字。最初，我只是把文字当作自己与世界交流的方式，甚至是打算束之高阁的自言自语。然而，当方木这个人物引起越来越多读者的关注时，我才发现，他势必会离开我一厢情愿的约束，迈动双脚，走到阳光之下。

的确，是我赋予他生命，并任由他在纸面上横冲直撞。每当一位读者看到他的故事，并愿意接受他成为记忆中的一部分的时候，就会有一个全新的宇宙对方木打开。他就活在你们的世界里，和你们呼吸同样的空气，沐浴同样的阳光。

说实话，我很嫉妒方木。他可以自由穿梭于不同的头脑中，并在那些世界中被描绘成各种模样。他既可以徜徉于江南烟雨中，也可以跋涉在东北风雪里；既可以向弱者伸出援手，也可以对恶龙拔出利剑。方木是跨越了15年时空的存在，而我，只能做自己的囚徒。

很不甘心。因为，我也想去那些宇宙去看一看。

是的，宇宙。

彼此独立，茁壮生长，在相互碰撞的一瞬间，会爆发出璀璨的光芒。

同时，会不会又诞生出一个新的宇宙呢？

我曾经说过，我是一个不会保持沉默的人。只要还有话想说，我就不会停止去敲击键盘。即使在这彻底改变我的生活的5年中，我也没有放弃写作的想法。只要你们还在等，我就一定会回来。因为，我真的想做一个可以写很久的作者。因为，文字是我的堡垒、我的盔甲。我可以勇敢地做一个小小房间中的堂吉诃德，面向那些看不见的风车。文字永远具有治愈的力量。它是我和现实世界之间千丝万缕的联系，也是灵魂的栖身之所。更何况，在我身后，还有他们。

方木。邰伟。米楠。邢璐。边平。韩卫明。赵大姐。魏炯。岳筱慧。顾浩。苏琳。姜庭。姜玉淑……

以及，其他可能出现在你们宇宙中的人。

那里浩瀚无垠，充满未知，也充满各种可能。那些令我，也令你们意难平的人，实在不应该在某个时空中沦为无名之辈。

没错。我不会让他们沉睡于那些世界中。折叠空间也好，穿越虫洞也好，他们一定会跨越宇宙的边界，来到我的身边，来到你们的身边。

这是我的野心，也是命运中的必然。叹息之墙并非牢不可破。当他们在空中听到异样的声响，那座桥梁已经慢慢浮现出形状。

如果你想看到米楠和岳筱慧一同出现在犯罪现场；

如果你想看到邰伟和顾浩在二十年后对坐而饮；

如果你想看到赵大姐和姜玉淑在晾衣绳的两侧打开同一面床单；

如果你想看到方木和苏琳在深渊的边缘彼此凝望……

欢迎你来到雷米的宇宙。我的宇宙。

2021年7月　于沈阳

初版自序

命运光轮

2006年，你在做什么？

七忆凉：爸妈闹离婚，爸爸是刑警，容易得罪人，那一阵天天有恐吓电话打来家里，后来整天拔电话线，严重时半夜有人按门铃骂人。我快中考又开始叛逆，其实心里看这种状况着急，无力解决，又不好意思表达出对父母的爱。2006年是我从小到大最不开心的一年。

云之不哭死神：那一年大二升大三。考德语四级。看世界杯。电话门爆发，国米从此翻身。向大学里爱过的一个女孩表白。

依帆乐乐：在谈这辈子最刻骨铭心的一场恋爱。

文保保：马上要参加工作了，平安夜坐在开往深圳的火车上。

Kirara610：2006年母亲重病，辗转在上海各大医院；我严重耽搁了学习，甚至还挂了科；和男友也感情不顺分手。那时我常常低烧不断，每天觉得天空都是灰的。

aliceayres7：大一，复读之后的第二志愿。失眠，焦虑症确认第三年。跟朋友去了云南和四川，人生第一次意义重大的自助游。

莫洛molo：还在读高一，刚分的文理科。在最顶楼的教室，落地的窗户，每天晚自习感觉都很漫长，隔几天就偷偷在语文课上换课外书。

我真的是刘冬：初三。因为搬家了，而我留在那里等初中毕业，没有父母管教，我变得爱对老师撒谎。那一年的自己很懦弱，没有主见。

j45PEr：大二，《心理罪之画像》里的大学，刚刚交了女朋友，每天晚上骑自行车从南校到白医大和她一起看星星。

翩竹：大二，母亲住院中，尝试兼职&写作，风格最黑暗期。

虫××：从高二到高三。参加艺术高考。看很多电影和书。

2006年6月，我在一份空白文档上敲下几个字：第七个读者。

7年前，我并不知道这几个字对我意味着什么。那时候，没有雷米，没有《心理罪》系列，有的只是一个在脑海中萦绕了几年的故事。1999年，我在东北师大的图书馆里借书，填写借书卡的时候，看到此前借书者的名字，心中突然涌起一种异样的感觉——原本毫无交集的几个人，在完全不知情的情况下，因为一本书，出现在同一张卡片上。

随之而来的是另一个念头：如果用一件事把这些人缠绕在一起，会怎样?

方木这个名字和《第七个读者》的故事第一次出现在脑海中，始终盘桓，不停缠绕，直到2006年6月。

它像一个魔咒，不断地霸占我的生活。2001年在吉林大学的图书馆看到《疑嫌画像》这本书，于是有了《画像》的故事；2004年去本溪水洞，于是有了《暗河》的构想。写出这个故事，然后让方木在纸上站起来，似乎成为我必须做到的一件事情。

令我感到意外的是，我做到了。

它是那么粗糙、简单、不加修饰地被呈现出来，带着某种狂妄和鲁莽的质感。更让人意外的是，它让我的生活从此发生了翻天覆地的变化。比如说，我有了你们——我始终对之充满感激的读者。

感谢你们能喜欢这样一个粗鄙的故事。

感谢你们能期待这样一个神经质的主人公。

感谢你们能宽容这样一个拖沓、顽固的作者。

感谢你们能在漫长的7年中，始终关注我和方木的故事。

感谢你们肯让《心理罪》系列小说成为你们记忆的一部分。

感谢你们能相信勇气，相信善良，相信责任，相信牺牲的价值。

感谢你们，能让我拥有你们。

所以，我觉得，我应该做点什么。为了你们。因为我始终觉得，人和人的相遇一定是有原因的。就像我问你们的那样：2006年，你在做什么？

也许，我们在同一时间，做一件足可以改变人生的事情。

于是，我要把它呈现给你们——《第七个读者》。

它是方木和《心理罪》系列小说的源起，也会牢牢咬住《城市之光》渐渐拉长的背影。正因为如此，《心理罪》会形成一个环，宛若笼罩在我们身上的命运光轮，踏上它，可以毫无顾忌地奔跑下去。

循环往复，一直生长，永无止境。一如我和你们。

说说这本书吧。完成初稿那天是2013年11月中旬，阳光明媚，空气寒冽。我仿佛放下了一个背负已久的重担，出门，在外面漫无目的地走。其实，已经有某种东西悄然离开，只是在此后几天，我对之毫无觉察。直到某天清晨，我步行去上班，路过一座桥，桥下是一条横贯城市的河流。

我走着，看着尚未冰封的河面，以及在水中摇曳的水草。

巨大的伤感猝然袭来。

如同《城市之光》的尾声：我想你要走了。

你要告别了

故事都说完了

你要告别了

你会快乐

你会快乐

你会……

我意识到，该对他说再见了。It's time to say good-bye.

这个陪伴了我7年的人，这个孤独、倔强的人，这个燃起你们的热血，又为之痛哭的人，挥起残缺的右手，对我说再见。

在燃烧生命至绚烂的顶点时落幕，未尝不是最好的选择。更何况，我和他都不是喜欢告别的人。

再见。好吧。至少有再见的可能。

在或远或近的未来。

在这本书里，我对《第七个读者》进行了修改和补充。也许会有老读者觉得陌生，那么，请原谅我这个固执和苛刻至病态的作者。

如果你早已熟知方木的种种，并且一直在等待这本书的话，相信你会和我一样，感慨命运的心血来潮和反复无常。

一定会有人问我，这本书是不是《心理罪》系列的终结，抑或，还会不会有方木的故事？我只能说，到目前为止，关于方木，关于《心理罪》，想说的话我已经说完了。至于未来，我说不清楚，也无法掌控。方木已经从纸上站了起来，游离于空气与阳光下。我是他的创作者，但再也无法决定他的命运。我期待着，有一天，他会回来，对我说，嗨，雷米，想听我的故事么？

其实，我很想念他。

对于你们而言，请不要纠结。我永远不会是一个甘愿沉默的人。只要我依旧同情、哀伤或者愤怒，就总会有话要说。如果你们曾坐在老式电影院里，就会有这样的经历：影片戛然而止，放映师慢条斯理地更换下一卷胶片……

倘若如此，你们一定会和我一样，静静地坐在黑暗里，凝视着近在咫尺的光明。

目录

第三章 027

动机

这一切如此逼真地出现在方木的眼前，他几乎要顺着那紧攥着绳套的双手望上去……

忽然，水管里传来一阵轰鸣声，那声音仿佛一个被勒住脖子的人在垂死挣扎时的呻吟。

第四章 037

天台

丁树成看着死者的头部。那是一张曾经秀丽，此刻却破碎不堪的脸，口和眼半张着，一副微微惊讶又欲言又止的样子。

你要告诉我什么呢？

047 第五章

挚爱

傍晚的时候，男孩突然醒了。他猛地坐起身来，惶恐无比地四处张望着。女人被男孩突如其来的动作掀到一边，又是惊讶又是好笑。

“你怕什么，家里只有我们两个。”

第六章 053

回魂夜

祝老四终于回过神来，颤巍巍地轻声说：“佟倩，是你么？”

对面的黑影之一发出一声震耳欲聋的尖叫，随即悄无声息地瘫倒了。

063 第七章

雪雕

男孩以一种奇怪的姿势跪伏着，头顶着地面，两只手软软地垂在身侧。他的头部和身-上到处都是碎冰块，脖颈后面插着一支晶莹透亮的冰凌。

不，我在胡思乱想。停止这些疯狂的念头。马上停止！

老爸大为紧张起来：“不舒服就赶快说，严重了就来不及了。”

来不及了。

方木看着他，心底一片冰凉。

死亡借书卡。

是因为我。

陈希、祝老四、王建——他们的死，是因为我。

“出来……出来啊……”方木的喉咙里全是滚烫的烟尘，他尽量躲避着炽烈的火苗，声嘶力竭地喊着。

寝室中央的一团焦黑中，一只眼睛缓缓睁开，即使在耀眼的烈火中，那只眼中的光芒依旧清晰可辨。

从今天开始，从这一刻开始，这本日记就只为你写，我的涵。我要记下我们所有的点点滴滴，我要把这本日记本的每一页都写满。在此之前，我要向你保守这个小小的秘密。我的涵，我要看见你脸上惊喜的样子。

那是一把烟迹斑驳的大号军刀，塑料刀柄已经被火熔掉了一部分。

看到这把刀，方木立刻回忆起被它顶在脖子上的尖锐痛感。

其实，你跟我是一样的。

引子

回忆

我睡了多久?

现在探讨这个已经没有意义了。我不情愿地睁开眼睛，立刻感到鼻腔里充满了各种可疑的气味。我吸吸鼻子，分辨出康师傅红烧牛肉面、大葱、肯德基新奥尔良烤翅、劣质白酒、豆瓣酱以及一些刚刚脱掉的鞋子的味道。

中国的火车永远是这样，像一个营业到很晚的食堂，而这个食堂出售的总是隔夜的食物，不管你是否喜欢或者接受，都不得不咽下去。在闷热、潮湿的车厢里，那味道就像有质感的雾一样，厚厚的，黏黏的，蒙住你的眼睛。

我拧开一瓶矿泉水，一口气喝了小半瓶，然后慢慢地从口袋里拿出眼镜戴上——眼前的事物也清晰起来。

坐在对面的，是一个表情麻木的中年男人。他穿着厚实的大衣，手里紧紧抓着一只黑色革制皮包（双手布满皱纹，粗糙不堪）。脚上的皮鞋布满灰尘，且裂了口子，而它的主人，正用一种近乎呆滞的目光，茫然地盯着行李架上的包裹。他旁边是一个年轻的女孩，穿着普通，长相平平，闭着眼睛听MP3（国产货，用了很久了）。我左边是一个和我一样伏案入睡的老妇，一丝涎水顺着嘴角流下，在桌子上留下闪闪发光的一摊。这一切很快让我兴味索然。我收回目光，扭头看向窗外。

这是一个初春的日子，天气阴霾。火车刚刚经过的地方是一片荒凉的土地，没有想象中的勤劳的农民在春播，连头牛都看不见。窗外偶尔晃过几间低矮的平房，能看见一些穿着厚厚的棉袄的孩子在门前玩耍。我无从知晓他们的游戏，却能感受到在春日里蓬勃迸发的快乐。

那是与我无关的情绪，尽管我很想投身其中。

“对不起，”我拉住一个费力穿过人群的乘务员，“什么时候能补卧铺票？”

“等会儿吧，没看见现在这么忙么？”脸庞宽阔的女乘务员不耐烦地说道，“真烦人，春运都过去了，还这么多人。”她看着车厢里攒动的人头，眉头紧锁。

那些人挤在一起，都带着嫉妒与怨恨的表情看着那些安坐在座椅上的人。在更多的时候，他们会像鹰隼寻找猎物一样四处寻找着，试图找到一个即将下车的旅客，然后迅速挤过去，把那几十厘米宽的空间据为己有。

我的目光落在我斜前方的两个人身上。

那是一男一女。女的坐在靠窗的位置，男的坐在她身边，趴在桌子上，似乎在睡觉。女的年纪不大，看样子像是个在校学生，脸上带着惶恐和羞愤的表情，不时轻推一下身边的男人。那男人每每被推开一点，又顽固地重新贴过去。

我注意到男人的肩膀在微微地动。

我皱皱眉头，开始感到身上发热。

女孩尽力躲避着，同时不住地向四处张望，似乎期盼能有人前来解围。然而，周围的乘客只是扫了一眼就别过头去，没有人回应女孩的目光，更没有人出手阻止男人的动作。大家都沉默着，好像保守着一个心照不宣的秘密。

男人的肩膀抖动的幅度越来越大，女孩的眼里开始有泪光闪烁。

我站起来，走到那个男人身边。马上就有人坐到我的位置上，还舒服地吁了口气。

“哎，哥们儿，”我拍拍那个男人的肩膀，“换个位置。”

我指指我的座位。

男人立刻抬起头来，脸上是狼狈的表情：“什么？”

“我说换个位置。”我平静地看着他。

男人的表情迅速由狼狈变为凶狠。他卷起嘴唇，低声说道：“别管闲事。”

“过去。”我向身后摆摆头，“现在。”

男人怔怔地看着我，周围的人也看着我。我微笑着看着他。

几秒钟后，他站了起来，我注意到他比我高点，大概1.8米的样子。我把背包扔在桌子上，坐了下去。

周围的人也活动起来，大家好像都松了口气。男人则气哼哼地抱着肩膀，不时恶狠狠地瞪我一眼。有人好奇地打量着那个女孩，也有人盯着我。我对那些目光没有兴趣，低下头，向后靠坐在椅子上，闭上了眼睛。

过了一会儿，感觉有人在轻轻拉我的胳膊。我睁开眼睛，身边的女孩冲我不好意思地笑了笑，递过来一张纸条，上面写着：谢谢。

我笑笑，算是回答，重新闭上眼睛。

我又睡着了，直到有一个人粗暴地把我摇醒。我费力地睁开眼睛，是那个乘务员。

“九号车厢补卧铺，快点。”

我应了一句，同时感觉到车速在减慢，应该快到下一站了。

我站起身，伸了个懒腰，拿起我的背包。

那女孩看着我，恐惧似乎又回到了她的眼睛里。

我犹豫了一下，转身走到那个男人身边。那家伙正低着头闭目养神。我俯下身，轻声说道：“你到站了，下车吧。”

男人似乎吓了一跳，本能地答道：“没有啊，我去A市。”

我懒得再说，冲他挥挥手：“到了，下车吧。”

男人的脸由红变白，终于被彻底激怒了。他跳起来，伸手去拽我的衣领。

我挡开他的手，另一只手径直卡住他的脖子，把他牢牢地按在座椅上。

“要么自己下车，”我盯着他的眼睛，“要么我把你扔下去。”

男人的双眼圆睁，因为窒息而微微充血。旁边的旅客纷纷起立避让，很快，在我和他的周围空出一片不小的空间。

我知道，此刻的我一定面目狰狞。脸上纵横交错的伤疤扭曲起来，让我宛若几欲食人的恶鬼。

男人害怕了。因为脖子还被我卡着，他说不出话来，只能连连点头。

我松开手，撤下压在他腿上的膝盖。男人瘫软下来，连连咳嗽。随即，他看也不敢看我，勉强站起来，一边揉着喉咙，一边伸手从行李架上拽下一个拉杆箱。

此时列车已经驶入车站。男人飞快地挤进急着下车的人群，直至走到站台上，才回头给我怨恨的一瞥。

夜深了。

我睡不着。整个卧铺车厢的人都在此起彼伏地打着鼾，而我独自坐在车窗边，看着漆黑一片的窗外。列车平稳而快速地前行，不时有规律地震动。车厢里暗暗的，只有车厢连接处还亮着一盏昏黄的灯。窗外的夜色浓黑如墨，似乎隐藏着未知的命运，只是它对我的诱惑已不在。此时此刻，我最不愿意去想的，就是未来。

右手的中指又有些痒痛，这也许意味着列车经过的地方春雨将至。我轻轻抚摸着仅剩半截的手指，能清晰地感觉到断指末端虬结的伤疤。它似乎是一个印记，将我和过去分割开来。

列车门开了，两个模糊的身影走了进来，一个是列车员，另一个看不清，但能分辨出是个女孩——大概是刚刚补票的乘客。列车员把那女孩带进一个包厢，嘱咐了几句就打着哈欠离开了。那女孩窸窸窣窣地把行李安置在铺上，拿着一个杯子，走出来张望了一下，就向我走了过来。

“是你啊。”

我抬起头，是白天那个女孩。

“哦。”我不想说话，随口应付道。

女孩从我脚下的保温瓶里倒了杯水，拉下座椅，在我对面坐了下来。

“你在看什么？”女孩向窗外望了望，扭头问我。

“没什么。”我垂下眼皮。

长时间的沉默。但是我知道，女孩一直在盯着我。

“对不起，”良久，女孩又开口了，声音低缓，“能问问你的职业么？”

“你为什么想知道这个？”我抬起头。女孩的脸隐藏在昏暗的光线中，只能看见她的双眼闪闪发光。

“我只是……很好奇。”女孩有些不好意思，“如果你不愿意说的话……”

“我曾经是警察，曾经。”

“哦，怪不得。”女孩兴奋起来，上身向我倾斜，“那你一定……”

她在自己的右手和脸上比画了几下，随即就觉得不妥，略显窘迫地看着我。

我无声地笑了笑。

“没关系。”

女孩放松下来，好奇心也被重新点燃。

“反正也睡不着，”女孩手握着杯子，双眼紧紧地盯着我，“你给我讲讲你的故事吧。”

我看着她，突然觉得她的眼睛很像我曾经认识的一个人，单纯、懵懂、清澈见底。

故事？我拿出一支烟，却没有急着点燃。好吧。

在这个深夜的车厢里，我将把那些故事讲给一个陌生的少女听，也许这不是故事，而是一段回忆。然而，回忆往事并不总是一件令人开心的事情。如果可以，我宁愿它们没有发生。也许，吴涵、孙普、杨锦程、肖望、江亚，以及那些牢牢占据着我的记忆的人，你们都希望它们没有发生。

可是，该从哪里讲起呢？

第一章

夜行者

1999年，方木21岁，C市师范大学三年级学生。

9月的夜晚，天气已经很凉了。

这座北方城市正展现出一派肃杀景象。风一阵紧似一阵地刮着，遍地可见飘落的枯叶，踏上去，有轻微的粉碎的声音。校园里零星点缀的路灯也仿佛比往日暗了许多，无力地在脚下投射出昏黄的光圈。一个卖茶叶蛋的小贩靠在灯柱上，守着一个行将熄灭的火炉，脚尖无聊地在地上来回蹭着。除了几对散步的情侣，校园内罕有人迹。相对于白天的喧嚣，此刻的师大显得安静无比。

铃声在各个教学楼内骤然响起。下晚自习了。小贩也直起身来，手忙脚乱地把炉火捅旺。几分钟后，成群的学生从自习室里涌出。他们缩着脖子，迎着秋风，大声谈笑着向各自的宿舍楼走去。不时有人互相追逐、打闹，偶尔还传来一阵阵善意的口哨声。女孩子们微红着脸从成群的男同学中穿过，个别胆大的，还回头望望吹得最响的男孩子，这马上就会引来一阵更大的哄笑声。校园里正呈现出一天里最后的热闹景象。

二舍是一栋男生宿舍，也是这所大学里最破旧的一栋。根据校史的记载，二舍建于抗战时期，是日本人所建。不得不承认，鬼子的东西质量比较过硬，五十多年来，这座老楼始终矗立于校园，除了有点潮湿，仍然很坚固。而潮湿也不见得是件坏事情，前几届毕业的学生笑谈，这座楼永远不可能发生火灾，人为去放火都点不着。旧虽旧，在住这宿舍的男生眼里，二舍却是个金不换的地方，因为上面来检查卫生的时候，学校永远不会把检查团领到这个楼里，男生们也乐得清闲。在这个到处是垃圾、啤酒瓶子、老鼠的楼里，一群没心没肺的男生快快乐乐地生活着。

晚上11点半熄灯之前，是二舍最热闹的时候。大家趿着拖鞋，搭着毛巾，端着脸盆，穿梭于公共盥洗室和宿舍之间。走廊里是淡淡的烟味和随处可闻的爽朗的脏话，不时有人趁着对方埋头洗脸的时候在裆里抓一把，引来一阵大声的笑骂。

352寝室里，一个男孩正用一块毛巾用力地擦干头发。擦着擦着，他吸吸鼻子，忽然把毛巾凑到鼻子前闻了闻。

“靠，我的毛巾怎么有股咸菜味？”

另一个正坐在桌前吃方便面的男生笑了起来：“哈哈，今天下午老四好像用你毛巾擦脚来着，”他咽下一口面，“这厮当时刚踢完球。”

男孩啪的一声把毛巾摔回盆里，拉开门，冲着卫生间的方向大喊：“祝老四，你他妈是猪啊？”寝室里的几个人哄然大笑。

几秒钟之后，一个嘴里含着牙刷的胖子冲了进来：“谁啊，靠！”

男孩抖着毛巾不说话。胖子尴尬地笑笑：“呵呵，六弟啊，不好意思啊。”

男孩说道：“不好意思就完了？我的头发白洗了，一股咸菜味。”

“那正好啊，老二不在吃方便面么，你把毛巾在他碗里涮涮，省得他就咸菜了。”

“死胖子！”男孩冲上去作势要揍他，祝老四笑着躲出去：“不能怪我啊，谁让你那毛巾跟我的毛巾颜色这么像。”

“你去死，我的毛巾是蓝色的，你那毛巾原来是白的！”寝室里又哄笑开了。

老六抓抓头发，把手凑到鼻子前闻闻：“靠，这么着吧，明天再说。”

他飞快地脱掉身上的衣服，随手拿起枕旁的一份《体坛周报》，钻进被窝里翻了起来。寝室里几个人看书的看书，听歌的听歌，静等着熄灯。

忽然，门被推开了，一个小个子男生钻了进来。他的手里端着一个不锈钢饭盆，直奔摆在窗下的暖水瓶。拿起一个，摇了摇，空的，拿起另一个，还是空的。

“靠，你们寝室怎么这么懒啊，开水都没有，赶快下去给我打一壶，不，两壶，我吃完面还要泡脚！”

众男生异口同声："去死——"

老六放下报纸，笑着对他说："我这儿有开水。"

小个子马上凑过来。老六掀起被子："就是不太热，36.8℃，你要不要？"

小个子冲过来猛掐老六的脖子。老六嬉笑着躲开，一个反手把小个子摁在床上。

"非礼啊！"小个子夸张地大喊。寝室里另外几个人见势也来凑热闹，冲过来压在小个子身上。

小个子连连求饶："停，停，再按屎就出来了！"老六急忙说："别闹了，我今晚还得在这床上睡呢。"几个人笑着松开了他。小个子哎哟哎哟地爬起来："娘的，面吃不成了，朕去出恭——方木，给点卫生纸用用。"

老六笑骂道："靠，周军你他妈连卫生纸都没有啊？"说罢，他伸手从枕头边拿起半卷纸扔给他。周军接过纸，却不走，坐在方木床边和另外几个人闲扯。

方木不耐烦地踹踹他："你还不赶紧去，待会儿熄灯了！"周军一本正经地说道："等会儿的，现在感觉不强烈。"正在上铺看书的老五说："周军你这厮就是怪，别人都是早上起来上大号，你偏偏晚上去，晚饭能完全消化么？"

周军马上来了精神："这你就不懂了，晚上临睡前大号是最健康的，你想啊，那么多污秽之物在你肚子里焐一宿，对身体有多大危害啊！"

方木撇撇嘴："胡说八道。每次都熄灯后去厕所，黑灯瞎火的，也不怕遇见鬼。"

"嘿嘿，怕什么！遇见男鬼就跟他干，遇见女鬼就跟她睡！"

"睡你个头啊，小心精尽人亡！"

男生们正在打闹，灯“刷”的一下熄灭了，寝室里顿时陷入黑暗之中。正在看书的人不约而同地“啊”了一声，随即就听见窸窸窣窣的钻进被窝的声音。

周军站起来，一本正经地说道：“朕回宫了。喝点水，到厕所找女鬼去。”

“呵呵，滚吧。”

周军摸黑捶了方木一下，大笑着拉开门走了。

老大拧亮手电，在寝室里晃了晃：“都回来了吧？老六，插门去。”

“靠，又让我去！”

“少废话，谁让你小子离门最近，快去！”老大笑骂道。

方木不情愿地离开温暖的被窝，跳下床，跑到门旁把门插好，又飞快地跑回床上。

钻进被窝的时候，他扫了对面的床铺一眼，上铺空空的。

“哎？吴涵还没回来呢。”

“老三今天值班。”

大家沉默了一会儿，有人轻声问道：“三哥今年还考基地班么？”

“不知道。”老大闷声闷气地说道，“老三也真够倒霉的，明明上了分数线，莫名其妙地就被拿下来了。”

“估计他还要考，”祝老四翻了个身，“我刚才回来的时候，还看见他在值班室背单词呢。”

方木想了想，问道：“老三的学费还没交齐么？”

祝老四说：“早着呢，好像还差4000多块钱。”

方木不作声了，缩在被窝里想事。

法学院有一个比较特殊的班级，对外称为基地班，说穿了，就是本硕连读班。在这个班里就读的学生，修满本科学分后，可以直接攻读硕士研究生。高考录取时，这个班级的录取线要比法学院的其他班级高很多。当然，班级内竞争也是很残酷的，按照法学院的要求，每年期末都要通过考试淘汰百分之十的学生。被淘汰的学生分到其他普通班级。相应的，普通班级的学生也可以通过考试进入这个基地班。吴涵参加了这学期的考试，从成绩上看，进入基地班十拿九稳，然而，最终的结果仍是名落孙山。更让人不解的是，几个成绩远逊于他的同学却顺利就读。学院的解释是吴涵的外语口语不够好。这显然只是个借口。寝室里的哥们儿都撺掇吴涵去找学院讨个说法，奇怪的是，吴涵似乎对此并无过多怨言，消沉了几天之后，就开始全力准备下次考试。

吴涵来自北方的一个山区，出身农户，家境贫寒。改变命运的唯一途径就是读书。和他同处一室的三年中，方木明显感觉到吴涵的要强性格，以及比其他同学坚韧得多的意志。

也许，三哥想用过硬的成绩证明一切吧。

想着想着，方木感到眼皮越来越沉……

蒙眬中，对门351寝室的门响了，有个人哼着歌走了出来。听到他的声音，方木却一下子精神了，他半坐起来，冲着门外大喊一声："精尽人亡！"

歌声戛然而止，随后就听见周军的声音："呵呵，傻×。"

寝室里还没睡着的人嘎嘎地笑起来。

周军在门上踢了一脚，随后，踢踢踏踏的拖鞋声渐渐消失了。

一切重新归于安静。

寝室里的人慢慢地进入梦乡，此起彼伏的鼾声渐渐响起。窗外的风还在刮着，不时有枯叶旋转着撞在玻璃上，然而没有人听到这细微的声音，六个人，不，五个人，如往常一样，在这个零乱破旧的寝室里沉睡着。

整栋宿舍楼都笼罩在一片寂静之中。狭窄潮湿的走廊里空无一人，只有一只老鼠跑跑停停，溜着墙根寻找着可吃的东西。走廊两侧紧闭的一扇扇木门默默无语，仿佛一只只独眼在窥视着这小小的夜行者。

忽然，这夜行者停下了脚步，小小的耳朵警觉地竖起来。很快，它就掉转身子跑掉了。

你听到角落里沉重的呼吸声了么？

方木惊醒了，确切地说，是被吵醒了。他费力地睁开眼睛，发现寝室里空无一人，只剩下颜色统一的被子凌乱地堆在床上。

咦，今天这帮懒鬼怎么如此勤快？

方木正在奇怪，就听见走廊里已是喧嚣一片。他戴上眼镜，坐起来伸个懒腰，穿上拖鞋，拉开门走了出去。

呵，好壮观。

好像整个二舍的人都集中到这条走廊上。大家的穿着各异，有的穿着晨跑的运动服，有的披着被子，还有的干脆只穿着内裤。但是每个人的表情都是一致的——看着厕所的方向，一脸恐怖。

方木也向厕所望去。宿舍管理员孙姨正手扶门框，探头探脑地向里面张望着。在她旁边，351寝室的老大靠墙站着，浑身筛糠，眼神发直，看起来随时都有可能瘫软在地。

方木在人群中看到了祝老四，他拉拉祝老四的胳膊：“怎么了？”

祝老四回过头，瞪着方木，却说不出话。

“到底怎么了，厕所又堵了？”方木看看四周的人群，“又不是第一次，不至于这么激动吧。”

351寝室的老六扭过头，轻声说：“好像是周军，死在厕所里了。”

第二章

调查

在师大保卫处混了这么多年，处长陈斌还是第一次遇到这种事情。

自从被副校长的电话从被窝里拎出来之后，陈斌已经马不停蹄地忙活了大半个上午，接待公安局勘查现场，安抚学生，向校领导汇报。好不容易喘口气，正想去食堂弄个馒头啃啃，保卫处就打电话让他快回去，说是市局经文保处来人了。

一个与他年龄相仿的男子坐在桌旁，一脸疲惫。之前赶到的市局刑警正在向他汇报刚才现场勘查的情况。男子垂着眼睛，面无表情地听着。看到陈斌进来，男子抬起头，上下打量着他。一旁的保卫处干部忙不迭地介绍："这是我们处长陈斌。这位是市局经文保处的处长邢至森。"

陈斌矜持地点点头。邢至森没有站起来的意思，只是微微颔首，算是打过了招呼。

先期赶到的干警很快就把初步调查的情况介绍完毕，邢至森听后，半晌没有说话。一时间，保卫处办公室内一片静默。陈斌有点尴尬，清清嗓子说道："发生这样不幸的事情，我们校方感到十分痛心，这说明我们的校园保卫工作做得还很不够，校长已经责成我们积极配合公安部门工作，争取早日破案……"

没等他说完，邢至森就站了起来："去现场看看吧。"

五分钟后，邢至森站在男生二舍门前，上下打量着这座年代久远的建筑。

木质窗户。红色的砖墙。上面还能隐约看见斑驳的"无产""革命"之类的字样。邢至森看着一楼窗户上的铁护栏，想了想，抬腿走进了二舍。

一进门，面前是一段五级台阶。正对着楼梯的一面小黑板前，一个身材瘦削、高挑的中年妇女正在黑板上写着"221某某某领取邮包"之类的告示，字迹娟秀，邢至森不由得多看了两眼。那个中年妇女也听见了身后的动静，回过头来，刚要开口发问，就看见了陈斌。

陈斌朝她挥挥手："他们是公安局的，来看看现场。"

中年妇女"哦"了一声，回过头在黑板上继续写着。

"这是二舍的管理员孙梅，"陈斌回头对邢至森说，"昨晚值班的就是她。"

邢至森立刻停下脚步，转身面对孙梅。

"你现在有时间么？"

孙梅显得有点紧张，点点头："进去说吧。"

一行人进了值班室，本来就不大的空间显得更加狭窄。

邢至森似乎并不急于提问，而是来回打量着值班室。

值班室是一个长方形的房间，大约有7平方米。左侧墙角放着一张床，右侧的墙上开着一个小窗户，窗下摆着一张桌子和一把椅子。空间虽小，可是收拾得干干净净。

邢至森注意到左面的墙上开着一道门。"那里是？"他指指那道门。

"哦，那是学生值班员休息的地方。"孙梅说。

邢至森走过去，推开那道门，里面是一个狭小、细长的房间，没有窗户，只有一张床。

邢至森把门带好，转过身，这才发现孙梅还一直站着，他做了个向下的手势："你坐你坐。我们就是来了解点情况。"

孙梅看了陈斌一眼，退到床边坐下。

邢至森在桌边的椅子上坐下："在这里工作几年了？"

"五年。"

"一直在这里？"

"嗯。"

"学生好管理么？"

"还行。这楼里都是男学生，平时也有个别淘气的，不过总体上还算老实。”

“宿舍楼几点锁门？”

“10点半。”

“锁门后，还有可能进人么？”

“绝不可能。”孙梅的声音一下子提高了，同时不安地看看陈斌。

邢至森微微笑了笑：“你别紧张。那么，学生如果回来晚了怎么办？”

陈斌在一旁插话说：“如果学生在关寝后才回来，需要向保卫处说明情况，然后由我们的夜间值班干部带回宿舍楼。”

邢至森点点头：“也就是说，凶手只能是昨晚在楼里的人？”

陈斌一时语塞。

这时，值班室的门被推开了，一个瘦瘦的男生大步闯了进来，边走边说：

“孙姨，二楼有几个窗户……”

话没说完，男生就发现屋子里站满了人，吓得赶快闭上嘴。

“二楼的窗户怎么了？”邢至森望向他，目光一下子变得专注，“你别怕，慢慢说。”

男生看看邢至森，又看看陈斌，一副欲言又止的样子。

陈斌不耐烦地说：“让你说你就说嘛。”

男生低声说：“孙姨说，也许是外面的人干的，让我上去看看二楼的窗户是不是都关好了。我刚才上去看了一下，二楼两侧的厕所里，有几个窗户是坏的，关不上。”

陈斌急了，扭头瞪着孙梅：“我不是说过了么，什么都不要动！”

孙梅满脸通红，不敢抬头。

邢至森朝旁边努努嘴：“小丁，去看看。”

姓丁的警察应了一声，和两个保卫处的干部拉开门走了。

邢至森看看手足无措的男生，开口问道："你叫什么？"

男生的脸色有点发白："吴涵。"

陈斌忙介绍说："这是勤工俭学的学生，昨晚负责值班。"

邢至森"哦"了一声，继续问道："昨晚熄灯后，你在哪儿？"

"就在这里，"他指指孙梅，"跟孙姨聊天，后来，就进去睡觉了。"

"嗯，我可以做证。"孙梅抬起头来，看到所有人都把目光投向她，吓得又埋下头去。

"那你呢？"

"我？打毛线，听广播，一直到5点。"

邢至森点点头，眉头微微蹙起。

这时姓丁的警察回来了，他边拍打着身上的灰，边说："没错。二楼厕所的确有几扇窗户坏了，关不上。我已经让局里来人勘验了。"

陈斌的脸色很不好看。"跟你们说过多少次了！"他指着孙梅，嗓门很高，"门窗坏了要及时修理，不要给坏分子可乘之机。你看看，现在出事了……"

"算了，"邢至森站起来，"去案发现场看看吧。"

现场位于男生二宿舍三楼走廊左侧尽头的厕所。这是一个公共卫生间，分里外两间，外间为水房，里间是厕所。厕所总面积在20平方米左右。左侧是小便池。右侧是大便池，一共四个蹲位，中间用三个高约1.5米的水泥墙隔开。一个警察用手指了指最里侧的隔间："死者是在第一个蹲位被发现的。"

邢至森走上前，这是一个1平方米左右的半封闭空间，潮湿污浊，没看见明显的血迹。

"现场勘查完了？"

“是的，死者的死因为机械性窒息，初步推断为他杀。现场勘查报告和尸检报告下午就能出来。”

邢至森点点头，看了看水泥墙，转身出了厕所。

回到走廊里，邢至森看了看两边排列的寝室，转头问陈斌：“第一个发现尸体的学生在哪儿？”

陈斌说：“那个学生还在寝室里。他有点吓着了，请了假在宿舍休息。”

邢至森摆摆手，示意他带路。

一行人来到351寝室门前。陈斌敲敲门，里面传来一个男声：“谁啊？”

“保卫处的，开门。”

“哦，等等。”

门很快打开，一个脸色煞白的男生站在门口：“请进吧。”

几个人鱼贯而入，几乎每个人走过男生身边都会上下打量他一番，男生看起来更加紧张了。

邢至森走到寝室里唯一一张桌子前，伸手拉了把椅子坐下，看见男生还站在原地，微笑了一下，挥挥手：“你也坐啊。”

男生答应了一声，走到一张床前，小心翼翼地坐下。

“你叫什么名字？”

“孙庆东。”

“是你第一个发现死者的？”

“是的。”

“讲讲当时的情形吧。”

孙庆东咽了咽唾沫，皱皱眉头，似乎很不愿意回忆起那一幕。

昨晚11点半左右，室友周军去了厕所。之后不久，孙庆东就睡着了。

今天凌晨1点左右，孙庆东起床上厕所，睡眼惺忪的他似乎看见周军还蹲在厕所里。孙庆东随口说了句“你还没拉完啊，不怕脱肛啊”，也不记得周军是否回应，就回寝室睡觉了。早晨5点半，孙庆东起来晨跑，上厕所的时候看见周军居然还蹲在原处。孙庆东既惊讶又疑惑，上前拍了一下他的脑袋，结果周军以蹲着的姿势僵硬地向前倒下。孙庆东被吓得不轻，连滚带爬地跑到楼下通知管理员孙梅。孙梅直接报了警。

邢至森听完，沉默了一会儿，又问了几句便起身告辞。临走的时候，孙庆东不时偷瞄着他，似乎有话要说。邢至森察觉出来，问他还有什么要补充的。孙庆东支吾了半天，好像下了很大决心似的说周军昨晚出去上厕所的时候，好像在走廊里跟别人说话，而且还骂了那个人。邢至森问是谁，孙庆东犹豫了一下，说听声音好像是对门的方木。随后又赶紧补充说他只是隐隐约约地听到，不一定准确。邢至森想了想，对陈斌说：“把那个方木叫来吧。”

今天上午的课是西方法律思想史。尽管还有几分钟就要上课了，可教室里仍然热闹得像一锅滚开的粥。

在绝大多数学生的人生经历中，死亡似乎一直是一个十分遥远的名词。当它如此真切地降临在身边的同学身上，对这些20岁出头的年轻人而言，其震撼可想而知。

351寝室的男生们成了全班的焦点，几乎每个人的身边都围着一大群同学，一遍又一遍地反复追问早上的情形。女同学们既好奇又恐惧地向男生打听当时的情况，有几个平时和周军关系不错的女生还掉了泪。课堂里弥漫着兴奋而诡异的气氛，每个人都偷偷打量着其他人，不时地大声议论着，彼此交换迷惑不解或恍然大悟的眼神。

上课铃响了，几乎是同时，讲授西方法律思想史的陈老师气喘吁吁地跑进来。

教室里丝毫没有因为授课老师的到场而安静下来，陈老师耐心地站了几秒钟，发现自己并没有如往日一样成为课堂的焦点，不由得心生怒气。

他把手里的教案“啪”的一声摔在讲台上：“干什么，上不上课？”

学生们这才发现陈老师已经来了，离座的慌慌张张地跑回去，没打开书包的手忙脚乱地掏出书本。教室里很快恢复了安静。

陈老师板着脸左右扫视，发现本应座无虚席的教室里出现了几处刺眼的空白。余怒未消的他掏出教学手册，开始点名。

“卢琳。”

“到。”

“陈晶。”

“到。”

……

“周军。”

教室里鸦雀无声。

“周军。”陈老师抬起头，“没来么？”

他用红笔在周军的名字旁边狠狠地写上“缺勤”：“告诉周军，让他下课后来找我！”

下面的学生们面面相觑。有人轻声说了一句：“老师，他死了。”

声音虽小，陈老师还是听到了。他一瞪眼睛：“什么？”

没有人回答。

过了几秒钟，班长战战兢兢地站起来：“老师，周军不是缺勤，他……他死了。”

“死了？”陈老师的眼睛瞪得更大了，“什么时候死的？”

“今天早上。”

陈老师愣了一会儿：“那就不用来找我了。”

教室里传来轻轻的笑声。

方木没有笑。

他始终趴在桌子上，不时抬眼瞄瞄自己左前方的位置，那是周军的座位。

周军死了。那个平时爱说爱笑、口无遮拦的小个子男生死了。

这种感觉很不真实。因为在不到10个小时之前，他还曾经跟自己笑骂过，打闹过，那时他的身体柔软，温热，充满生机。而现在，他冰冷、僵硬地躺在某个不知名的地方，被一群陌生的法医无情地切割着。周军这个名字不再有任何意义，他现在被叫作“死者”。

一个人，就这样毫无征兆地从你的生活里突然消失。不管他对你重要与否，或多或少，都会让人唏嘘。

方木的眼眶有些潮湿，那家伙的种种好处，瞬间就涌入脑海，挥之不去。

人死不能复生，生者还得按部就班地生活。陈老师稳定了一下情绪，开始上课。课讲到一半，门突然被推开了。一个保卫处的干部走进来，对陈老师点点头。

“我是保卫处的，找个学生。”然后，他在教室里扫视一圈，开口问道，“方木，方木在哪儿？”

方木一时间没反应过来，旁边的人推推他，他才站起来：“我在这儿。”

“你出来一下。”保卫干部表情严肃，挥手向门旁示意。

“我？”方木用手指指自己，有些莫名其妙。

“对，快点。”

方木懵头懵脑地收拾好书包，在其他人诧异的目光中走了出去，门一关上，就听见教室里又是一片喧嚣。

一路上，方木好几次想问问那个保卫干部的来意，可是看到他那张铁青的脸，话到嘴边又咽了回去。

方木被径直带到了保卫处。一进门，屋里的几个人就把目光集中在他身上。处长陈斌表情不善，指着一把椅子说道：“坐下吧。”

随即，他指指另外几个便装男子：“这几位是公安局的同志，想找你了解点情况。”

方木点头，顺从地坐下，脑子里却依旧是一串问号。

“你叫方木？”一个看起来比较年轻的警察问道。

“是。”

“哪个院的？”

“法学院的。”

“籍贯？”

“本市。”

“昨晚11点半到今天凌晨1点之间，你在哪里？”

“哪儿也没去，在寝室里睡觉。”方木又补充了一句，“我们寝室的人可以做证。”

年轻的警察笑了笑：“你别紧张，就是了解点情况。”

方木觉得有点尴尬，低下头嘟哝着：“我没紧张。”

“你昨晚和死者接触了么？”

“嗯？”

“就是说，交谈过么？”

“哦，说了。”

方木已经猜出对方的意图，就把昨晚周军过来要开水和卫生纸的情景大致描述了一下。

“熄灯之后呢？”

方木想了想，在椅子上不安地扭动了一下身子：“算是……接触过吧。”

“什么叫‘算是接触过’？”年轻警察立刻追问道。屋子里顿时静了下来，所有的人都盯着他。

“我听到他出门去厕所，”方木的脸红了，嗫嚅了半天才说道，“我隔着门，对他喊了一句话。”

“你喊了什么？”

“精尽人亡——就是开句玩笑。”方木急忙补充道，“他说要去厕所会女鬼，我才说的。”

几个年轻人笑了笑。40多岁的陈斌仍然一副不明就里的样子。

“他说什么了？”

方木为难地看看警察，不作声。

“说话啊，他说什么了？”

“一句……一句脏话。”

“什么脏话？”

“……傻×。”

没有人笑。

方木感觉到，在他接受询问的时候，那个坐在桌旁的年长警察一直在盯着自己。方木把目光移向他，那是一张警察特有的冷漠且不动声色的脸。接触到方木的目光，对方没有回避，但是方木感觉到那目光中并没有敌意或者质疑。这让方木平静了许多。

年轻的警察又问了几个问题后，就让方木离开了。在他拉开门的一刹那，那个年长警察突然开口问道：“你觉得周军是个什么样的人？”

方木握着门把手，想了想：“挺好的一个人，喜欢开玩笑，就是有的时候……有点闹人。”

年长的警察若有所思地点点头，挥挥手让方木离开。

第三章

动机

第二天一早，当邢至森走进办公室的时候，验尸报告和现场勘查报告已经放在了桌子上。

死者名叫周军，男，21岁，广西人，师大法学院三年级学生。死因是机械性窒息，死亡时间在当晚11点半至次日凌晨1点半之间。从死者脖颈上呈环绕状，宽8毫米的勒痕以及皮肤上残留的少许纤维看，初步推断作案工具为一根麻绳。从死者的衣着来看，他应该是在如厕时被人从后面突然勒住的。处在第一个蹲位和第二个蹲位之间的水泥墙上留下了死者的少许皮肤组织，这与死者脖颈后面的擦伤吻合，这说明死者曾站起来挣扎过，但是由于死者身材矮小（身高1.65米），加之水泥墙的高度（1.48米），死者最终还是没有逃脱被勒死的厄运。凶手作案后，将死者膝盖弯下，后背靠着水泥墙，看起来仍然像大解的姿势，直至早晨被发现。

在死者所穿的运动裤上无法提取有价值的指纹，从第二个蹲位上提取到一枚很模糊的鞋印，无勘验价值。而且，经调查从当晚11点半至清晨尸体被发现，共有11个人进入厕所，现场基本被破坏。

丁树成汇报了昨天调查走访的情况。案发地点为师大男生二宿舍三楼左侧卫生间。全楼分六层，共325个房间，其中宿舍306个，卫生间12个，图书室1间（位于一楼），仓库5间（位于六楼），值班室1间（位于一楼）。宿舍楼每晚10点半关门，次日凌晨5点开门。住宿男生为数学系、外语学院、物理系、法学院、艺术学院共计1744人。案发当晚不在寝者共83人，其中在校外租房者17人（尚在逐一核实行踪）。22人在校外录像厅看通宵录像，已经查实无作案时间，因为经调查该录像厅11点后放映黄色录像，因此11点左右就把大门锁上。当晚有20个家在本市的学生回家看凌晨欧洲冠军杯柏林赫塔对AC米兰的比赛（正在核查中）。1人（法学院三年级学生吴涵，住352寝室）在值班室值班，据值班员孙梅所讲，吴涵当晚11点开始和她在值班室聊天至凌晨3点，后吴涵进入里间的休息室睡觉，再也没出来，孙梅在值班室里打毛线听广播直至早上5点。5点整，孙梅打开宿

舍大门。5点半左右，孙庆东跑下来说三楼死了人。另外23个不在寝的人员正在调查中。

邢至森看看一脸疲惫的丁树成："辛苦了。"

丁树成笑笑，继续他的汇报。

从案发现场看，除了其他尚未查实的人有作案嫌疑外，也不能排除校外人员作案的可能。师大位于本市繁华地段，往来人员比较复杂。师大的院墙高仅1.9米，一个成年人可以轻松翻越，而且与二舍相邻的院墙外即本市一条主要街道。从二舍来看，由于年代久远，虽然楼下大门紧锁，但是窗户多残破不堪。一楼的窗户都装有铁护栏，但是正门两侧有自行车棚，完全有可能踩在车棚的雨搭上攀上二楼窗台，打开窗户后潜入楼内。从勘验结果来看，二楼两侧厕所里，有几扇窗户已经损坏，根本关不上，在雨搭和二楼厕所的窗台上都有攀爬痕迹，但不能确认是在案发当晚形成的。因为通过对学生的调查走访发现，很多学生都知道那几扇窗户是坏的，还把那里叫作"绿色通道"。校保卫处有规定，如果学生晚归，必须到保卫处说明原因，然后由值班干部送回宿舍楼，而且第二天还要通报院系。所以很多晚归的学生都选择从那里悄悄地爬上楼去。那些攀爬痕迹很可能是之前的晚归学生留下的。

从死者的社会关系来看，死者周军是外地人，在本地没有亲属。其父母均为工人，社会关系简单，基本可排除由于上一代的仇怨而导致杀身之祸的可能。从调查走访的情况来看，死者周军平时为人比较随和，喜欢开玩笑。虽然有些玩笑比较过火，但没听说与人结过仇怨，也没有证据显示他与校外人员有瓜葛。死者身亡时所穿衣物中无贵重财物，上衣口袋中有人民币32块8角，考虑到没有哪个人会蠢到去厕所抢劫杀人，所以基本可以排除图财害命的可能。从死者遗物的查找情况来看，没有发现有价值的线索。

"基本的情况就是这样。"丁树成合上记事本。

邢至森点点头，抽出一支香烟点燃，又把烟盒扔给丁树成。丁树成也点燃一支烟，两个人相对无言，默默地抽着烟。

“你怎么看？”吸了大半支烟后，邢至森问道。

“比较麻烦。”丁树成把烟头按灭在烟灰缸里，“排查范围太大。而且从现有的线索来看，无法推测凶手的作案动机，没法进行下一步侦查工作。”

邢至森没作声，眉头紧蹙。

他已经在经文保处干了五年了，处理过的案子也不算少。可是性质最恶劣的也不过是故意伤害、盗窃什么的，这样的命案还是头一次遇到。刑警出身的邢至森很清楚，按照惯有的侦查思路，推测作案动机是侦破凶杀案的首要步骤，可是这个凶手为什么要杀死周军呢？

死者背景单纯，社会关系简单，仇杀、情杀和谋财害命跟他都贴不上边。这就使得侦查活动无从下手。

“实在不行，就用老法子——摸排查。先从外围查查，看看有没有线索。”

丁树成有点提不起精神，这是一项非常挠头的工作。

邢至森看出丁树成有点情绪，起身拍了拍他的肩膀，算是鼓励。

在这个总人口600多万人的城市里，一个人的消失实在是一件微不足道的事情。因为在这个城市的各个角落里，同样的事情每天都在发生。即使对于警察而言，周军的死，也不过是案头上一堆等待分析的、冷冰冰的数据和资料。然而，在宁静的师大，尤其在破旧陈腐的二舍，却是一个极具轰动性的事件。

方木从保卫处出来之后，想了想决定翘课去附近的书店看书。这一看就是一整天，看完了一本厚厚的王朔文集。

他不知道的是，自己被保卫处叫去问话的消息当天就传遍了整个法学院，而且越传越玄，仅仅一天的时间，最终的版本就是他在课堂里被当场抓获，方木奋起拒捕，后来被几个荷枪实弹的警察当场拿下。而他自从去了保卫处之后就无影无踪，这让谣言显得更加真实可信。

方木晚上回到寝室的时候，一推门，就感觉寝室里的气氛异样。大家都目瞪口呆地看着他，尤其是祝老四，一口面条垂在嘴边，好像京剧里的老生似的。

“看什么看，没见过帅哥啊？”方木踢掉两只鞋，一头躺倒在床上。

“你……你怎么回来了？”老大结结巴巴地问，“取保候审？我们正商量给你送饭呢。”

“靠，你说什么呢？”方木翻身坐起，看着大家好奇又恐惧的目光，一下子明白了。

他又好气又好笑：“保卫处只不过把我叫去问问情况，你们想到哪儿去了？”

寝室里的气氛一下子轻松起来，几个人围拢上来，七嘴八舌地打听情况。方木想了想，觉得既然警察没嘱咐他保密，就把上午保卫处询问的过程讲了一遍。大家听完后，反而沉默了大半天。

老大缓缓地说：“这个案子……”

几个人眼巴巴地看着他，等待老大发表高论。

“……明显不是自杀！”

“靠！”几个人异口同声地说。

“呵呵，”老大作躲闪状，“不过也真够吓人的，348的老二说他昨晚还去过厕所呢，没准当时周军就已经死在那儿了。”

“哎，你们说，”老五一脸神秘地说，“会不会……不是人干的？”

“你去死吧，鬼故事看多了吧！”老二说。

“不是我说的啊，”老五委屈地指指方木，“他说的。”

方木看大家都盯着自己，也慌了神："靠，就是一句玩笑话，你们还受过高等教育呢，这个也信？"

大家哄地笑开了，随即，似乎觉得不妥，又都自觉地闭嘴了。

忽然，门开了。吴涵一脸疲惫地走进来，袖子挽得高高的，胸前还有不少水渍。

"你们都在啊。"说完，吴涵一屁股坐在桌前，端起一杯水来一饮而尽，"'绿色通道'被封了。以后都早点回来吧。"

"被封了？为什么？"经常出去打游戏的老二问道。

"警察怀疑昨晚有人从那里钻了进来，保卫处下午就把那几扇窗户封死了。"

"唉，希望是校外人员干的，如果是这栋楼里的人杀了周军，多可怕啊。"老大阴沉着脸说。

大家一阵沉默。是啊，谁会想到朝夕相处的同学会突然痛下杀手。

"我觉得不是这栋楼里的人干的，"方木摇摇头，"谁能下得去手啊？"

"是啊，"吴涵放下袖子，"我今天打扫那个厕所的时候也在想这个问题。周军这小子平时是比较烦人，可是要杀死一个人，那得多大的仇恨啊。"

"哦？你还去打扫那个厕所？"老五问。

"是啊，孙姨死活不敢进那个厕所，是我打扫的。靠，累死了。"

"你不怕啊？"老大钦佩地说。

"怕什么，"吴涵爬上自己的床，把两条腿搭在床边，"真看见那小子我就跟他好好唠唠，没准就把案子破了，立一功呢。"

他把头低下来："对了，方木，你小子今天跑哪儿去了？我们还以为你被抓了呢。"

"靠，三哥，你不是也怀疑我吧？"

“呵呵，你肯定不是凶手。”

“还是三哥了解我！”方木作感动状。

“你没那胆子！”

大家再笑。吴涵收回腿，把被子铺好：“杀人哪有那么简单。”

方木想反驳几句，张了张嘴，却什么也没说出来。

快熄灯了，大家拿出洗漱用具，相继去了水房。

也许是刚刚发生过命案的缘故，水房里冷冷清清的，没有了往日的喧嚣。很多人宁可多走一点路，去走廊另一头的水房洗漱。

方木看着门框上残留的一条警戒带，叹了口气。

头顶那盏15瓦的小灯泡仿佛比平日暗了许多，几个人站在水池边默默地洗漱，动作很快，似乎巴不得早点离开这里。老大最先洗完离开，然后是老五、老二，就连平时最能磨蹭的祝老四也比方木快。

水房里只剩下方木一个人，他有点慌，急急忙忙地抹了几把脸，端起脸盆就走。可是走到厕所门口的时候，他又停下了脚步。

厕所里似乎比水房里还要暗，空荡荡的，一个人也没有。往日湿迹斑斑的小便池台阶上，已经干涸的污渍横七竖八，看起来这一整天都没有人用过。四扇隔间的门虚掩着，里面的情形若隐若现。方木把视线投向最里面那个隔间。

周军就是在那里被杀死的。

方木的心脏“嗵嗵”地跳起来。他小心翼翼地迈出一步，又一步，直到站在第一个隔间的前面。

里面肮脏依旧，丝毫没有因为一个失去生命的身体曾在这里蹲了五六个小时而有所不同。

不知道为什么，方木的脑海里忽然浮现出这样一幅场景：周军蹲在那里，自得其乐地哼着小曲，丝毫没有注意到头顶越来越低的绳套。忽然，绳子套在了周军的脖子上，又被狠狠地提起、勒紧。周军小小地惊呼了一声。随即，他的脖子就被死死地抵在身后的水泥墙上。他顾不得提起裤子，拼命地想站起来。可是自己的身材太矮，头部又动弹不得，只能绝望地来回蹬着双腿。然而，他挣扎的幅度越来越小，最后，完全停了下来。

这一切如此逼真地出现在方木的眼前，他几乎要顺着那紧攥着绳套的双手望上去……

忽然，水管里传来一阵轰鸣声，那声音仿佛一个被勒住脖子的人在垂死挣扎时的呻吟。停水了。

方木被这轰鸣声吓了一跳，他飞快地走出水房，小跑着回到了寝室。

你脑子是不是出问题了？他狠狠地骂自己。

夜里，每个人都睡得不安稳，床板吱呀吱呀的声音此起彼伏。大约凌晨1点的时候，方木听见老五小声地说："我要去厕所，有人去么？"半天没有回音，老五讪讪地说："那我也不去了。"

方木更加睡不着。他闭着眼睛，脑子却在不停地转动。他意识到，也许这栋宿舍楼的平静将就此失去。

他不知道的是，整个师大，即将笼罩在一片黑暗之中。

第四章

天台

年轻是一个中性词，它代表着很多缺点：经验不足、少不更事、容易冲动。同时，它也意味着很多优点，其中之一，就是有大把的时间去遗忘那些不该记住的事情。

一个多月过去了，再没有关于这件凶杀案的更多的消息。周军这个名字和那个恐怖的早晨，在人们头脑里渐渐地由具体到模糊，最后完全被抛到记忆的角落中。日子如流水般平静地过去，曾经因为一个人的死而喧嚣的校园慢慢恢复往日的安详，就好像一粒石子扔进池塘，涟漪过后，便再无波澜。也许，生活本当如此。

一个周四的下午，国际经济法课刚刚结束。方木收拾好书包，正要离开教室，就被任课的高教授叫住了。高教授让方木、祝老四、吴涵和孙庆东到他办公室去一趟，说是帮忙搬点东西。方木虽然有点不情愿，但还是跟着去了。

"东西"不少，两大纸箱的资料和一大摞书，而且都很重。从教工宿舍楼抬到行政楼，的确不是什么好差事。方木四人龇牙咧嘴地把东西抬进高老师的办公室，发现办公室里还有一个人。

呵呵，不虚此行。方木想。

那是高老师带的研究生，叫佟倩，法学院公认的美人。美人对高老师充满阳光地笑笑，并不对师弟们过多寒暄，就蹲在地上翻看那些资料。

"哎呀，您有这本书啊？我还在图书馆找了好久呢。早知道就向您借了，没准不用还呢。"

"那你印完资料后把书拿走吧，记得写借条。"高老师看来并不买账。

美人夸张地撇撇嘴："你们几个，把这些东西帮我搬到复印室去。"

复印室可是在24楼！四个人面面相觑。

"有电梯，怕什么，大小伙子干这点活儿还为难啊？"说着，美人用手里的书拍了拍祝老四的肩膀。看祝老四的表情，别说有电梯，就是让他扛着箱子跑到24楼也情愿。

方木突然想起一首歌：我愿做一只小羊，跟在她身旁，我愿她拿着细细的皮鞭，不断轻轻打在我身上……

方木和祝老四抬着一只箱子，吴涵抬着另一只，孙庆东抱着一大摞摇摇欲坠的书在前面走。美人空着手走在最后面，边走边打电话："你今晚自己去吧，我不去了……哎呀，你别问了……加班……什么啊，帮我导师复印材料。好，就这样吧。"

好不容易把东西搬进了复印室，祝老四擦擦汗，满脸堆笑地问："师姐，今晚加班啊？"

"是啊。"师姐的声音并不热情。

"需要我们来帮忙么？"

"不用了，你们快回去吃饭吧。"美人挥挥手，像轰小鸡似的把他们推出了门。

"靠，连句谢谢也不说。"四个人走进电梯，方木不满地嘟哝着。

祝老四似乎还在恍惚中。到了一楼，电梯一震，祝老四咂咂嘴："真是美女啊。"

"瞅你那一脸口水，你看谁不是美女啊？"吴涵一把将祝老四推出了电梯。四个人嬉笑着走出了行政楼。

第二天，星期五。阴。暴雨将至。

整个天空都被翻滚的乌云笼罩着，不时有沉闷的雷声从远处传来。在三楼人事处工作的朴雅丽把提包扔在桌上，拿出几块饼干，准备出去给自己泡一杯咖啡。

现在还不到8点半，楼里静悄悄的，大多数办公室都紧锁着房门。由于天色的缘故，走廊里的光线很暗。平时看起来淡雅清新的灰色墙漆，此刻显得分外黯淡。朴雅丽端着几乎溢满的咖啡杯，小心翼翼地走着。快走到办公室门口的时候，天空突然亮起一道闪电。朴雅丽被吓了一跳，下意识地朝窗外看去。

“咣当！”

咖啡杯落在了地上。在四分五裂的瓷片中，泛着泡沫的棕色液体在地上无声地流淌。

在电梯里徐徐上升的人们都听到了三楼那惨绝人寰的叫声。

丁树成赶到现场的时候，雨已经越下越大了。

尸体位于行政楼三层外的平台上。技术部门的同事们已经在现场忙碌了。两个正在拍照，一个穿着雨衣的技术人员四肢伏在地上勘查。死者为女性。尸体呈俯卧状，头南脚北。从身形及裸露在外的皮肤看，死者年龄不大。几个法医正在收拾工具，丁树成拍了拍一个相熟的老法医：“怎么样？”

“典型的高坠。初步估计，死亡时间大约在昨晚9点至今日凌晨3点之间。死亡原因为颅脑损伤以及大面积内脏破裂导致的内出血。其他的需要解剖后才能确定。”

法医看丁树成微微皱起眉头，解释道：“昨晚突然降温了，只能暂时估计一个大致的死亡时间范围。回去我们抓紧干，争取尽快出结果。”

丁树成不好意思地笑笑：“辛苦了。”

“不行，没用了。”伏在地上勘查的警察突然站起身来，他抬起头来看着铁灰色的天空，密集的雨点正如幕布般落下，“雨太大，基本上没什么勘查价值了。”

丁树成也抬起头，这座高24层的办公楼在雨中静静地伫立着。几乎每个窗口都闪烁着或疑惑或恐惧或兴奋的目光。丁树成扫视着在窗口张望的人群，不由得有些眩晕了。

当这个女孩从楼上坠下的时候，是不是也会感觉眩晕呢？

丁树成扭过头，对自己带来的人说道："干活吧。"

死者名叫佟倩，女，24岁，师大法学院国际经济法专业二年级研究生，四川人，现住在研究生楼A座407房间。验尸报告显示，死者的死亡时间大约在当晚10点至次日凌晨1点之间，死亡原因是颅脑损伤和大面积内脏破裂导致的内出血。

据死者的室友讲，死者当晚曾说过受导师委托，帮忙复印资料，可能会很晚回来。结果她一夜未归。由于死者生前有一个家在本市的男友，偶尔会到男友家里过夜，因此，死者的彻夜未归并没有让室友感到意外。

复印资料的事得到了死者的导师——高强教授的证实。高强教授准备申报一个国家级课题，需要复印大量的资料。案发当晚，高强要为自己的岳母过生日，抽不开身，就委托自己的研究生佟倩代劳。经调查，案发当晚，高强在本市某酒店为岳母举办生日宴，次日凌晨4点返家。经多名赴宴者证实，在这一时间段内，高强始终没有离开酒店，可排除作案嫌疑。

佟倩的男友是本市另一所大学的在读博士生，案发当晚，他本来与死者约好为一个即将结婚的朋友举办一个告别单身的派对，后来死者打电话通知说晚上要加班，不能赴约。死者的男友独自参加了派对，他和几个朋友在本市一家酒吧饮酒至次日凌晨2点，之后在一家洗浴中心过夜，直至早8点半。以上情况均有证人提供证明，可排除作案嫌疑。

案发地点在师大行政楼，这座行政楼高24层，法学院办公室位于第17层，复印室在顶楼24层。三楼窗外是一个大约200平方米的平台。死者就是在平台上被发现的。据当晚行政楼的值班员唐德厚讲，佟倩大约在当晚5点40分进入行政楼，之后陆陆续续又有几个人进入该楼。至于佟倩是否离开过行政楼，唐德厚表示没有注意。当晚10点以后至次日清晨，唐德厚曾四次巡视过行政楼，没有发现异常情况。

通过对死者生前社会关系的调查发现，死者是外地人，在本市无亲属，社会关系相对简单。据死者生前的同学及朋友反映，死者性格开朗，待人热情，只是有点爱慕虚荣，比较向往高层次的生活，但是生活作风比较正派，没有与不良人员交往的记录。基本可以排除仇杀的可能。通过对其男友的调查访问获知，佟倩虽然容貌俏丽，在校园中不乏追求者，但是两人感情很好，并商定待佟倩毕业后即举行婚礼。因此，情杀的可能性也不大。

从现场勘查的情况来看，死者衣袋里的155块人民币和留在复印室内的手包里的600块人民币也完好无损。同时，死者被发现时衣物完整。尸体检验结果表明，死者的处女膜陈旧性破裂，但没有当晚发生过性行为的痕迹。由此可见，抢劫杀人和强奸杀人的可能性也不大。

看起来，似乎只有自杀或者意外坠楼这两种可能性了。

丁树成沉吟了半晌，起身来到邢至森的办公室。

听完丁树成的汇报，邢至森半天没有说话，开始一支接一支地抽烟。虽然对案件的具体情况还不了解，但是在邢至森心中已经排除了自杀的可能性。一个人，甘愿结束自己的生命，总是有原因的。而一个风华正茂的女研究生，前途光明，爱情幸福，实在没有自杀的理由。如果说佟倩是由于失足而导致意外坠楼，更是疑点重重。因为从尸体的检验结果看，佟倩应该是从19层以上的高度坠下的。那么最有可能案发的地点就是复印室外的天台。她一个人深夜跑到天台上干什么？

丁树成和邢至森有着同样的疑惑，似乎所有的可能性都无法说明死者身亡的真正原因。

回到办公室，丁树成一遍遍翻看着手里的资料，吸完第三支烟后，他起身去了停尸房。

死者覆盖着白布，静静地躺在解剖台上。丁树成掀开白布，一个白皙却毫无生机的身体露了出来。它曾经让主人无比自豪，也让那个深爱自己的男人万分陶醉吧。如今，它被粗暴地从楼上抛下，又被无情地剖开。丁树成看着死者的头部。那是一张曾经秀丽，此刻却破碎不堪的脸，口和眼半张着，一副微微惊讶又欲言又止的样子。

你要告诉我什么呢?

下午送来的现场勘验报告彻底排除了自杀和意外坠楼的可能性。

因为现场太干净了。

死者生前曾经去过24楼的复印室，现场保护得还算完好。门是虚掩的，没有上锁（钥匙在死者的手包里）。复印室是一个5平方米左右、呈正方形的房间。室内有一台夏普复印机、一张桌子（死者的手包置于其上）、两把椅子和三箱半打印纸。复印机呈开启状态，复印好的资料整齐地码放在一旁。上述情形显示，案发时，死者正在工作。

然而，令现场勘查人员惊讶的是，在室内，包括复印机、桌椅和门把手上都没有发现任何指纹。

此外，根据现有情况，可以推断最有可能的案发地点就是复印室外的天台。天台位于复印室对面，中间是24楼的走廊。如果要上天台的话，需要打开窗户，攀上窗台，才能进入天台。而在复印室对面的窗台上也没有发现任何足迹，窗户紧闭，铝合金的窗框上也没有留下任何指纹。

就好像有人把现场彻底打扫了一遍。

邢至森对此显得很有兴趣，安排了手头的工作后，就和丁树成去了师大。

他们直接到了24楼的复印室。现场的情况和报告中描述的基本一致，只是缺少了那些原版资料及复印件。丁树成告诉邢至森，现场勘查完毕后，高教授曾提出要取回那些资料。警方经查验后，认为资料中并无有价值的线索，遂同意了他的要求。

邢至森和丁树成转了一圈后，就上了复印室对面的天台。

接连两天的降雨终于告一段落。北风猛烈，气温骤降。邢至森和丁树成竖起衣领，打量着这个呈长方形、大约有100平方米的天台。

天台上很干净，空荡荡的，只在墙角处堆着少许细沙和几块残破的红砖，应该是以前做防水工程的时候留下的。

丁树成走到天台边缘，这里没有任何护栏，只有一个大约16厘米高的水泥外沿。

佟倩是不是从这里坠下的呢？

丁树成小心地踩在水泥沿上，试探着向下张望，顿时感到头晕目眩。他急忙退回来，向远处望去。这是师大校园里最高的建筑，整个校园和附近的建筑尽收眼底。大概快到了晚饭的时间，校园里很热闹，人头攒动，几台车在人群中小心地穿梭着。

忽然，他感到有人来到自己的身后。丁树成下意识地回过头，看到邢至森正蹲在地上，盯着自己的脚下。

丁树成低头一看，自己脚边的水泥沿上放着半块砖头。一米开外，也有一块。

丁树成也蹲下，看了半天也没看出个所以然。他想问邢至森，可是看着他全神贯注的样子，又不敢作声。

邢至森突然站起身，一言不发地转身就走。

从窗户跳进走廊，邢至森径直走向复印室。丁树成尾随而至，看见他正趴在复印室的地上仔细找着什么。

“老邢，你这是……”

邢至森不说话，鼻子几乎贴到了地上，一寸一寸地搜索着。

几分钟后，邢至森面露失望的神色。他站起身来，想了想，在室内来回扫视着。很快，他的目光集中在东南侧的墙面上。

丁树成循着他的视线望去。那是几块水渍，还没有完全干透，颜色比其他的墙面略深。不仔细观察，根本不会注意到。从形状上来看，似乎是水泼到地面，又溅上去的。

丁树成看看邢至森，后者正盯着那几块水渍出神，慢慢地，嘴边显出一丝笑意。

“小丁，你去问问高教授，他拿回去的那些资料有没有什么问题？”

第五章

挚爱

两个月前。盛夏。

强烈的阳光笼罩着整个城市，干燥的风缓缓吹着，知了在树上声嘶力竭地叫，让人听了感到莫名的烦躁。现在是下午1点半，正是一天里最热的时候。几乎所有的人都尽量躲在阴凉的地方，被晒得发软的柏油马路上空空荡荡的，偶尔有几辆车飞驰而过，也像怕烫似的很快消失了。

男孩在路边走着，脚步匆匆。在炽热的阳光下，他的脸上汗水淋漓，身上那件不合季节的厚布衬衫也早已湿透。

走到一个住宅小区的门口，男孩停下来，摘下眼镜，用手指揩揩鼻子两侧，又重新戴上眼镜，环视了一下。周围寂静无比，一台卖冷饮的小车停在路边，白发苍苍的老妇坐在车后打着瞌睡。一条小狗无精打采地趴在她的脚下，不时呼哧呼哧地伸出舌头喘息着。

男孩确信无人注意自己之后，飞快地跑进小区，直奔其中一栋楼房而去。小狗被男孩突如其来的动作吓了一跳，抬起头来看着男孩消失在楼道里。很快，它又低下头，静静地伏在主人脚边的阴影里。

楼道里的凉爽让男孩舒服了很多。他小心地攀上三楼，在一扇铁门前停了下来。待稍稍平复之后，他却不急着敲门，而是屏住呼吸，把耳朵贴在门上听着。许久，男孩才轻轻地在门上叩动了几下。

室内传出一个女声："谁啊？"

男孩没有吭声。

过了几秒钟，女声再次响起："自己开门吧。"

男孩从衣袋里拿出一把钥匙，左右看了看，打开门锁，飞快地闪了进去。

这是一间一室一厅的小房子，陈设简陋，但是收拾得还算整洁。虽然时值正午，室内却门窗紧闭，闷热幽暗。一个半躺在床上的女人费力地坐起身来，向男孩疲惫地笑笑。

"就知道是你。"

男孩不作声，四处张望着。

“别找了，亚凡去参加夏令营了，今晚不回来。”

男孩明显松了口气。随即，他感觉到室内的温度，汗也一下子渗了出来。他看着紧闭的窗户与窗帘，皱了皱眉头。

女人笑笑，指了指放在角落里的老式电风扇：“打开吹一会儿吧，凉快凉快。”

男孩走过去打开风扇，扇叶吱吱嘎嘎地转动起来，清风徐来。

风吹到女人身上的时候，她打了个寒噤，把身上盖着的棉被向上拉了拉。

“别冲着我吹——受不了。”

男孩把风扇转过来，按下一个按钮，风扇立刻停止了摆头，朝着男孩的方向旋转着叶片。男孩解开衬衫，露出干瘦但是很结实的胸膛，畅快地吹着。

女人默默地看着男孩，面带笑意。良久，女人再次开口：“别吹太长时间，小心感冒。”

男孩看着女人，开口说道：“你怎么样，还好吧？”

女人脸上的笑容顷刻间收敛。她幽幽地瞪了男孩一眼，转身面向墙壁躺下去。

男孩有些疑惑，更感到尴尬，只好原地垂手站着。

一时间，除了扇叶转动的涩滞声音，室内再无半点响动。男孩站了一会儿，自己也觉得无趣。想了想，他低声说道：“那……你好好休息……”

女人打断了他的话，语气却轻柔：“你过来。”

男孩犹豫了一下，慢慢地走到床边，坐下来，把手放在女人的肩膀上。

女人不说话，也不回头，只是向床里挪动了几下，腾出一个不大不小的位置。

男孩的脸色也柔和起来。他脱掉鞋，想了想，把鞋尖冲着门口，小心地摆好。

随即，他躺在女人身边，把手从女人脖子下伸过去，温柔地搂住女人的肩膀。女人没有拒绝，向后挪挪身子，闭着眼睛，舒舒服服地躺在男孩的怀里。

女人的身上有股奇怪的味道。男孩用另一只手抚弄着女人的头发，手掌不时摩挲过她的额头。女人枕在男孩的手臂上，轻轻地握住他的手。

两个人一言不发地躺着，只听见风扇吱吱地朝着一个无人的角落吹着。

女人的手布满皱纹，干燥，粗糙，手指轻轻滑过男孩健康黝黑的皮肤，麻酥酥的很舒服。男孩闭上眼睛享受着，午后的倦意渐渐袭来，不知不觉中，竟睡着了。

这一睡，就睡到了夕阳西下。傍晚的时候，男孩突然醒了。他猛地坐起身来，惶恐无比地四处张望着。女人被男孩突如其来的动作掀到一边，又是惊讶又是好笑。

“你怕什么，家里只有我们两个。”

男孩松了口气，喘息着重重躺下，感觉全身瞬间布满了汗水。

女人把下巴搁在男孩胸口，手指在男孩不停起伏的胸膛上轻轻画着。男孩低下头，在女人的额头上轻轻地吻了一下。女人仿佛受了鼓励一般，立刻紧紧地抱住男孩，心满意足地闭上眼睛。抱了一会儿，女人听到男孩的肚子里“咕咕”响了两声，不由得笑了。

“饿了吧？”

男孩点点头。

“我也有点饿了，厨房里有一只鸡，今早杀的，你会做鸡汤么？”

男孩又点点头。

女人噘起嘴，眯起眼睛：“我要你做给我吃。”

男孩又吻了女人的额头一下，光着上身跳下床，不一会儿，厨房里就飘来阵阵香味。

女人半躺在床上，侧耳倾听着厨房里叮叮当当的声音，不时抽动一下鼻子，眼睛里满是笑意。

晚上7点多的时候，男孩和女人一起吃了晚餐。女人始终赖在床上，让男孩一口口把鸡汤喂进她的嘴里。

也许有他的陪伴，女人的胃口很好。一碗鸡汤下肚，女人的脸色红润了许多。

男孩狼吞虎咽地把剩下的汤和鸡肉一扫而光。然后，两个人拥在一起看电视，男孩目不转睛地看着一部枪战片。女人对电视节目不感兴趣，乖乖地依偎在男孩怀里，不时抬头看看他的脸。

转眼间，时钟已经指向晚上10点。男孩拍拍女人的肩膀，起身穿好衣服。女人拥着被子躺在床上，默默地看着他。男孩系好鞋子，坐到床边，俯下身亲了女人的嘴一下。女人一下子把男孩抱住。

“留下来吧，今晚只有我们两个人。”

男孩犹豫着。

“明早你再走，好么？陪陪我。”

也许是被女人充满祈求的目光打动，男孩点点头，重新脱掉鞋子和上衣，想了想，又脱掉了外裤，身上只剩一条褪色的蓝色内裤。他飞快地钻进了女人的被窝，顺手关掉了电灯。

黑暗中，男孩抱住女人，手伸进了女人的衣服里。女人没戴胸罩，皮肤凉滑细腻。男孩的手在女人的肚子上轻轻抚摸了一阵，随即，就在她的身上游走起来。

两个人如胶似漆地缠绵着。男孩的呼吸逐渐粗重，女人的呻吟声也越来越大。男孩腾出一只手拽掉自己的内裤，急不可耐地去拉女人的裤子。女人却突然清醒过来，用力推开他。

“今天不行！”

满脸通红、气喘如牛的男孩一言不发地拨开女人的手，用力撕扯着女人的裤子，女人急得乱踢乱蹬，口中不时小声哀求着。木床随着两个人的挣扎吱呀作响，突然，女人挥起手，在男孩的脸上打了一记耳光。

男孩被打得目瞪口呆，手上也停止了动作。女人有些后悔，忙起身抚向男孩的脸庞。男孩见她心软，再次把手伸向女人的裤子。女人急忙又拉住。

“没良心的，你还想让我遭罪啊？”女人恨恨地说。

男孩一下子愣住了。半晌，他猛地坐起，按下电灯开关。炫目的灯光在室内亮起，女人忙用手遮住眼睛。男孩一下拉下女人的裤子。

一股血腥味扑面而来。女人的下体满是暗红色的血，身下的棉垫也被洇红了一片。体毛被已经干涸的血粘在一起，硬硬地纠结成几簇。

男孩怔怔地看着。女人幽幽地瞪了男孩一眼，慢慢拉上裤子，抬手关掉电灯，又拽着男孩躺倒在自己身边。

男孩全身僵硬地躺了许久，忽然叹息一声，伸手把女人搂进怀里，轻轻地抚摸着她的头发。

“怎么不告诉我？”

女人抬起头，满心诧异地看着他。

“我告诉你了——你没看到那封信么？”

男孩的动作一下子停下来。

第六章

回魂夜

方木看得出来，祝老四这几天心情不好。

上课的时候，祝老四常常坐在最后一排，看着窗外发愣。回到寝室里，他也不太爱搭理人，不是躺在床上望着床板出神，就是坐在桌前乱涂乱画着。即使去网吧，他也不再大呼小叫地打游戏，而是登录某个网站默默地浏览。方木偷瞄过那个网页几眼，发现那是一个关于灵异方面的网站。方木心里明白了几分。祝老四的异样，大概是因为佟倩。

佟倩的死，在这个刚刚恢复平静的学校里再次掀起一场轩然大波。在任何地方——食堂、教室，甚至厕所——都能够听到对这件事的种种猜测。流传的版本甚多，有的说是佟倩和导师私通，师母当晚来找她谈判，话不投机动起手来，师母把她推下了楼；有的说是佟倩脚踩两只船，和第三者假借加班的名义在24楼幽会，正在苟合之时被男友捉奸在场，男友羞愤难当，把她从楼上扔了下去；有的说是佟倩精神病发作意外坠楼；更离谱的是，有人猜测24楼里有鬼，附上了佟倩的身，把她弄死后做替身。

对于佟倩的死，方木是有一点惋惜的。一个年轻貌美的女孩，竟然会以这种惨不忍睹的方式离开人间。生性爱打扮的师姐，知道自己死后是这样一副面目全非的样子，大概也会觉得不堪。不过佟倩毕竟和自己接触甚少，方木更关心的是周军。毕竟这家伙和自己在一个教室里坐了三年。可惜的是，关于第一起命案的消息再无下文。

连续死了两个学生，学校也感到压力巨大，为此还专门开了一个会，让各系负责人回去传达学校的态度。所谓“态度”，无外乎学校正在配合公安机关积极破案，不要听信谣言，要相信公安机关的能力云云。在铿锵有力，却空无一物的会议精神里，方木格外反感“亡羊补牢”这个词。

佟倩死后的第七天傍晚，方木打完篮球回到寝室，发现宿舍里只有祝老四一个人。祝老四躺在床上发呆，身上还穿着白天的衣服，裤脚上有些泥，一副风尘仆仆的样子。方木拿着脸盆出去洗脸，回来时看到祝老四已经起来了，正坐在桌旁摆弄着什么。

方木知道他这几天情绪不高，没敢跟他多说话。简单整理了书包之后，就准备出去上自习。刚走到门旁，祝老四叫住了他。

方木下意识地回过头，看到祝老四怔怔地看着自己，灰白色的嘴唇哆嗦着。还没等方木开口，两行泪水已经从他脸上滚落下来。

方木乱了手脚，祝老四这胖厮平时没心没肺的，还是第一次看到他哭。

方木急忙走过去，又不知道该说些什么，只能象征性地拍拍他的肩膀，以示安慰。祝老四低下头伏在桌上，呜咽起来。

哭了一会儿，祝老四站起身，一边擦眼泪，一边扯了张卫生纸擤擤鼻子。之后，他转头看着方木，低声问道："你相信有鬼么？"

方木一愣，这才注意到桌上摆着一个塑料袋，里面装着一堆奇怪的玩意儿。似乎是一叠写着弯曲字符的黄纸，一根缠着布条的竹竿，还有一摞纸钱。

"你不会吧，四哥？"方木竭力让自己的语气显得不那么惊讶，"你这是……"

"我真的很喜欢她！"祝老四的眼睛里又溢满了泪水。

方木无语。他看着桌上的字符和纸钱，心里默默地算了算，开口问道："今天……"

"对，今天是佟倩的头七，按我们老家的说法，死者在今晚应该回到她死的地方，就是回魂。我在网上找到了一个本市的大仙，向他买了——不，请了这些东西，今晚给她招魂，也许能知道谁害了她。"

方木想了想："头七好像是回家看亲人吧？"

祝老四被问得愣了一下："也许……也许会顺路回行政楼吧，毕竟是她最后去过的地方。"

他起身拉住方木的手，表情恳切："寝室里我和你关系最好，而且，你胆子最大——今晚，你陪我一起去吧。"

方木心说我他妈连那个厕所都不敢去。他看看祝老四，斟酌着自己的词句："四哥，我们毕竟是受过高等教育的人……"

祝老四的眼泪又流了下来："我知道自己挺傻的。不过，我今晚一定要去。"顿了一下，他又说道："是兄弟的，今晚就陪我一起去。"

方木心软了。他看着祝老四泪流满面的脸，犹豫了一下，最后点了点头。

商量了半天，两个人的计划如下：9点钟左右，祝老四先进入行政楼，打开一楼卫生间的窗户，让方木带着东西爬进去。10点左右，祝老四在关寝前出行政楼（最好让值班员看见他出去）。而后，他从一楼卫生间的窗户处折返。搞定一切之后，他们再从这里溜出行政楼，让今晚值班的吴涵打开宿舍门，神不知鬼不觉地回寝室。（这个猪脑子最初的计划是：两个人拿着一大堆乱七八糟的东西，大摇大摆地走进行政楼。方木认为行政楼里出事以后，肯定会对进出人员格外注意，所以最好谨慎点。祝老四认为方木的意见很重要，并表示自己没有选错人，方木心里说：靠！）

可是，计划实施的时候还是出了点小岔子。行政楼一楼卫生间的窗户被铁护栏牢牢封住了（这大概是学校亡羊补牢的措施之一）。方木没了法子，只好把东西交给祝老四之后，硬着头皮，在值班员的注视下走进行政楼。

两个人在17楼的卫生间里躲到午夜时分，大气也不敢喘。祝老四这神经病一进楼就想去三楼的平台烧纸。方木提醒他，回魂一般要等到午夜之后。再说，9点多就在三楼平台上点火，不被发现才怪。

等到值班员巡查过之后，两个人拎着塑料袋，悄悄地钻出了卫生间。祝老四一副急不可待的样子，径直奔向电梯。方木又惊又怒地阻止了他。死胖子不解，说坐电梯多快啊。方木咬牙切齿地小声提醒他：坐电梯肯定会被值班员发现。

祝老四恍然大悟，再次表示感激。方木则开始怀疑和这个家伙一起行事是否理智。

楼梯间里一片漆黑。在狭窄的空间里，任何声响仿佛都被放大了好几倍，就连塑料袋摩擦的声音都让他们觉得刺耳。方木和祝老四扶着墙，一边默数着楼层，一边战战兢兢地下楼。行进中，方木突然有一种错觉，似乎他们正前往深深的地底世界。

好不容易挨到三楼，两个人打开走廊里的窗户。寒风立刻倒灌进来，直蹿肺管。方木哆嗦了一下，跟着祝老四爬过窗户，来到外面的平台上。气温很低，狂风又起。方木感觉身上的体温一下子就被冷风带得无影无踪。祝老四找了个背风的地方，蹲下身子忙活起来。连怕带冷，方木全身打着寒战，不住地催祝老四快点。祝老四的动作却越来越慢，最后竟大声抽泣起来。方木无语，知道劝了也是白劝，只能暗自祈祷一切快点结束。

祝老四哭了一会儿，仰起泪迹斑斑的脸，冲着浓黑如墨的天空喃喃自语："佟倩，我来看你了……"

方木也朝上方望去，24层的行政楼在夜色中显得高不可攀。巨大的压迫感扑面而来，方木不由得一阵眩晕，觉得这栋楼仿佛一座立于天地间的墓碑，随时有可能向自己倒下来。

佟倩从上面跌落的时候，不知道是什么感觉。

是刹那间失去支撑的慌乱？是高速坠落的绝望？还是预感到那致命撞击的恐惧？

把一个人从那么高的地方推下来，又是什么感觉？

看她在跌落的一瞬间狂乱地伸出双手，或许还伴随着一声短促的尖叫，目睹她消失在脚下茫茫的夜色中，等待那沉闷的撞击一声……

会是什么感觉？

祝老四哆哆嗦嗦地点燃了纸钱。很快，平台上亮起了一个小小的火堆。他一边拨弄着，一边抹着脸上的泪水。纸灰被风卷起来，又散落在平台上。有几块落在祝老四的脸上，被他胡乱抹去，顿时成了黑白脸，在火光的映衬下，甚是吓人。

纸钱烧得差不多了，祝老四拿出那根竹竿，一边摇晃，一边念念有词。方木听了半天，一句也听不懂，估计是招魂的咒语之类。可是，折腾到凌晨1点多，并没有美人的香魂如约而至。祝老四很失望，方木却觉得大为庆幸。正当两人收拾好东西，准备离开的时候，方木才意识到，已经出不去了。

方木和祝老四商量了一下，决定在卫生间里挨一宿。第二天早上行政楼开门后，再偷偷地溜出去。

卫生间的大理石地面冰冷无比。折腾了大半夜的方木背靠着暖气，埋怨了祝老四几句，慢慢地睡着了。

他做了一个梦。梦到自己站在天台上，四周是浓得化不开的夜色。奇怪的是，方木能清晰地看到楼下有人在抬头望向自己。他甚至可以分辨出那些人的脸。

周军、佟倩、祝老四……

更奇怪的是，他丝毫没有意识到其中两个人已经死去。而他们，只是仰着苍白的脸，默默地看着自己。

方木感到有些尴尬，毕竟他很不习惯这种被关注的目光。于是，他急着要走下天台。突然，一个念头从他的脑海中闪过：跳下去，是最快的办法。

他真的这么做了。随即，他就发现自己从暖气片旁滑落，侧躺在卫生间的地面上。

方木爬起来，立刻感到肩膀酸得要命。他一边揉着脖子，一边茫然四顾。思维渐渐清晰之后，他忽然意识到，祝老四不见了。

方木一下子紧张起来。他翻身跳起，睁大眼睛在四周张望着。然而，卫生间里空荡荡的，只有他一个人。

“老四，你在哪里？”方木壮着胆子小声喊道，发现自己的声音也颤抖起来，“你他妈的别吓唬我啊！”

无人回应。

冷汗立刻从他的额头上沁出来。方木定定神，抬脚走到卫生间的门旁，拉开门，走了出去。

走廊里一片漆黑，寂静无比。方木舔舔已经干裂的嘴唇，竭力平息着急促的呼吸，一步步向前走着。

走过一个转角，前方就是连接着室外平台的另一条走廊。眼前有了微弱的光线，方木发现在某扇窗户前，静静地站着一个人。

方木先是一惊，随即就恼火起来。从身形看，那分明就是祝老四。

“你他娘的！”方木快步走过去，同时低声喝道，“不说一声就跑了！”

祝老四吓了一跳，回头看见方木，松了口气。

“我还在等她。”祝老四重新把视线投向窗外的平台，语气消沉，“可惜她没来。”

“算了吧。”方木没好气地说道，“佟倩要是真来了，非把你吓个半死不可。”

“怎么会，我那么喜欢她。”祝老四看看方木，“不过，我在想一件事。”

“什么？”

祝老四的眼睛在黑暗中闪闪发亮：“你说，我们是不是弄错了地方？”

“嗯？”

“佟倩是从24楼的天台上摔下来的，虽然死在平台上，但她是从上面掉下来的啊。”

方木一怔，想了想：“嗯，也对。”

祝老四来了精神："你记不记得我们刑法课上学过，犯罪行为发生地和结果发生地都属于犯罪地，以此类推，佟倩掉下来的地方也应该算啊。"

方木心说你个死胖子，刑法考试差点没及格，这些倒是记得挺清楚。不过，他实在不愿意在这个时候和祝老四讨论刑法问题，他也不认为佟倩死了之后还这么有科研精神。犹豫再三，他还是同意和祝老四上24楼看看。

两个人爬上24楼，已是满头大汗。走廊里黑洞洞的，似乎将长度无限延展。两个人走了好一阵，才看见复印室的门在走廊尽头若隐若现。越接近它，方木就越感到那黑暗更增加了一分，不由得寒噤连连，脚步也慢了下来。祝老四倒是蛮有勇气的，他拉了拉踌躇不前的方木，疾步向复印室走去。

眼看着复印室的轮廓逐渐清晰，突然，方木的心脏狂跳起来，一种不祥的预感在内心升腾。他伸出手，想拉住祝老四，可是还没来得及碰到他，祝老四就猛地站住了。方木下意识地向前望去，一瞥之下，顿觉浑身的血液都凝固了。

复印室的门缓缓打开，两个模糊不清的影子出现在门前。

真的有鬼。

方木和祝老四呆立在走廊里。方木死死地盯着对面那两个影子，大脑一片空白。忽然，仿佛一道闪电划破夜空，方木突然想到了什么。

两个？难道周军也来了？

对面的两个人影一动不动地站着。方木清晰地感觉到，他们在"看着"自己和祝老四。

笼罩在四周的黑暗，悄然挤压过来。走廊里一片寂静。两个人和两个影子，默默地对峙。

祝老四终于回过神来，颤巍巍地轻声说：“佟倩，是你么？”

对面的黑影之一发出一声震耳欲聋的尖叫，随即悄无声息地瘫倒了。

方木被这声尖叫吓得魂飞魄散，本能地拉起祝老四，转身就跑。刚跑到楼梯口，方木就被一束刺目的白光晃得睁不开眼睛。随即，他就看见几束手电光从下面直射上来，伴随着几声大喝：“谁，干什么呢？”

方木和祝老四被辅导员从保卫处带回寝室，已经是上午9点了。

昨夜，保卫处的干部和行政楼的值班员在楼内例行巡视。巡到23楼的时候，突然听到楼上传来一声尖叫，几个保卫处的工作人员跑到楼上，正好遇见了跌跌撞撞跑过来的方木和祝老四。他们被吓得不轻，指着复印室的方向连说有鬼。几个保卫干部壮着胆子来到复印室门口，发现一对男女瘫在地上。女的已经昏了过去，男的虽然神志尚存，可是裤子已经全湿了。

经调查，这对男女分别是学生食堂的大师傅和服务员，一直保持着男女关系。昨天晚上，为了省下开房的钱，他们跑到行政楼里来亲热。为了避人耳目，他们特意到了大家纷纷回避的24楼（靠，方木想，这才是坚定的唯物主义者）。正好复印室的门没锁，他们就跑到里面一番云雨。事毕，拉开门回到走廊里的时候，他们看到了两个黑影。其中一个拿着一根竹竿，颇像传说中无常二鬼所持的哭丧棒，特别是持棒者鬼声鬼气地喊了一句曾在这里坠楼身亡的佟倩的名字，两人的理智霎时崩溃。女服务员被当场吓昏过去，至今还在医院里躺着。

这两个人的事虽然龌龊，但是毕竟可信。而方木和祝老四就显得比较可疑了。

祝老四坚持说两个人是来给敬爱的师姐烧点纸，以寄托哀思。保卫处的人问那根竹竿是怎么回事。祝老四支支吾吾地说那是买纸钱的时候送的——买一送一。保卫处的人当然不信，旁敲侧击地说犯罪者一般都会回现场看看，还通知了公安局。公安局来了一老一少两个警察，问了几句，就把他们放了回去。临走时，年长的警察笑问他们是不是打算给死者招魂，好给佟倩报仇什么的。祝老四刚要发表意见，就被方木连拖带拽地弄走了。

方木和祝老四回到寝室里，辅导员骂了他们几句就离开了，临走前，责令他们每人写一份检查。经过这一夜的奔波与惊吓，方木已经筋疲力尽。他拉开被子，衣服都没脱就钻了进去。可是他躺了好久，却睡不着，感觉脑子里仍然被乱七八糟的画面塞得满满的。

祝老四也一样，在床上翻来覆去地折腾着。足足半小时后，方木听到他冲自己“嘘”了两声。方木闭着眼睛不搭理他。祝老四觉得无趣，就一个人坐在床上自言自语。

“我知道连累你了，实在对不住。可是……唉……”

祝老四叹了口气：“实话告诉你，佟倩死的那天晚上……我去行政楼了。”

方木猛地睁开眼睛，一下子清醒过来。

“我本来想借这个机会多和她接触接触。刚拐进走廊，我就看见复印室亮着灯，佟倩在和一个人说话。我以为是她男朋友，就回去了。现在想想，也许就是那个人害了她。”

祝老四擤擤鼻子：“这几天我一直在想，如果当时我进去了，也许佟倩就不会死。我总觉着自己对不起她。所以……”

方木腾地一下坐起来。

“老四，你应该去找警察！”

第七章

雪雕

高教授拿回去的资料果真有问题。

接到丁树成的通知后，高教授检查了从复印室里拿回来的资料。结果，他发现一年前所做的一个课题的结题报告不见了。技术部门对现场进行了二次勘查。勘查结论显示，墙上的水渍的形成时间为案发当晚。从水渍的形状和位置看，应该是从高处泼洒至地面后，又溅到墙上的。经检验，水渍中含有茶多酚和儿茶素成分，怀疑形成水渍的液体是茶水。从现场摆放的物品推断，茶水倾倒的位置很可能是那张桌子。虽然桌子上的痕迹经过人为擦拭，但是从木质桌面的裂缝中，也发现了含有同样物质的水渍。据死者的室友反映，佟倩生前因为怕牙齿变黄，所以从不喝茶。由此可见，当天带茶水进入复印室的肯定不是佟倩，而是另外一个人。

同时，法学院三年级学生祝城强也提供了重要线索。根据他的说法，案发当晚，的确有人和佟倩在复印室里共处。祝城强无法提供那个人的体貌特征，但可以肯定是男性。至于那个人的口音，因相隔距离较远，且仅听到只字片语，因此祝城强无法确定。

邢至森对案发过程做了大致还原：一个带着茶水的人，在案发当晚进入了复印室。他将水打翻在资料上，然后和死者把弄湿的资料带上24楼天台晾晒。他故意把资料晾在天台边缘，然后引诱死者来到天台边缘，将死者推了下去。

之所以有这样的推断，出发点是摆在24楼的天台的水泥沿上的两块砖头。在那个位置上摆放砖头，看起来似乎是为了晾晒某种较轻、会被风吹走的东西。邢至森第一个想到的就是纸。由此，邢至森有了这样的设想：会不会是因为正在复印的资料被水弄湿了，佟倩在天台上晾晒资料时发生坠楼？复印室墙面上的水渍初步验证了邢至森的假设。结合现场极有可能被人清理过这一情况，邢至森几乎可以肯定佟倩是被人谋杀的。鉴于凶手是个极其谨慎、小心的人，作案后，为了干扰警方的视线，他一定会把被水弄湿的资料拿走。所以邢至森要高教授检查一下拿回去的资料，而结果也证实了邢至森的思路是正确的。

本案的诸多疑点让市公安局决定把本案定性为凶杀案件。而且，凶手很可能是死者认识的人，特别是在校学生。因为邢至森注意到，穿梭于校园中的大学生们，随身的标准配备就是书包、坐垫和茶杯。有鉴于此，警方决定把调查的重点放在学生之中。

毫无疑问，在C市师范大学这样一所万人高校中，查找一个可能是凶手的学生，实在是一件既费时又费力的工作。丁树成决定去一趟师大，一来向学校通报一下案件侦破的情况，二来和保卫处商量一下配合调查的事。

临动身前，邢至森说他想去师大附近的区政府，问能不能载他一程。丁树成还有很多问题想听听他的意见，当然求之不得。然而，邢至森在路上不怎么说话，始终盯着窗外，似乎心有所思。

路过师大的时候，邢至森突然问道："上次那个案子查得怎么样了？那个叫周……周什么来着？"

丁树成答道："周军——暂时没什么头绪。怎么？"

他看看邢至森的脸色，想了想，又问道："你觉得这两件案子有关系？"

邢至森不置可否地"唔"了一声。

丁树成目视前方，边整理思路边说道："这种可能性我也考虑过。毕竟，在几十天内，同一个学校里死了两个人，实在是蹊跷。不过，死者一个是男的，一个是女的；一个是本科生，一个是研究生；一个是被勒死，一个是摔死。而且这两个死者的社会关系几乎没有交叉点。至少从现在来看，还找不到这两件案子的关联之处。"

邢至森沉吟了一下，说："先查这个吧，周军的案子也别放松。"

车开到区政府门口，邢至森下车，目送丁树成掉头离去。他看看面前的区政府大楼，却不急着进去，站在台阶下点燃了一支烟。

诚如丁树成所言，发生在师大的两起命案，从表面上看来毫无关联，但是邢至森心里总是不自觉地把它们放在一起比较。尽管从被害人属性、犯罪手法、案发地点来看，这两起命案没有任何相似之处，邢至森却始终隐隐觉得它们之间一定有什么联系。只不过，这种感觉是相当模糊的，缺乏依据。虽然邢至森相信直觉的存在，但现在就进行并案调查，显然为时尚早。

邢至森不知道，有这种感觉的，不止他一个人。

方木和祝老四给佟倩招魂的事情，很快在法学院传开了。有的人佩服他们的胆量，有的人感动于祝老四的执着，不过大多数人还是对这两个大学生抱着讥笑的态度。方木被大家接连嘲笑，臊得不想出门。死胖子倒是赢了个痴情男的形象，赚了许多女生赞许的目光。

缩头缩脑地过了几天之后，方木意识到，尽管自己不愿意回忆他们的荒唐举动，但是，在他的脑海中，当晚的各个场景仍在反复回放——好像一部悬疑电影中，那些暗藏玄机的镜头。

其中，一幅画面在方木的头脑中盘桓了很久。在某天午夜，方木突然从沉睡中醒来，而那幅画面也定格在他的脑海中，清晰无比。

复印室门前，并肩而立的两个沉默的影子。

方木记得，当他在黑暗中分辨出那是两个人的时候，心头闪过的第一个念头是：周军也在。

我为什么会这么想?

方木很难解释自己当时为什么会有这样的念头。他宁愿相信那是在极度惊恐的状况下的胡思乱想。可是他很快发现，不管他如何痛骂自己的幼稚与荒唐，这个念头就像一个挥之不去的幽灵，始终在头脑中萦绕，不时小声地提醒方木，迫使他在不知不觉中反复审视那个镜头。

周军和佟倩，会不会死在同一个人手里？

在一片黑暗中，方木躺在床上，听着室友们均匀的呼吸声，任由这个恐怖的念头在脑海中变得越来越清晰。当它完全占据方木的思维的时候，他已经毫无睡意，感到既迷惑又恐慌。

迷惑的是，究竟是什么样的冤仇，让凶手对这两个几乎毫不相干的人痛下毒手？就好像用一条鲜血铸就的链条将两人捆在一起，拉入万劫不复的深渊。

恐慌的是，如果真的是同一人所为，那么这两个人的死是不是最后的结局？

幸福的憧憬似乎总是遥不可及，而不祥的预兆却总是随后就敲响你的房门。

进入12月，地处东北的C市已经很冷了。到了晚上，气温降到了零下二十几摄氏度。

今天，灰黑色的云层覆盖着天空，月亮和星星都不见了踪影。气象部门预告，今夜将有本市入冬以来最大的一场雪。每个走在校园里的人都穿着厚厚的棉衣，抱怨着越来越冷的天气，讨论着哪个自习室最暖和。

再暖和的地方，也比不上恋人的怀抱。

即使在如此的低温之下，在被称为恋爱角的体育场，依然流连着一对对青年男女。这些热恋中的年轻人，要么手拉着手在操场上一圈圈地漫步；要么在背风的地方，依偎在一起说些悄悄话；胆子大一点的，就在更黑暗的角落里，忘情地拥抱、热吻。

晚上10点，在外自习的学生们开始陆续返回寝室，校园里呈现出一天中最后的喧闹。很多人大声说笑着穿过体育场，不时向情侣们吹起善意的口哨。受到打扰的男女们不无留恋地站起身，随着返寝的人流消失在各个宿舍楼中。很快，体育场上一片寂静，只听到风声一阵紧似一阵地吹着。

没有人留意到，在体育场东北角的台阶上，依然有一对男女在难舍难分地纠缠着。

许久，女孩轻轻推开男孩：“该回去了，太晚了。”

男孩显然还意犹未尽，重新把女孩搂进怀里。女孩正要出言嗔怪，就被他的双唇封住了嘴。

又亲热了好一会儿，男孩柔声问道：“冷么？”

“不冷。”女孩温柔地看着他。黑暗中，彼此的眼睛闪闪发光。

“估计关寝了。反正也回不去了，我们去看通宵电影吧。”

女孩想了想：“行，不过你到时候不准做坏事啊。”

女孩的话与其说是告诫，不如说是提醒。男孩兴奋得满脸通红，猛地站起来。大概是因为坐的时间太长，加之气温过低，脚都麻了，男孩没有站稳，摇晃着打了个趔趄。

女孩笑骂道：“傻瓜，慢点，你……”

随后她的眼神中就充满了惊恐。

因为她看到男友的身后陡然升起一个黑影！

黑影挥起一根木棒似的东西，猛地砸在男孩的头上，男孩哼了一声就一头栽倒在地上。女孩被突如其来的变故吓呆了。尖叫一声之后，她顾不得被打倒的男友，转身就跑。

黑影轻盈地跳过台阶，一把抓住了女孩的头发。女孩被拉倒在地，挣扎着要爬起来。刚抬起半个身子，女孩就感到有一块湿冷的毛巾捂在自己的口鼻上。刹那间，一股怪异的味道直蹿鼻腔。女孩拼命撕扯着，想把那块毛巾从脸上拽下去。然而，她只是勉强挥动了几下手臂，就悄无声息地瘫倒了。

黑影把毛巾收好，低头查看瘫软在自己脚下的女孩。确认她已经失去意识后，黑影又扭头看看那个男孩。后者保持着刚才的姿势，一动不动地趴在地上。

黑影弯下腰，把女孩扛在身上，转身消失在茫茫夜色中。

此时，灰黑色的天空中，已经有大片的雪花缓缓飘落下来。

半小时之后，黑影一个人急匆匆地返回。令他吃惊的是，原处已是空空如也。他急忙向四处张望，没有那个男孩的影子。

覆盖了一层积雪的地上，一行浅浅的脚印指向体育场的南出口。

黑影没有犹豫，他飞快地穿过体育场，跑到南出口，左右张望了一下，依旧不见人影。他的心狂跳了起来，转身跑进体育场，翻过栏杆，疾步登上二十多级的台阶。最后，他站在看台顶端，睁大眼睛，透过越来越密的雪花向下搜寻着。

来回扫视了几圈之后，他终于看到了那个提前苏醒的人。男孩捂着头，手扶着体育场的外墙蹒跚前行。

他估算了一下距离，随即就沿着台阶跑起来。十几米外的台阶下还有一个小门，从那里出去，应该来得及拦住男孩。

必须拦住他，否则一切就会败露。他全力跑着，丝毫没有注意到台阶上已经满是积雪。突然，他脚下一滑，整个人撞在了台阶顶端的围栏上。

顿时，肋骨处传来一阵剧痛。几乎与此同时，他听到了几声清脆的断裂声和一声短促的惨叫。

他顾不得察看伤势，咬着牙冲下台阶，拉开小门，冲了出去。

男孩以一种奇怪的姿势跪伏着，头顶着地面，两只手软软地垂在身侧。他的头部和身上到处都是碎冰块，脖颈后面插着一支晶莹透亮的冰凌。

男孩抽搐了几下就不动了。

这样的场景大概也是黑影没有想到的。呆立了半天，他走过去试探男孩的鼻息。随即，他站起身来，眼睛熠熠生光，满脸都是遮掩不住的兴奋。他倒退几步，最后看了一眼这令人难以置信的场景，转身消失在夜色中。

雪，越下越大了。

体育学院的金超有一个雷打不动的习惯——晨跑。早晨5点，宿舍的门刚刚打开，金超就穿好跑鞋和运动装，慢慢地向体育场跑去。

雪断断续续地下了一夜，现在还没有停。奔跑中，不时有雪花拍打在脸上。金超一边小声咒骂这该死的天气，一边深一脚浅一脚地跑着。此刻，大多数人还在睡梦中，校园里静悄悄的。金超摸着黑跑进体育场，简单做了热身活动之后，就沿着空无一人的跑道徐徐奔跑起来。

跑了一圈之后，金超的眼睛开始逐渐适应体育场内的光线。跑着跑着，他隐隐约约地看到旗杆边站着一个人。

这么早就来读英语了？这么黑的天，能看见么？

金超的脚步慢下来。

难道是出来听英语广播？现在可下着雪啊。

金超盯着旗杆边的人，越跑越近了。

距离旗杆大约几米的时候，金超终于看清了。

那是一个满身都被白雪覆盖的人。

第八章

无力悲伤

丁树成筋疲力尽地坐在桌前，面前的烟灰缸里插满了长长短短的烟头。

昨晚是他值班，他把两起案件的所有资料都仔细地看了一遍。可是直到天色泛白，还是毫无头绪。

丁树成揉揉发涨的太阳穴，觉得嗓子里又干又涩。他端起茶杯，起身去卫生间把早已冷透的残茶倒掉。

还没等他走回办公室，就听到手机在桌子上尖锐地鸣叫着。丁树成不敢怠慢，疾步走上前去，打开翻盖一看，不由得心里一沉，是师大保卫处的电话号码。

难道又出事了？

他来不及多想，按下了接听键。对方刚刚说了几句话，他的脸色就变了，失声叫道："什么，又死了一个？"

几分钟后，一辆拉响警笛的警车开出市局大院。刚上马路，丁树成的电话又响了，他听完电话后，一言不发地坐在车里，眼睛直勾勾地望着车窗外纷飞的雪花。良久，他回过头，对身边一直用探询的目光看着自己的同事说道："不是一个，是两个。"

邢至森赶到师大的时候，现场已经被提前赶到的同事们封锁了起来。蓝白相间的警戒线外，挤满了看热闹的学生。邢至森费力地挤过人群，看见丁树成蹲在地上，盯着面前的积雪发愣。几个法医在已经被平放在地上的女尸前忙碌着。

邢至森走过去拍拍丁树成的肩膀。后者像被火烫了似的一下子跳了起来。邢至森注意到丁树成的目光中充满了少见的惊恐。他愣愣地看着邢至森，几秒钟之后才喃喃说道："又死人了，而且是两个。"

邢至森移开目光。他为自己的下属在此刻表现出的软弱感到恼火。稍稍平复一下情绪后，他转头问另一个在场的警察："情况怎么样？"

那个警察简单介绍了尸体被发现的过程。一个来操场晨跑的学生发现了被绑在旗杆上的女尸，马上跑向保卫处报告。值班的保卫干部给丁树成打完电话后，立刻赶到操场准备封锁和保护现场。经过体育场小门的时候，一个细心的干部觉得墙边的一个雪堆看起来很可疑，走过去一看，发现了另一具被埋在雪下、呈跪伏状的男尸。

邢至森皱着眉头听完他的汇报，思索了一下，又问道："现场勘查的情况怎么样？"

那个警察很快地回答："正在进行中。不过，"他犹豫了一下，"估计不会有什么线索，雪太大了，几乎把一切都盖住了。"

邢至森的眉毛拧得更紧了。他看看依旧失魂落魄的丁树成，用力拍了一下他的后背。

"走，去那边看看。"

发现男尸的现场和这边差不多，同样有大量学生在围观。法医们已经开始收拾工具。一个和邢至森相熟的法医走过来向他要了支烟，狠狠地吸了一口。

邢至森问他有什么线索。法医说了一句"脊髓损伤导致死亡"就不作声了。吸了大半支烟后，法医把烟头扔在地上踩灭，抬起头来说道："很多年没遇到过这么邪门的事情了。不到三个月，死了四个人……"

正想继续发牢骚，法医看看邢至森难看的脸色，知趣地闭了嘴，转身帮助其他人把尸体装进了尸袋里。

警察们抬起尸袋走向停在一旁的警车。由于尸体呈跪伏状，又被冻得硬邦邦的，尸袋形状显得很奇怪。走到车前，警察们挥手让围观的学生们让开。学生们都不说话，也没有人动。

邢至森扫视着人群，感到无数透着敌意和不信任的目光投射在自己脸上。他回过头来看着保卫处的陈斌处长，示意他帮助维持一下秩序。陈斌却把头扭了过去，脸色也很难看。

忽然，人群中传出一个声音：“都死了几个人了？你们是干什么吃的！”

话音未落，抗议声和咒骂声就在人群中此起彼伏地响起，刚才还一片静默的操场瞬间就沸腾起来。

警察们不知所措地看着邢至森。邢至森又回头看看陈斌。陈斌看着别处，不说话，也不动。

邢至森咬咬牙，走过去，抬起尸袋的一角，大步向前走去。走到人群前，人墙还是纹丝不动。一个体格健壮的男生挡在他的身前。

邢至森抬起头，那是一张朝气蓬勃，却满是无礼神色的脸。男生毫不示弱地迎着邢至森的目光，脸上的肌肉轻微地颤动着。

邢至森一言不发地盯着男生的眼睛。男生的脸越来越红，目光由坚定渐渐变为躲闪，呼吸也越来越重。最后，他垂下眼睛，默默地让开了。仿佛是防线被打开一个缺口，身后的人群也自动让开一条路。

邢至森目不斜视地把尸袋抬上车，自己也拉开车门坐了上去。刚要关车门，一只手突然拦住了他。随即，陈斌的脸出现在车窗外。他看看后座上一言不发的丁树成，又看看邢至森，不客气地问道：“已经死了四个人——你们什么时候能破案？”

邢至森没有回答他，而是拨开他的手，重重地关上了车门。

陈斌在原地呆立半晌，眼看着警车一辆辆开走，感觉脑子里竟然一片空白。等他回过神来，第一个念头是：怎么向学校交代？

他颓然转过身，发现身后的学生们依然没有走，还吵吵闹闹地聚在一起。陈斌不由得勃然大怒。

“都别围着了！该吃饭吃饭！该上课上课去！”

其他的保卫干部也开始动手疏散人群。学生们却始终拖拖拉拉地不肯走。撕扯了半天，不知是谁喊了一声：“去行政楼！”顿时，学生们一呼百应。人群撤出了体育场，直奔行政楼而去。

陈斌愣了一下，心中暗暗叫苦，这下拦也不是，不拦也不是，只好招呼上保卫干部跟着人群跑。

当大批群情激愤的学生吵吵嚷嚷地赶往行政楼的时候，方木一个人回到了宿舍。

宿舍里的暖气很足，可是方木坐在床上的时候，仍然全身发抖。

他感到恐惧。

今天早上的每个人都会感到恐惧。恐惧这校园里还会不会死人，恐惧下一个会轮到谁。

而方木恐惧的，是他自己。

当方木挤在人群中，极力向旗杆望去的时候，法医们正设法把女尸从旗杆上解下来。厚厚的雪披在早已失去体温的女尸身上，但是仍然能看出死者曼妙的身姿。

围观者在窃窃私语。有低声惊呼，有哀婉叹息，也有人紧紧盯住尸体，久久不能言语。

方木也被女尸完全吸引住。仿佛连接了天地的一片苍茫白色中，女尸露出的黑发默默垂落，眼角还有些许小小的冰珠，在清晨的阳光下熠熠生辉。

女尸被慢慢地平放在积满白雪的地面上，身上的积雪开始剥脱，苍白的肌肤若隐若现。

方木缓缓地吐出一口气。

太美了。

这个念头只是在他的脑海中如电光石火般一闪而过，方木却被自己吓了一跳。

我为什么会这样想?

他用力摇摇头，竭力想把这个怪异的念头赶出脑海。可是他越努力，这三个字却越发清晰。

当死亡像艺术品一样被展示的时候，你会忘记心跳的停滞、呼吸的消失、瞳孔的扩散——那种种令人恐惧、令人生厌的特征都会忘掉。你甚至会欣赏那黑衣使者挥起长镰刀时的锋芒毕露。

方木的手渐渐攥紧。

从容掌握他人生命的感觉。

也许，这就是他感受到的。

“散开散开，别围着了，没什么好看的！”

警察的吆喝声让方木回过神来。重新站在冰冷的雪地上，他竟有一点怅然若失的感觉，随之而来的是更加深切的恐惧。

我这是怎么了?

不知在寝室里坐了多久，方木才感到自己抖得不那么厉害了。

脚底有湿冷的感觉。方木低头看看，鞋子上的雪已经化开了，混着鞋底的泥，在地面上留下污浊不堪的脚印。

方木站起身来，走到窗台下，拎起一个暖水瓶，晃了晃，给自己倒了一杯隔夜的热水。

喝了几口温吞吞的水，方木盯着水泥地面上那几个歪歪扭扭的脚印。看了一会儿，他又把视线投向前后左右的物件。

不知为什么，眼前的一切似乎有些陌生。那油漆斑驳的双层床、凌乱不堪的被褥、墙上体育明星的海报、床下乱七八糟的鞋子，仿佛都在不知不觉间，悄悄地发生了变化。

或者，改变的，只是我自己而已？

方木感到全身僵硬，刚刚回到身上的热气，仿佛又消失得无影无踪。

我，为什么能感受到——他？

尸检报告和现场勘验报告很快送到了丁树成的办公桌上。

女性死者名叫宋飞飞，师大经济系三年级学生，甘肃人。死者被发现的时候，全身一丝不挂，被捆在操场西南角的旗杆上，嘴里还塞着死者的内裤。在现场没有发现死者的其他衣物。尸检结果表明，死者的处女膜呈陈旧性破裂，但没有发现当晚行房的痕迹。死者身上无明显外伤，但是在血液中发现了经黏膜渗入的乙醚成分。由此，可初步推断死者曾被人麻醉。之后，她在失去意识的情况下被剥光衣服，捆在旗杆上。从死者身上的勒痕来看，死者曾有过短暂的意识恢复，并有过挣扎。当晚气温大约为零下24℃，死因不言而喻——死者是被活活冻死的。

男性死者的情况就比较特殊了。死者叫贾连博，与女性死者同为经济系三年级学生，河南人。经调查，他与女性死者生前为情侣关系。从尸检结果看，死者头部有大约3厘米的头皮裂伤，疑为钝器击打所致，但是不足以致命。最终置他于死地的是插在死者后脖颈上的冰凌导致的脊髓损伤。根据现场的情况，尸体被发现的位置上方是体育场的外墙，顶端的水泥外沿还残留着断裂的冰凌。看起来，他的死似乎是一宗意外。但是，由于当晚的气温较低，死者头上的冰凌如果要落下的话，应该是受外力撞击的结果。勘验人员曾登上死者上方的体育场台阶进行勘验。可是，由于当晚曾有超过11厘米的降雪，所以现场几乎没有留下任何有价值的线索。

从调查走访的结果来看，两名死者都不是本地人，社会关系比较简单。而且，他们在系里人缘颇好，没有与人结怨的传闻，也没有男女关系方面的纠葛。根据两名死者的室友反映，贾连博和宋飞飞正处在热恋期，几乎整天都黏在一起，偶尔还会去校外的通宵录像厅过夜。

据此，警方对案发过程作了初步还原：两名死者在案发当晚曾在操场上约会，被凶手分别以钝器敲击及乙醚麻醉的方式制服。而后，凶手将女性死者带至体育场西南角，剥掉衣服后，将其捆绑在旗杆上。男性死者在苏醒后曾试图逃离体育场，后被未知原因导致的冰凌坠落刺死。

之所以将第一现场认定在体育场内，原因在于，这里是师大的情侣们约会的主要场所。再者，凶手不太可能在校园内的其他场所将两名死者同时制服。由此得出的另一个结论是，案发时间极有可能是晚上10点半，也就是学生宿舍关闭之后。因为此时校园里人迹寥寥，正是凶手作案的最佳时机。

然而，警方目前掌握的情况也仅限于此，仍有大量疑点无法证实。

第一，凶手是否是校内人员？

第二，凶手为何要置二人于死地？

第三，将二人制服后，凶手为何要费时费力地将女性死者绑在旗杆上，任其活活冻死？男性死者的致死原因究竟是意外还是有意为之？

权衡再三，警方决定先从第一个疑点查起。鉴于案发时段，警方将排查重点放在当晚没有归寝的学生身上。如果这个思路行不通，再调查学校附近的校外人员。

这无异于大海捞针。

和前两起案子一样，又是毫无头绪。

在短短三个月的时间内，师大已经死了四个人。这不仅在师大掀起轩然大波，C市的市民也开始关注师大的这几起命案。一时间，街头巷尾到处充满了流言蜚语。案件引起了市委和市政府的重视，市局的主要领导还专门去市里汇报了情况。据传，市委书记发了脾气。局里的头头们挨了顿批后，决定把师大的命案列为一号公案，集中全局力量进行侦破。邢至森被任命为直接负责人。

刑警支队全员取消休假，邢至森和丁树成每天也是忙得昏天黑地。可是，一个星期过去了，还是一点进展也没有。

最大的问题在于：作案动机究竟是什么？

这是最最困扰警方的问题。对于一般命案，如果能够推断出凶手的作案动机，那么侦查工作就有一个大致的方向。可是师大这四起命案的被害人之间毫无瓜葛。除了集中在法学院和经济系之外，死者的背景和社会关系也毫无相似之处和交叉点。这使得侦破工作无从下手，只能把重点放在外围，希望能有一点蛛丝马迹可寻。然而，这是一个非常浩繁复杂的任务，短期内找出线索的可能性很小。

另一个问题是：还会不会死人了？

这是师大校方更为关注的问题。警方的目标是破案，而学校的目标则是不要再发生类似的事情。

案发之后，学校召开了紧急会议。会议决定由保卫处和学生会组成校园治安联防队。抽调一台面包车当作巡逻车，24小时在校园内巡逻。同时严格执行各宿舍楼和教学楼的管理制度：宿舍楼的关门时间提前到晚上10点，出入各教学楼须持学生证，并必须在晚上9点半之前离开教学楼。每个教学楼和宿舍楼的管理员都增派了人手，并配发了塑胶警棍。

一夜之间，曾经安逸祥和的师大校园内充满了不安的气氛。

一到傍晚，往日喧闹的校园里就变得死气沉沉。去自习室的学生越来越少。偶尔有几对耐不住寂寞出来约会的情侣，也在天黑后就匆匆告别。恋爱似乎成了一场冒险。寝室里的人也不多。许多本市的学生都受不了学校压抑的气氛，上完课后就直接回家了。

尤其在发生了命案的男生二舍，曾经爱说爱闹的男孩们好像一下子都长大了，变得沉默寡言，心事重重。关寝之后，走廊里不再有嘻嘻哈哈的说笑和善意的打闹，每个人都轻手轻脚的，似乎怕打扰某个在楼里游荡的魂灵。偶尔有人在洗漱时失手掉落脸盆或者牙杯，总会引起一片惊叫和无数惊恐的回眸。

管理员孙梅的脸色也越来越难看。学校考虑到男生二舍只有一个管理员，还是个女的，就把原来在行政楼值班的唐德厚调到了二舍。孙梅和唐德厚相处了几天，就向学校打报告要求更换。她的理由是，一个寡妇，一个鳏夫，整天对着脸，怕别人说闲话。学校人手正紧，没有同意，就提出给孙梅换个宿舍楼。孙梅不干，说是学生比较熟悉，便于管理，也就不再提更换管理员的事了。可是她好像余怒未消似的，整天阴着脸，对学生的态度也越来越差。过去学生们违反纪律，只要说上几句好话，孙梅还是挺给面子的。可是现在稍有不慎，就会引得孙梅大动肝火。学生们当面叫她孙姨，背后都叫她孙更年。

唐师傅倒是和男生们相处得不错，时常能看见他和男生们聚在一起叼着烟卷聊天。相比之下，男生们更讨厌孙梅了。

某天晚上，方木在自习室里复习英语，准备六级考试。抬头看表的时候，才发现已经快10点了。他手忙脚乱地收拾好书包，向宿舍楼快速跑去。

因为提前关寝，校园里已经变得空空荡荡。方木奔跑在毫无人迹的小路上，不由得回想起往日的喧嚣时光。那些和室友勾肩搭背、高歌而行的日子仿佛已经远行。这让方木觉得，某些曾经在生命中习以为常的东西，已经不可挽回地失去了。

这种感觉令人悲伤，甚至超过了独自夜行的恐惧。

二舍就在不远的前方。快走到楼下的时候，方木看见孙梅正准备关门。他加快了脚步，边跑边喊“等等”。可是，孙梅看了他一眼，还是“砰”的一声关上宿舍门，还“咔嗒”一声上了锁。

方木慌了，几步跑到门前，用力拍打着大门。

“孙姨，我是352寝室的，开门啊。”

孙梅在里面不紧不慢地说：“几点关门你不知道啊？”

“知道，今天有点事耽误了，孙姨你快开门，我保证下不为例。”

“你说几点回来就几点回来？学校有规定你不知道么，我给你开门了，保卫处扣我工资你给我补啊？”

方木哀求道：“孙姨我错了，你就原谅我这一次吧。”

孙梅干脆不说话了。

方木又叫了几声，里面还是没有反应。他有点火了，正想骂人，门开了，吴涵的脸露了出来。他冲方木招招手，示意他赶快进来。

方木急忙挤进去，小声问道：“今天值班？”

“嗯，快上楼吧。”

“谢谢三哥。”方木看看一旁沉着脸的孙梅，不敢多说，几步跑上了楼梯。

走廊里静悄悄的。方木一口气爬上三楼，走到352寝室门口，推推门，里面上锁了。

“老三？”室内传来老大的声音。

“开门，我是老六。”

“你等着啊。”

室内传来下床和穿拖鞋的声音。几秒钟后，门开了。老大只穿着内裤，抱着肩膀跑回床上。

方木没好气地问道：“干吗这么早锁门？”

老大边往被窝里钻边说：“安全点呗——怎么才回来，我们以为你回家了呢。”

方木把书包扔在床上，声音里还带着微微的气喘。

“看书看过点了。妈的，孙梅这老家伙，差点把我关在外面。”

几个人嘿嘿地笑了起来：“孙更年骂你了？”

“那倒没有，不过她就是不开门，好在三哥今天值班。”

“老三今天还说呢，让大家以后早点回来。晚归的话，可能要挨处分。”

“靠！”老五把手里的书重重地甩在床上，“这他妈哪像学校啊，简直像集中营一样！”

一时间怨声四起。方木跟着骂了几句，低头一看表，熄灯时间快到了。他赶紧闭嘴，拿着洗漱用具去了水房。

走廊里光线昏暗，一片寂静。方木看着不远处的水房，心里有点发怵。也许是水房里透出的微弱灯光给了他些许勇气，他犹豫了一下，还是走了过去。

走进水房，他才发现自己的胆怯没有必要。因为水房里还有一个男生。

他斜靠在墙上，拿着一本英语教材在低声念着。听到有人走进来，男生抬起头。

方木认得他是这学期的新同学王建。

之所以说他是新同学，是因为王建原来是基地班的学生，在上学期的考试中被淘汰下来，分到了方木所在的班级。虽然在同一个教室里坐了几个月，可是王建仍然住在原来的宿舍里，平时独来独往的，跟班里的同学也不怎么接触。每次看见他，他都在埋头苦读。

“怎么到这边来了？”方木记得他住在走廊的另一头，那边也有一个水房。

王建抬头看他一眼，并不说话。

方木讨了个没趣，撇撇嘴，开始刷牙。

王建大概是想开个夜车。熄灯后，只有水房里还亮着灯。方木抬头看看头上的15瓦灯泡，心想这里也太暗了。再说，水房里潮湿得厉害，连个坐的地方都没有。

想到这里，方木看看王建，忍不住问道：“这里条件这么差，你受得了么？”

王建“啪”的一声合上书，看都不看方木一眼，转身走出了水房。

靠，好心没好报！方木嘀咕了一句，扭过头继续刷牙。可是刷着刷着，身上竟然冷起来。

虽然王建不理他，可是好歹还能壮壮胆。现在水房里只剩下他一个人，方木不由得有些害怕。他三下两下刷完牙，胡乱擦了把脸，快步走出了水房。

一直走到352寝室门口，方木的脚步才稍稍放慢。他看看对门的351寝室。还没到熄灯的时间，里面却漆黑一片。351寝室里有六个人，除了老大孙庆东和死了的周军，另外四个都是本市人，最近上完课就都回家住了。孙庆东不敢一个人睡，就搬到其他寝室住。

方木看看紧锁的房门。那个有点闹人的小个子在这里住了三年，每天到这个时候，他都会在各个寝室乱窜，要开水，吹牛皮，跟大家开着粗鲁的玩笑。可是现在，他化作一把轻飘飘的灰，躺在千里之外的那个小匣子里。

方木回过身，走回自己的寝室。

死了这么多人，他已经无力神伤了。

寝室里也是一片死寂。几乎所有人都不出声，不是闭着眼睛，就是在看书，就连翻书的动作都是小心翼翼的。

压抑的气氛也感染了方木。他轻手轻脚地脱掉衣服，钻进了被窝。努力了半天，却仍旧毫无睡意。

他看看表，离熄灯还有十几分钟。于是翻身下床，从床下拿起两个哑铃，费力地做着扩胸运动。

校园里加强管理之后，男生们每天早早地回到寝室，都闲得无聊。于是，健身运动在二舍悄悄流行起来，一来解闷，二来万一某天遭遇不测，也好保护自己。方木也买了两个哑铃，可是自己实在不擅长这个，没做几下，就有点体力不支了。

正在气喘吁吁的时候，吴涵推门走了进来。看到方木吃力的样子，吴涵笑了起来。

“呵，你也玩这个呢？”

他的语调轻松，似乎丝毫没有感觉到寝室里的压抑气氛。这稍稍激活了一潭死水般的宿舍，大家好像都恢复了活力，纷纷从被窝里探出脑袋。

吴涵从方木手里抢过哑铃。“呵呵，不轻啊。”他用手掂掂，“5公斤的？”

“是啊。”方木抹抹头上的汗水，“三哥，来几下？”

“方木，你和老三可比不了。老三做农活长大的，要说力气，宿舍里谁也不是他的对手。”祝老四在一旁插嘴。

吴涵嘿嘿笑了笑，把哑铃在手里抛了两下，又递还给方木：“今天给你留点面子，改天三哥让你开开眼。”

方木抡起哑铃作欲打状，吴涵在他胸前一推，方木就被哑铃坠得连连后退。在大家的哄笑声中，吴涵从床上拿起一本书，笑着拉开门跑出去。临走时扔下一句话：“就你那小样，还想跟我比画？”

方木追赶不及，笑骂道：“你个头脑简单、四肢发达的动物！”

寥寥几句嬉笑，让方木的心情好了许多。

第九章

冬夜

收音机里放着张信哲的《爱就一个字》，女人边打着毛线，边轻声跟着哼唱，有几处明显跑了调。女人摇头笑笑，继续努力跟唱。

一曲终了，主持人絮絮叨叨地啰唆了一会儿，又接听了一个观众的点歌电话。一阵言不由衷的祝福后，张学友的《你好毒》响起。

这首歌的节奏太快，女人上气不接下气地跟唱了几句后终于放弃。她端起桌上的水杯，喝了一大口。揩嘴角的时候，她抬头看看墙上的挂钟，已经0点20分了。

女人犹豫了一下，起身拉开门，来到外面的走廊里。

走廊里的寒气让女人打了个冷战。她不由得抱紧双肩，转身朝走廊另一头走去。

走到一扇小门前，她抬手敲了敲门。

“谁？”

“我。”女人低声说。

里面的人好像在犹豫，半天没有回应。

女人耐心地等着，身子在刺骨的寒气中微微颤抖。足足一分钟后，女人终于按捺不住，抬手又要敲门，可是她看看四周，举到半空的手又落了下来。

这时，门开了。

女人飞快地闪身进去。一直站在门后的男孩同样迅速地把门关好。

屋子里的温度和走廊里相差无几。女人看着身披草绿色军大衣、鼻尖冻得通红的男孩，刚刚涌上心头的幽怨一下子无影无踪。她伸出手去轻抚男孩的脸，尽管她自己的手已经冻得冰凉，可是仍然感觉到男孩的脸比她的手还要凉。

女人低低地惊呼一声：“别在这儿待着了，你会冻坏的。”

男孩慢慢地把脸扭向一边。女人的手一下子僵在半空中。

男孩走回墙角，那里有一套破旧的桌椅。男孩用手扶着腰，费力地坐下，继续不出声地诵读着面前的书本。

女人站在原地，默默地看着男孩的一举一动，眼前渐渐模糊。

“你……你就那么讨厌我么？”良久，女人开口问道。

男孩翻书的手停下了。他低着头，紧咬着嘴唇，轻声说道：“不是。你的手太凉了，不舒服。”

女人又默立半晌，走过去拿起男孩的水杯，转身出去了。再回来的时候，手里是满满一大杯冒着热气的牛奶，还有一个灌满热水的热水袋。她把牛奶放在桌上，又把热水袋塞在男孩怀里，然后就像来时一样，悄无声息地拉开门，走了。

男孩目送着女人消失在门的另一侧。他的目光仍然没有移开，怔怔地看着那扇门。

手里的杯子烫得快握不住了，男孩却更加用力地将掌心贴过去。一阵暖流伴着刺痛很快传遍了全身。男孩弯下身子，把脸贴在同样滚烫的热水袋上，慢慢闭上眼睛……

收音机里的节目已经变成了午夜性知识热线。一个声音苍老的女性耐心地回答着各种猥琐不堪的问题。女人胡乱调着波段。收音机不时发出令人厌烦的沙沙声。最后，她终于失去了耐心，赌气般“啪”的一声关掉了收音机。

室内一下子变得格外安静，好像一部快节奏的电影被按下了定格键。在这突如其来的寂静中，女人显得有点紧张。她抬头看看墙上的挂钟，已经快凌晨1点了。

望望窗外，漆黑一片的夜色映衬出女人的倒影。她似乎对玻璃上这个头发蓬乱、神色沮丧的女人很不满意。

她皱着眉头，挑剔地打量着对方。

拢头发，挑眉，噘嘴，扭动腰肢。

模糊的玻璃窗上，女人的脸庞显得出乎意料的光洁。她有些窃喜地伸手抚摸自己的脸庞，神色却越来越黯淡。终于，她挣脱出不切实际的幻想，颓然跌坐在椅子上。

女人保持着这样的姿势，呆呆地坐着。不知过了多久，她听见门被推开了。女人猛地回过头，看见披着草绿色军大衣的男孩正站在门旁。

他的手里捧着书本、钢笔、热水袋、水杯，看上去狼狈不堪。男孩察觉到女人的目光，低下头，站在门旁不动了。

女人在心里轻叹一声，慢慢站起身来，走上前接过男孩手中的东西。男孩脱下身上的军大衣搭在椅背上，弯腰从桌子下面拿出一只脸盆，拣出毛巾搭在肩膀上，转身拉开门要走。女人叫住了他。她从地上提起一只暖水瓶，把男孩的牙杯、香皂从脸盆里拿出来，先向牙杯里倒了半杯热水，然后就把剩下的热水倒进脸盆里。

男孩连声说够了够了，女人还是固执地倒着。热气在两人之间升腾起来。男孩看见女人的睫毛上凝了些水珠，在电灯下闪闪发亮。

直到暖水瓶被倒得干干净净，女人才满意地住手。男孩看着手里的大半盆热水，表情复杂地笑了一下，转身出门。

男孩的微笑鼓励了女人。她提着空空的暖水瓶，脚步轻盈地跟着出门。片刻，她提着一瓶冷水回来了。

从抽屉里拿出电热棒，插进暖水瓶，接通电源。然后，女人就坐在椅子上，看着电热棒上的指示灯出神。

过了一会儿，男孩也回来了。也许是刚刚用热水洗脸的缘故，男孩的脸红扑扑的。女人抿嘴笑着，拿起毛巾，帮男孩擦干后脑勺上的头发。男孩垂着手，任由女人摆布。

擦干了头发，女人细心地帮男孩把头发抚平。忽然，她伸手搂住了男孩的腰，把脸贴在他的后背上，发出一声轻微的叹息。

男孩的身子抖了一下，有些紧张地看着窗外。漆黑的夜色似乎给了他勇气。他闭上眼睛，把手放在女人的胳膊上，慢慢地摩挲起来。

女人似乎很享受这种抚摸。她闭上眼睛，在男孩的背上露出微笑，把脸贴得更紧了。

良久，墙角的暖水瓶颤抖起来。断断续续的“呜呜”声悄然响起，滚开的水从瓶口“噗噗”地冒出来。

男孩拍拍女人的手背，示意她放开。

女人已经进入了半蒙眬状态，撒娇般地扭动着身子，嘴里“嗯”了一声，抱得更紧了。

“水开了。”

女人这才如梦初醒般松开手，急忙走过去拔掉插头。一瓶滚开的水恢复了平静。

室内的两个人也恢复了常态。男孩有些窘，走到桌旁拿起一本倒扣着的书，随便翻了翻。

“《东京塔》，好看么？”

“挺好看的。”女人把电热棒放进柜子里，“我很喜欢。”

“没想到你居然看这种小说，呵呵。”

女人撇了撇嘴。“你又小瞧我。如果当年我家里条件好一些，我也不至于考上了大学却读不起。”她走到桌旁坐下，表情怅然，“也许现在我也是个大学教师呢。”

男孩似乎并不愿意在这个问题上纠缠下去。他笑了笑，把书按原样扣在桌子上。

“我去睡了。”

女人的目光一下子柔和起来，两朵红晕浮现在脸颊上。

女人的表情都被男孩看在眼里。他移开目光，语气若无其事：“你也早点休息。”说完，他就拎起书包进了里间。

女人眼中的光一下子黯淡下来。

良久，她没精打采地站起来，在屋子里漫无目的地张望了一圈，又重新坐下去，拿起那本《东京塔》，一页页翻看着。

女人的眼睛虽然盯着书页，心思却不在上面。连翻几页，却不知道究竟看了些什么。她意识到自己的失神，轻叹一声，放下小说，双手掩面。

夜似乎漫长得无边无际。女人放下手，把目光投向时钟，发现距离天亮还有很长一段时间。她打量着四周，似乎想给自己找点事做。来回扫视了几圈之后，最后望向里间那扇紧闭的门。

女人慢慢站起来，小心翼翼地走过去，把耳朵贴在门上，屏息倾听着。

里面一片寂静，没有男孩往日轻轻的鼾声。

女人犹豫了一下，轻轻地推了推门。

门无声地开了。

女人在门口站了几秒钟，随即轻手轻脚地走进去。

黑暗中，男孩背对着女人，侧身躺着。女人坐在床边，低头凝视着男孩沉睡的脸。看了一会儿，女人忍不住伸出手去，在男孩的脸上轻轻抚摸着。

男孩一直平稳的呼吸骤然沉重，女人吓了一跳。

他没有睡。

女人抿嘴笑了，胆子也大了起来。她半眯着眼睛，咬着嘴唇，手从男孩的脸上一路向下……

忽然，男孩翻身而起，一把将女人搂在床上。

女人只来得及小小地惊叫一声，就被男孩的热吻堵住了嘴。

“门锁好了么？”男孩含混不清地问。

“嗯……”女人只能发出这种声音了。

撕扯。纠缠。扭动。战栗。

一切恢复平静。女人慢慢地坐起身来，顶着蓬乱的头发，默默地看着已经熟睡的男孩。他的脸上还有一丝尚未消退的潮红。这让他看起来就像一个贪玩的、筋疲力尽的孩子。女人的手指轻轻掠过男孩干瘦的胸膛，忽然感觉到，和男孩光滑的皮肤相比，自己的手竟粗糙得像一块砂纸。男孩也仿佛在睡梦中感受到了胸前的麻痒，伸手抓了抓，翻个身，鼾声再起。

女人缩回手，借着门口那一点微弱的光反复端详着自己的双手。看着看着，神色渐渐黯淡。

她俯身在男孩的额头上亲了一下，轻手轻脚地下床，穿好衣服后，关上门出去了。

室内静得可怕。挂钟单调的“嘀嗒”是唯一的声音。激情之后的女人感到有些疲惫，她呆呆地坐在桌前，眼睛盯着墙上的挂钟，一动不动。

心中的洞似乎没有填满，反而越来越大了。

良久，她微微地叹了口气，拿起那本《东京塔》，一页页看下去。

第十章

死亡借书卡

方木并不是一个侦探迷，但是他自己很清楚，他比这个校园里的任何人都关注这几起杀人案。

因为，他知道自己能够感受到那个人。

是的，那个人。

没有人告诉方木这三起案件系一人所为，但是他一直都相信，杀死周军他们的，是同一个人。

有一个恶魔就无声地游走在这个校园里。在每一个角落里，不管是光明还是黑暗，似乎总有一双眼睛在盯着这校园里的鲜活的生命，冷笑着按照恶魔的法则选择下一个羔羊。没有人是安全的，这就是恐怖。

而方木常常被自己的想法弄得浑身冰冷。

因为他觉得自己就是这个恶魔。

为什么为什么为什么?

难道我梦游?

难道我是另外一个我?

难道我心中的恶，真的能幻化成一个具体的肉体?

他开始强迫自己不要入睡。

实在挺不住了，就把手偷偷地绑在床头。

他开始假装随意地问宿舍里的每一个人自己是否说梦话。

他开始怀疑自己是不是一个精神分裂者。

当种种试验最终肯定了每天夜晚他都或清醒或沉睡在自己的床上之后，他略略感到释然。

而那个答案也在那些翻转、扭曲、疯狂的念头里渐渐清晰：自己竟然在不知不觉中感受着他。

就好像在阳光灿烂的正午，你看见洒满日光的地面上，忽然出现一个若有若无的黑影。那黑影模糊不清，又仿佛充满着实实在在的质感，你能听见他的呼吸，感受到他的目光，甚至能嗅到他那带着淡淡腥气的味道。

你和他，隔着大声谈笑的人们默默地对望着。你知道他的窥视、他的焦虑、他的悠然自得，然而你不知道结局。而当你试探着迈出一步，他又消失在空气中，只留下隐约的窃笑。

在几天后的一个深夜，方木突然从睡梦中惊醒。他满身大汗地喘着粗气，死死地揪住被子，竭力倾听着寝室里的每一丝动静。直到听到黑暗的宿舍里每个室友规律起伏的鼾声，他才慢慢平静下来。

刚才的梦中，他感到由衷的喜悦和满足。

然而，这感觉不是方木的，而是，他的。

方木摸索着戴上眼镜，慢慢理顺自己的思路。

他，那个恶魔，开始在这个游戏中找到了乐趣。

第一个死者被勒死在厕所里。

第二个死者被推下楼摔死。

第三个死者被绑在旗杆上活活冻死，风雪让那个曾经鲜活的生命变成一具雕塑，逼真却毫无生机。

第四个死者被墙上落下的冰凌插死。那需要多么精确的计算和判断。

这些死者，一个比一个死得诡异。

他，开始在杀人中找到乐趣。

那么，这个游戏就不会完结。

方木开始有意识地寻找一些犯罪学和犯罪心理学方面的书籍来看。那天的晚归，就是由于在图书馆里逗留的时间太长。

方木很难解释自己为什么要这么做，这似乎不能仅仅用好奇心来形容。复仇？似乎也没有必要。除了对周军还略有好感外，其他的死者对于方木而言，都只是一些曾经存在的生命而已。

也许，他更想解释的，是他自己。

还有什么比忽然发现自己的异常更可怕的事情么？那不是清晨洗脸时

无意间发现的小痘痘，也不是屁股上让自己坐立难安的火疖子，而是一种全然的陌生感，就好像你在镜子面前伫立良久，离开后镜子里的人仍然微笑着看着你的背影。

是的，那是另一个自己。

图书馆的肇老师对方木很不错，每次方木来借书都大开绿灯，有一些规定不得带出图书馆的书，也允许方木带走，不过次日一定要还。

这天下午方木来还书的时候，肇老师正忙着整理图书，地上堆满了书和凌乱的借书卡。方木办完了还书手续后，看到肇老师累得满脸是汗，就主动提出来帮忙，肇老师很乐意地答应了。

工作量很大，但是很简单，就是换借书卡。

师大图书馆的借书规则是：读者选好要借的书后，把插在封底的借书卡拿出来，在指定的位置填好自己的姓名、院系和学生证号码，然后把借书卡交给管理员，就可以把书拿走了。还书的时候，管理员做好登记后，再把借书卡插回书里。如果一本书被借阅的次数很多的话，借书卡很快就被写满了，因此需要定时更换。

方木的任务就是翻开两个书架上的每一本书，如果借书卡被写满了，或者只剩下一两个空格的话，就把借书卡换成一张空白的。

方木一边忙碌着，一边有一搭没一搭地和肇老师闲扯。大约一个小时后，一个书架的书整理完了。方木直直腰，走向下一个书架。

这个书架上的书主要是英文原版书，来借的人不多，方木很快就整理了大半架。这时候，正在处理借书卡的肇老师看看表：“呦，快4点了，方木你先回去吧，马上开饭了。”

方木看看书架：“没关系，还剩下小半架，很快能做完。”

肇老师笑笑：“也行，一会儿我请你去教工食堂吃饭。”

方木随口答应着，伸手从书架上拿下一本书。

这本书看起来有点眼熟，借书卡还留有大片空白，不必更换借书卡。方木把书合上，准备插回书架，就在他合上书的瞬间，几个名字从眼前隐约闪过。

方木心念一动，却没有在意。

接连查看了几本书之后，方木发现自己有些心不在焉，注意力似乎仍然集中在刚才的那本书上。仿佛刚才的匆匆一瞥，已经将几个字牢牢地镌刻在他的脑海中。

方木停下手上的动作，扭过头，静静地看着刚刚经过的地方。他犹豫了一下，抬脚走过去，取下那本书。

他把书翻至封底，径直望向借书卡的姓名栏。

方木的眼睛一下子瞪大了。

在一大串名字中，佟倩这两个字赫然在列。在她的名字下面，就是周军的名字。

方木急忙把借书卡翻过来，心脏开始狂跳。

他在另一面的借书人姓名中，看到了宋飞飞。

方木把书合上。这是一本英文原版书，书名叫*International Economics and International Economic Policy*。

呆立良久，方木看看正在低头忙碌的肇老师，悄悄地从书包里拿出笔记本，开始逐行抄写借书卡上的每一项内容。

抄完后，方木飞快地查看着余下的书架。整理完毕后，他拿起那本英文书走向门口。

"肇老师，我想借这本书。"

"可以。"肇老师抬起头，"怎么，你要走？我请你吃饭吧。"

"不用了。"方木飞快地填好借书卡，在肇老师诧异的目光中离开了图书馆。

走在校园里喧闹的人群中，眼前的日光有些炫目。直至走到一片松林旁，方木才意识到自己的大脑竟是一片空白。

回过神来，方木茫然地打量着四周，似乎对一切都感到陌生。视线中出现一张长椅，他走过去坐下，慢慢整理着自己的思绪。

三个死者的名字都出现在一张借书卡上，而这本书现在就躺在自己的书包里。

这是巧合么？如果不是，那么这意味着什么？

身边走过一群群敲打着饭盆，大声谈笑的男女。这个世界上，居然还有人那么关心吃饭。

如果那个游戏真的没有完结，那么，是不是这张借书卡上的每一个人都要死？

方木开始浑身发抖。

因为，那张借书卡上也有他的名字。

良久，方木艰难地站起身来，书包显得沉重无比。他紧紧地按住那本书，仿佛它会突然扑出来，一口咬住方木的咽喉。

他需要找人谈一谈，尤其是那张借书卡上的人。

方木、吴涵、祝老四围坐在寝室里的书桌前，桌子上放着那本书和记载着借书卡内容的笔记本。

空气仿佛沉甸甸的，从四面八方压迫着三个人，就连寝室里微微浮动的灰尘也仿佛有了质感，幸灾乐祸地来回翻转、飞舞。

三个人都不说话，脸上的表情却惊人地一致——惶恐。

良久，祝老四缓缓地开口了："这么说，死者都曾经借过这本书？"

"是的。"方木指指自己的笔记本。

"这能说明什么？"吴涵问，声音有点发颤。

"我不知道，但是我感觉这本书和杀人案一定有关系。"方木舔舔有些发干的嘴唇，鼓足勇气说，"也许，这本书的读者就是凶手的目标。"

"你是说，凡是借过这本书的人，都要死，包括我们两个——不，我们三个？”祝老四的脸色白得吓人。

方木沉默了好一会儿：“我不知道。”

吴涵低头看着笔记本，小声查着：“……11、12……一共14个人。”他抬头看着方木，眼神中满是惊恐，“这么说，还要死10个人？哎，不对。”

他突然想到了什么，又低下头查看名单：“少了一个。”

方木和祝老四同时问道：“什么？”

“经济系的那个男的，就是被插死那个。他叫贾什么来着？这上面没有他。”

“贾连博。”方木拿过笔记本，反复看了两遍。的确，他在图书馆里看到周军、佟倩和宋飞飞的名字的时候，已经被完全吓住，竟没有注意到贾连博的名字不在上面。

“的确没有。”方木放下笔记本。

祝老四的脸色稍微恢复了一些。

“我看，只是巧合吧？”他看看吴涵和方木。

吴涵耸耸肩，转头看着方木。

方木的心中也感到轻松不少。贾连博并没有借过这本书，但是同样也死了。这也许真的只是巧合。借书卡并不是所谓的死亡名单。这多少让他略略感到心安。

同时，一股沮丧又袭上心头。他刚刚感觉到自己又离那个恶魔近了一步，仿佛窥见了他黑色衣袍的一角，刚要伸手抓住，却又脱手而去。

祝老四站起来，伸了个懒腰，又重重地躺在床上。

“你们两个别胡思乱想了。这就是巧合，有时间你们去图书馆看看，肯定还有其他书是他们都借过的。”

吴涵又低下头看着笔记本，看了一会儿，拿起那本书，翻了翻。

“我觉得没那么简单。”他抬起头看着方木，“老六，我看还是交给警察吧。”

第十一章

WPO 小组

一个胖胖的女内勤把方木、吴涵和祝老四带到了邢至森的办公室。邢至森正在午休，刚刚和衣在沙发上睡了一会儿。看他们三个进来，邢至森急忙起身让他们坐下。

方木简单说明了来意，从书包里拿出了那本英文书和笔记本交给了邢至森。邢至森显得很感兴趣，认真地看了半天。最后，他也提出了和吴涵一样的问题：作为死者之一的贾连博并不在名单上。他用探询的目光看着方木、吴涵和祝老四："你们觉得这能说明什么问题？"

三个人有点尴尬地互相看了看。吴涵鼓足勇气说道："我们也不能肯定这是不是有价值的线索。只是觉得有点可疑，所以就给你们拿过来。"

邢至森看看他："你叫什么名字？"

"吴涵。"

邢至森低头看看笔记本上的名单，又抬起头："如果我没记错的话，你叫方木，你叫祝城强，对吧？"

方木和祝老四点点头。

邢至森说："你们三个都在这个名单上。你们是不是觉得，下一个被害者可能就是你们？"

三个人的脸都红了。

"你们的心情我可以理解，但是用不着过分紧张。目前还没有充分的证据证明这三起案子是同一人所为。所以，这本书和这张借书卡也许只是一个巧合。"

邢至森注意到方木欲言又止的样子，就冲他努努嘴，示意他有话就说。

"我觉得，"方木犹豫了一下，"这几起杀人案是同一个人干的。"

"哦，理由是？"邢至森扬起眉毛，"有证据么？"

"没有。这是一种感觉，一种……"方木斟酌着词句，发现很难找到合适的语言来表达这种感觉。他心一横，说出了那句一直憋在心里的话，

“我觉得，我能感受到他！”

祝老四和吴涵吃惊地看着方木。

“有时候，我甚至觉得我就是那个人！”话已出口，方木索性和盘托出。

邢至森不动声色地看着这个激动的男孩，缓缓地说道：“你知道你在说什么吗？”

“我知道。但我不是凶手——这一点你们很清楚。”

邢至森盯着方木看了一会儿，慢慢地点燃一支烟。

“那就谈谈你的感受吧。”

在接下来的半个小时里，方木向邢至森讲述了自己对这几起凶杀案的看法。尤其是操场双尸案之后，他所感觉到的凶手在杀人中找到的乐趣。

邢至森始终不动声色地听着，内心却不由得对这个男孩刮目相看。尽管这个男孩的描述毫无事实依据，甚至可以称之为主观猜想，但是，他把凶手的内心世界作为推论的出发点，这种思路是十分大胆的。尽管邢至森尚未决定把三起凶杀案并案处理，但是他的推测与方木基本一致：凶手是同一个人。

然而，目前还没有证据能证实这个推测。不过，方木的思路对邢至森而言，倒是一个不小的启发。既然现在尚未发现有价值的线索，那么，也许可以另辟蹊径，从探求凶手的内心世界着手。

邢至森决定把书和笔记本留下，作为一条线索好好调查一番。送他们出去的时候，邢至森特意把方木叫住，递给他一张自己的名片，嘱咐他再发现什么线索就及时通知他。方木犹豫了一下，答应了。

在回去的车上，吴涵用半是惊讶半是钦佩的口吻说道：“方木，没想到你这么厉害。”

祝老四也捶捶方木的肩膀：“以后再有什么想法，别掖着藏着，说出来，大家一起分析分析。”

方木没有说话，他的手在口袋里紧紧地攥住那张名片，眼望着车窗外渐渐深沉的暮色。

那个人，究竟是谁？

专案组对那本英文原版书和借书卡上的名单展开了仔细的调查，结果却颇让人失望。这本书的中文译名叫《国际经济学与国际经济政策》，作者是一个叫菲利普·金的外国人。由于是英文原版书，借阅的人不是很多。从那张借书卡上的名单来看，读者分别来自法学院和经济系。原因不言而喻，除了这两个系的学生之外，很少有人会对这本英文书感兴趣。其中，死者周军、佟倩、宋飞飞分别借过这本书。但是从三人借书的先后顺序来看，佟倩最早，其次为周军，最后是宋飞飞。第四个死者，就是宋飞飞的男朋友贾连博，并没有出现在这个名单上。

技术组的勘查人员仔细地检查了这本书，试图寻找密码或者暗语之类的东西，结果一无所获。整本书就跟新的一样，只有几处被读者用笔进行了标注。

专案组内认为借书卡只是巧合的声音越来越多，经过研究，专案组决定把图书馆现有的藏书彻底检查一遍，如果能够找出其他同时记载三个被害人，甚至四个被害人名字的借书卡，就说明这只是巧合。

然而，从师大图书馆反馈的消息是：图书馆刚刚整理完借书卡，并且已经销毁了一大批。尽管没能最终证明借书卡只是巧合，也没有人愿意再查下去了。

警方偃旗息鼓，“死亡借书卡”的传闻却在校园里不胫而走，而且越传越玄乎。最流行的版本是图书馆里有一本杀人书，所有借过这本书的人都要死。每天都有很多人来找方木，让他看看自己是否在那张读者名单上，得到答案后，面如死灰者有之，当场昏厥者有之，欢呼雀跃者有之。

某天下午，吴涵回到宿舍，恰好看到又一批人带着劫后逢生的表情离开。方木和祝老四也在，面色不善。

“这样下去可不行。”吴涵皱着眉头，“咱们宿舍成他妈问询处了。”

“我有什么办法？”方木疲惫不堪地说道，“那个经济系二年级的白痴已经来了三趟了，我第一次就告诉他名单里没有他，他不信，好像我要害他似的。”

吴涵笑笑，又问道：“公安局那边有消息么？”

“没有，”方木有点沮丧，“大概人家觉得，这就是巧合。”

“你觉得呢？”

方木犹豫了一下：“我觉得不是，这张借书卡肯定有问题。”

一直没说话的祝老四突然开口了。

“你们想没想过？”祝老四抬起头，一丝恐惧在眼中闪过，“也许……”

他说不下去了，似乎接下来的词句让他自己都觉得可怕。

“你的意思是——凶手也许就在这个名单里？”方木哆嗦了一下，“我早就想到了。”

三个人沉默地坐了一会儿。

“我建议，咱们开个会吧。”良久，吴涵缓缓说道，“所有人。”

聚会安排在下午4点半，恰好是食堂开饭的时段。学校里的大多数人都在食堂，被人打扰的可能性比较小。地点安排在法学院六楼的阶梯教室。方木、吴涵和祝老四分别通知了名单上其余的人。

差不多4点40分的时候，所有的人都到齐了。

他们是：法学院四年级学生张国栋、齐远，三年级学生方木、吴涵、祝城强、王建；经济系三年级学生陈希（女）、王培（女）、廖闯，二年级学生邹奇、刘柏松。

11个人零零散散地坐在教室里。每个人都偷偷地互相打量着。相熟的人不时交头接耳一番。整间教室里弥漫着一种诡异的气氛。

方木感到很多目光落在自己身上。他感到有些不自在，可是想到自己是这次聚会的发起人，又不得不打起精神。

方木清清嗓子，拿起笔记本："既然都到齐了，我点一下名。念到名字的同学请站起来，大家也好互相认识一下。"

方木先从法学院的同学点起，张国栋和齐远都是上届的师兄，平时总在一起打球，算是比较熟了。至于吴涵和祝老四就更不用说。点到王建的时候，没有人吭声，点了第二遍，角落里那个面色阴郁的男生才懒懒地应了一声。

念完名单后，方木长长地吁了口气，仿佛这是一个很艰难的任务。的确，在这11个人之中，也许就有下一个受害者。

这张名单，好像地狱的邀请函一样让人感到恐惧。

"大家都知道，最近三个月，校园里发生了一连串命案，先后有四个同学被杀死。而我，在图书馆里发现了一本书和一张借书卡。其中，有三个遇难的同学都在这张借书卡上。"

尽管在座的每一个人都知道这件事情，可是听到方木亲口说出来，大家还是纷纷变了脸色。

"我不知道这张借书卡与这些命案有什么联系，但是我个人感觉这不是巧合。当然，我非常希望这是巧合。因此，我想提醒诸位，"方木扫视着每一个人的脸，"性命攸关，即便只存在万分之一的可能，我们也要警惕。"

角落里传来一声冷笑。方木循声望去，王建正在摇头，表情很不耐烦。

方木收回目光："我知道你们都在怀疑我的想法。我告诉你们，我不是警察，破案不是我的任务，我也不需要什么证据。毫不掩饰地说，这一切仅仅是我的直觉。我并不指望你们都能够信任我，但是我希望每个人都能够提高警惕，因为下一个受害者很有可能就在我们之中。”

他停顿了一下。教室里一片死寂。

“一个人的力量是有限的，所以我希望大家能够互相帮助，互相保护，无论何时都尽量不要单独行动。而且，如果你们发现身边有可疑的事或者可疑的人，请马上互相通报。简而言之，我们需要抱成一个团。也许，只有这样，我们……”方木舔舔有点发干的嘴唇，“才能保住我们的命。”

方木的发言完毕。大家面面相觑。很快，一个经济系的女生举手发问，方木记得她叫王培。

“可是，为什么不能让警察来保护我们呢？”

“警察只会对有根据的线索采取行动。目前，他们并不认为借书卡与这些命案有什么联系。”吴涵平静地说，“换句话来讲，我们今天在这里讨论的事情，在他们看来是无稽之谈。”

“那，我们要怎么做？”经济系二年级的邹奇问道。

“就像我刚才说的那样，尽量不要单独行动。尤其是晚上，无论去哪里，都尽量找个人做伴。如果有什么异常情况马上通报一声。”方木停了一下，“我们可以分成两个组。经济系的同学一个组，法学院的同学一个组。如果不麻烦的话，除了上课和睡觉，每个组的人尽量在一起。如果你们不反对的话，法学院这个组暂时由我负责，经济系的同学最好也有个带头的，联系起来方便一些。”

“我不干。”经济系的廖闯站起来，“我住在本市，每天上完课我就回家。另外，这太荒唐了。”

“那你可以走了。”方木板着脸，“如果你们有谁觉得我在胡言乱语的话，可以离开。”

他把视线投向王建。四目相接。王建垂下眼皮，一动不动地坐着。

廖闯大步走了出去，把门摔得山响。其他的人互相看看，都没有动。

接下来的一个小时里，方木和余下的人讨论了今后的计划和联络方式。大家决定按照方木的建议，分成两个组。法学院的小组由方木负责。经济系的陈希主动请缨担任另一个小组的负责人。大家商定，除了上课和睡觉，其余时间尽量聚在一起。每天下午5点在B食堂碰头，一来清点人数，二来交流一下当天的情况。方木和陈希互相留了寝室电话和呼机号码。

最后，有人建议给这个小小的集体起个名字。刘柏松脱口而出："就叫WPO小组吧。"

看见大家迷惑不解的样子，他又补充道："We Protect Ourselves的意思。"

一致通过。

散会后，方木和吴涵、祝老四最后离开阶梯教室。三个人慢慢地走在越来越黑的校园里，肩并着肩，很有一种生死与共的味道。

"这下好了，大家团结在一起，互相有了照应。"祝老四望着天，语气颇为感慨，"凶手想下手，就没那么容易了。"

"是啊，而且……"方木欲言又止。

"你是想说，如果凶手真的在这个名单中，也好牵制他对么？"吴涵看看方木。

方木不好意思地笑笑，算是承认。

"老实说，"吴涵停下脚步，面向方木，正色问道，"你有没有怀疑过我和老四？"

方木毫不犹豫："没有。你们呢？"

吴涵和祝老四相视一笑："也没有——还是那句话，你没那胆子！哈哈。"

头上的月光似乎一下子明亮起来。

第十二章

三人舞台

女人阴沉着脸坐在桌前，面前是一本摊开的小说。她的目光已经在某一行上停留很久了，可是一点也没看进去。

坐在屋角的男人捏着烟卷，吸溜着茶水，目不转睛地盯着一台小小的电视。屏幕上是一部无聊透顶的喜剧片。那些粗俗不堪的笑料让男人乐不可支。

“太他妈的逗了！”男人扔掉烟头，又咳出一口浓痰吐在地上，用鞋底来回蹭着。

女人不用回头就知道他在干什么，立刻感到一阵恶心。她摸摸喉咙，竭力平复着自己不断痉挛的食道。最后，她终于忍不住，发出了一声干呕。

屋角的男人扭过头来：“咋的了，妹子，身子不舒服？”

女人手抚胸口，皱着眉头站起来。她从柜子里拿出扫帚，又从一个塑料口袋里舀出一些锯末。

“想吐？你该不是有喜了吧？”男人似乎觉得自己很幽默，挑挑眉毛，冲着女人嘿嘿地笑起来。

女人没有看他那张淫亵的脸，几步走过去：“抬脚！”

男人夸张地做了个双脚离地的动作。女人把锯末倒在痰迹上，忍着恶心用扫帚蹭了几下，又扫进撮子里，转身朝门口走去。

“以后吐痰到厕所去！”

男人讪笑着，看着女人“砰”的一声拉开门，走了出去。

女人再回来的时候，扫帚和撮子都清洗了一遍。她把东西放好，看都不看男人一眼，依旧坐在桌前看小说。

男人有些尴尬，摸出一支烟来抽。烟雾飘到女人身边，她皱起眉头，挥手轻扇着。

男人见状，大呼小叫起来：“我妹子烦烟味？不抽了不抽了。”

他站起来，弓着背一溜小跑到门前，狠嘬了两口之后，把烟头扔了出去。

他讨好地看看女人，发现女人还是冷冰冰的，看也不看他一眼，不过脸色似乎缓和了一点。

男人的胆子大了些。他站在女人身后，盯着她白皙的脖子看了一会儿，咽了口唾沫，忽然上前一步，把手从女人的肩头直伸下去。

“看啥书呢？”

男人的手掌紧贴着女人的胸口按在书上。女人一惊，本能地向后躲去，男人的手竟跟过来，一把握住那软软的地方。

女人猛地站起来，打掉男人的手。她气得满脸通红，嘴唇翕动着，一句话都说不出来。

男人的脸上写满得意，手指还在不住地捻着，似乎刚才的触觉让他回味悠长。

“咋了？哥就是瞅瞅你在看啥书。”

女人火了，低声骂了一句“流氓”，抬手向男人脸上打去。

男人一把攥住女人的手腕，稍一用力，女人就被拉进了他的怀抱。他一边在女人身上乱摸着，一边小声嘀咕：“你就别装了，哥知道你心里其实想得很……”

女人不敢大声呼救，只能拼命挣扎着。两人正在撕扯的时候，门忽然开了。

男孩走进来，看见眼前的一幕，立刻停下了脚步。

三个人仿佛被定格的电影镜头一样，静静地站在这块并不算大的舞台上。

男人先反应过来：“我去睡觉了。”说罢，就向门口走去。

男孩垂着眼皮，一动不动地站着。但是，他仍然能感觉到，男人在经过自己身边的时候，狠狠地瞪了他一眼。

这块舞台上只剩下男孩和女人。女人看着男孩的脸，有些紧张，更多的是委屈。然而，男孩的眼睛始终盯着脚下的地面。女人的脸色由红变白，终于忍不住，小声地哭起来。

女人的哭声在夜里显得分外凄凉。男孩面无表情地听着，终于抬起头来。

女人斜靠在椅子上，头埋在双臂之间。随着身体的耸动，一声声压抑的抽泣隐约可闻。男孩走过去，把手放在女人的肩头。女人把他的手拉过来贴在脸上。男孩马上感觉到了掌心的湿润。

女人哭了一会儿，情绪渐渐稳定下来。她伸手从柜子里拿出毛巾，仔细擦干了脸上的泪痕，把男孩的手放在膝盖上，慢慢地摩挲着。

“怎么回事？”男孩低声问道。

女人不说话，眼圈又红了，只是一个劲儿地摸着男孩的手。

男孩把手抽回来：“到底怎么回事？”

良久，女人才发出一声叹息。

“也不知道我是做什么孽了。这老东西一开始就对我动手动脚的，总想占我的便宜。刚才，他又……”

女人说不下去了，眼泪扑簌簌地落下来。

男孩腾地一下站起来，疾步走到柜子前，伸手从里面掏出一把锤子，转身向门口奔去。

女人慌忙从后面拉住他：“别……求你……”

男孩无声地挣扎着，倔强又愤怒的目光仿佛穿透了墙壁，直投向隔壁那个男人的脸上。

一番纠缠后，女人终于拽不住他。男孩挣脱开来，抬脚欲走。女人被带倒在地，顺势抱住了男孩的腿。

“你还让不让我活了？”

男孩犹豫了一下，再次发力想甩掉女人。

“你不考虑我，难道也不考虑你自己么？”女人小声哀求着。

听到这句话，男孩的动作停了下来。他原地站着，胸口剧烈地起伏。

女人稍稍松了一口气。她把脸贴在男孩的腿上，低声说道："我知道你心疼我。可是，为了那个老畜生，不值得……"

男孩没有搭腔，只是死死地盯着走廊对面的一扇门。良久，他收回目光，身体也软了下来。最后，他垂下手，轻轻地关上了门。

女人从地上爬起来，一边看着他的脸色，一边小心翼翼地抽掉男孩手中的锤子。男孩没了刚才的锐气，表情消沉。

女人把锤子收好，又把身上的灰尘清理干净。

男孩还是背对着她，面朝门口，一动不动地站着。女人心里不忍，上前拉拉他的袖子。

"算了。睡吧，不早了。"

男孩没有回应。女人叹了口气，从背后抱住他，把脸贴在他的后背上。

"别想了，他也没把我怎么样。我一个单身女人，没办法……"

突然，女人感到手背上落下滚烫的一滴泪水。她吃了一惊，转到男孩身前一看，他已经泪流满面。

这是她第一次看见男孩哭泣。不管多难，不管多苦，都没见他流过一滴泪。可是此刻的他，像个受了委屈的孩子一样垂手而立，默默地哭泣着。

女人的眼睛也湿润了，徒劳地在男孩脸上擦拭着那些不停滚落的泪水。

"我知道你心里苦。可是没办法啊，谁让我们……"

"不！"

男孩忽然抓住她的手。尽管双眼盈满泪水，女人依然能看见男孩骤然变冷的目光。

这是那天晚上，男孩说过的最后一句话。

当女人在熟睡的男孩额头留下一吻，悄声走出门外的时候，她依然在回味着那简单的一个字。

男孩让她感到疑惑，又让她感到慰藉。她轻轻抚摸着自己的手背，仿佛还能感觉到泪水的温度。

他还是在乎我的。她这样想。

她知道他的倔强，也能体会他的愤怒。可是她无能为力，只能祈求老天保佑，不要让他去做什么傻事。

整整一夜。她坐着，想着，看窗外的天色一点点亮起来。

第十三章

如果下一个是我

经常去B食堂吃饭的学生们发现了一群奇怪的人。他们端着饭盆，聚在食堂的一个角落里，彼此打量，小声地清点人数。每每有人缺席的时候，总会引起一番窃窃私语和惴惴不安的对视。

WPO小组成立四天了，在B食堂的聚会每天下午5点都如期举行。还好，大家都平安无事。

偶尔有小组成员汇报可疑人员和事情，也很快被大家纷纷否定。比较离谱的是，有一天邹奇提出国际贸易学的孙老师看他的眼神非常凶狠。陈希揭发说，邹奇经常色眯眯地盯着年轻的会计学女老师，而她的丈夫正是孙老师。

方木每天都尽量安排法学院小组的人在一起，包括王建。

这家伙对所有的人都冷冰冰的。不过看得出，他并不反对和大家在一起。尽管在大多数时间，他都宁可一个人独处。特别是在晚上回寝室的时候，他总是走在最后，好像一个孤独的影子。

这种状态让大家觉得尴尬。小组继续维持下去的重要因素之一，就是相互间的团结与信任。倘若有人若即若离地游走在圈子之外，总会引起不必要的猜疑和慌乱。

于是，这天晚上，当方木看到王建又是独自一人走出自习室的时候，他决定和王建谈一谈。

王建去了卫生间。方木跟到门口，耐心地等着。

几分钟后，王建甩着手上的水珠走了出来。他看见守在门口的方木，怔了一下。

“你……有事么？”

方木坦率地说：“我想找你谈谈。”

王建皱起眉头：“谈什么？”

方木看看他的脸色，心想还是先缓和一下气氛。他挤出一个笑脸，耸耸肩：“随便聊聊。”

王建毫不客气地说道："我没兴趣。"说罢转身就走。

"等等。"方木几步追上他，"你是不是也觉得我在胡言乱语？"

王建回过头看着方木，脸色有所缓和："如果我不信任你，我根本不会每天跟你们在一起。"

方木笑了："那就聊聊吧——权当休息了。"

方木的坚持让王建有些无奈。他皱皱眉头，从衣袋里拿出一盒烟，抽出一支递给方木。方木不会吸烟，犹豫了一下，还是接了过来。刚吸了一口，他就呛得连连咳嗽。

王建叼着烟，敲了敲方木的后背："你不会吸烟？"

"不会，第一次抽烟。"

"呵呵，早知道不给你了，浪费烟草。"

方木好不容易止住了咳嗽。他擦擦眼角溢出的泪水，看着王建嘴角忽明忽暗的烟头，忽然想起一件事。

"你住在哪儿？我今早去找你，你们宿舍的人说你已经换寝室了。"

"哦，我换了个地方。就在你对门，351。"

方木愣了一下。那是周军的寝室，已经好久没有人住了。

"你一个人住？"

"是啊，很安静，正好学习。"

"你不害怕么？"

"害怕？害怕什么？就因为死过人？他又不是死在寝室里，有什么好怕的。"

王建很快吸完了一支烟，又拿出一支点燃。吸了几口烟，他似乎想到了什么，斜起眼睛看着方木。

"怎么，你怀疑我？"

"不。"方木赶紧解释，"随便问问。"

两个人相对无语，沉默着吸烟。眼见他的第二支烟也要吸完，方木试探着问道：

“为什么要搬出来呢？”

王建没有作声。过了一会儿，他仿佛自言自语般说道：“住得不爽，就搬出来了呗。”

他把烟头在地上踉碎，抬起头问道：“你在查这几件案子？”

“没有。”方木笑着摇摇头，“我又不是警察——我只是不想死而已。”

“你真的觉得那张借书卡上的人都要死？”

“我不知道，只是直觉。”

“直觉？”

“对。我觉得那张借书卡一定和杀人案有关系。至于是什么关系，我也不清楚。”

王建撇撇嘴，冷笑道：“哼，再死几个人，也许就清楚了。”

方木被噎得说不出话，沉默了一会儿，又开口问道：

“你怎么看这几件案子？”

“我？我没兴趣。”

“那你为什么和我们在一起呢？”

王建低着头，用脚踉着地上的烟末。

“无聊呗。”他抬起头看着方木，“你们，至少比那里的人有趣。”

他朝斜前方的一间教室努努嘴，眼中充满了不屑与轻蔑。那是基地班的专用教室，里面灯火通明。

“我要回去了。”王建用手捋捋头发，“你呢？”

方木想了想：“既然是这个小组的人，以后尽量和大家多联系，别老是一个人待着。”

“哦。”

“另外，一个人住，小心点。”

王建看看方木，转身走了。走出几步之后，他背对着方木挥挥手：

“知道了。谢谢。”

方木一个人站在黑暗的走廊里。他看看手中即将燃尽的香烟，把它扔在地上。

踽灭烟头之后，方木向自习室走去。路过基地班专用教室的时候，他向里面看了一眼。

教室里坐满了人，却连半点声响都没有。虽然神色各异，但是每个人都把注意力放在面前的书本上。似乎在他们看来，世界上只有学习这件事值得关注。

方木想起王建的眼神。他感觉到，那眼神中除了不屑与轻蔑，还有深深的嫉妒。

他突然有点同情王建。

年轻人就是年轻人，他们的注意力很难长时间地集中在某件事上，即使这件事关乎他们的性命。

相安无事地过了一个星期后，似乎每个人都开始慢慢放松下来。恋人开始恢复约会，即将毕业的开始忙于制作简历。单独行动的人越来越多。

有一天，张国栋突然失踪了，他家里人也不知道他的下落。方木急了，安排WPO小组的人满校寻找。两天后，张国栋依然不见踪影。正当心急如焚的方木准备报警的时候，这小子又突然出现了。经过询问，才知道他去见了一个相邻城市的网友。

方木几欲发火。张国栋却满不在乎。

“这种事情，总不能带着你们去吧？”

惯例已被打破。渐渐地，“死亡借书卡”的阴霾在他们心中散去。每晚5点，坐在B食堂那个固定的餐桌前的人日渐稀少。

一天傍晚，参加聚会的只有五个人：方木、吴涵、王建、齐远，经济系只来了陈希。陈希向方木一一汇报了小组其他成员的去向。之后，她看看方木阴沉的脸色，不敢多说话，闷头吃着饭。

没有新线索，也没有人被害。方木搞不清自己究竟该庆幸，还是该焦虑。

吃完饭，吴涵回二舍值班。齐远要去打篮球。王建自然直接去了自习室。很快，餐桌前只剩下方木和陈希。

陈希看看方木，犹豫了一下说道："我一会儿要出去买东西。你……"

方木点点头："我陪你去吧。"

长这么大，方木还是第一次单独和女孩在一起。

陈希在他身边步履轻盈地走着，不时和相熟的同学打着招呼，一副轻松愉快的样子。方木却显得有点不自在，他能感觉到陈希的同学们投来的异样眼光。

靠，他们该不会认为我们在谈恋爱吧。

陈希察觉到方木的情绪，笑着问道："怎么，不愿意陪我？"

方木急忙说道："没有。"

陈希撇撇嘴："还说没有？你看你的脸拉得那么长，好像受了多大委屈似的。"

她歪着头看着方木："怎么？觉得我这个丑女配不上你这样的帅哥？"

"不是不是。"方木有些慌了，"你……你挺漂亮的。"

陈希咯咯地笑起来："谢谢夸奖。"

他们去了学校附近的一家超市。陈希很有兴趣地浏览着货架上的物品。方木没什么想买的，就耐着性子陪着她逛来逛去。

"哎，你调查得怎么样了？"

"什么？"

“杀人案啊，你不是在查么？”陈希的语气轻松，好像在说着一件好玩的事情。

“调查什么啊，我又不是侦探。”方木悻悻地说。

陈希正在低头看一瓶爽肤水，长长的马尾辫下露出白皙、细长的脖子。

她是挺好看的。

“怎么，还在生那几个人的气啊？”陈希看方木不说话，回过头来问道。

方木急忙收回目光。

“没有没有。”他搔搔脑袋，“也许……也许大家都觉得我神经过敏。”

“呵呵，你别多想。他们真的有要紧的事。而且，我这个组长当得也不怎么样。”她调皮地冲方木笑笑，露出洁白的牙齿，“我自己也偷偷地逛了几次商场。”

“你不害怕么？”

“害怕啊。”陈希漫不经心地回答。她又开始看一包面膜，小声读着使用说明，“可是害怕有什么用。如果一定要死，躲是躲不掉的。”

方木无语。

“我们第一次聚会的时候，我很好奇，想看看名单上都是些什么人。结果让我很失望。都是很普通的人啊，看不出哪个像该死的样子。”

方木开始苦笑。

“所以我决定加入，我想知道结局是什么样子。另外，”她转过头看着方木，“我相信你的话。那张借书卡一定有问题。”

“你为什么相信我？”

“不知道。”陈希耸耸肩膀，“也许是女人的直觉吧，就像你的敏感一样，呵呵。”

陈希在货架间走来走去。

“方木，你害怕么？”

方木想了一下，决定老老实实地承认。

“害怕。”

“呵呵，有勇气承认自己的脆弱，这是优点。比廖闯那种人强——他都不敢来上课了。”

方木想起那个拂袖而去的经济系男生。

“如果下一个人是我，我希望他能一下子杀死我。最好在背后，在我毫无知觉的情况下。”陈希把手交叉在身前，歪着头，似乎在描述一件与己无关的事情。

方木默默地看着她。女孩的身影沐浴在超市强光之下，竟有些模糊。

她收回目光，微笑着面向方木。

“你说，那样该多好。”

第十四章

人莫予毒

不知不觉中，快到年末了。

每天在校园里徜徉的人越来越少。一方面是因为天气越发寒冷，另一方面是因为种种禁令的限制。不过，最重要的原因是，期末考试就要到了。在大多数人看来，浑浑噩噩地过了一学期之后，没有什么比期末考试更重要的了。而对法学院的学生来说，一场更加残酷的竞争即将开始。

在宿舍楼里几乎看不到基地班的学生。每天宿舍门一开启，他们就争先恐后地去图书馆占座位，然后就在这里待上一整天，甚至连吃饭也是。直到关寝的前几分钟，他们才陆续回到寝室，个个面色疲惫。悄无声息地洗漱后，他们又各自猫在床上看书，熄灯后，还三三两两地聚在走廊里，借着昏暗的灯光继续苦读。

352寝室的老大参加了这次基地班的入学考试，还硬着头皮到基地班的专用教室上了两次自习。可是，他每次都被对方无声却充满敌意的目光逼走。

这让老大深受刺激，他在寝室里指天画地地发誓，一定要考进基地班。于是，每天披星戴月的人群中多了老大。基地班的学生做什么，他就做什么，半夜时分，也学着人家的样子去走廊里苦读。寝室里的同学不胜其烦，动员他去王建原来的宿舍住，学习环境好，而且正好空着一个床位。这个神经病居然真去了，结果垂头丧气地回来，说早有人占了。

WPO小组的活动也变得名存实亡。长时间的平静让大多数人开始相信，借书卡只是一个巧合。B食堂那张餐桌前的人也越来越少。几乎没有人再向方木汇报他人的动向，方木也懒得听。对他而言，每天来这里吃饭，已经形成了一种习惯。

也许，是因为可以看见陈希。

自从那天和陈希一起去超市之后，他们再没有单独相处过。生活平淡如昔，方木却越来越期盼B食堂的例行聚会。

她总是稍晚一点到。

她总是先在人群里寻找其他组员的身影。每每与方木视线交接，她会微笑一下，洁白的牙齿熠熠生辉。

她喜欢吃辣一点的食物。

她喜欢用“心相印”牌的纸巾。

一个周末的傍晚，来到餐桌前的只有三个人：方木、陈希和王建。

方木注意到陈希没有像往常一样带着书包和水杯，而是拿着一个小小的旅行袋，好像要出门的样子。他想开口问问，又觉得唐突。

倒是陈希主动开口了：“今晚我去本市的姑姑家过周末。”她歪着头看着方木：“组长，准假否？”

方木有些慌乱地挥挥手，算是同意。

陈希咯咯地笑起来。她的笑很有感染力，连一旁闷头吃饭的王建也抬起头来咧了咧嘴。

吃过饭，王建又像往常一样背着书包匆匆离去。方木和陈希坐在桌旁，都不作声。

陈希拿出一张面巾纸慢慢地擦着勺子，直到把正反面都擦得铮亮才停手。方木默默地看着她。

“那，我要走了。”陈希头也不抬地说。

“唔。”

“我在校门口的车站坐公交车。”

方木又“唔”了一声，突然反应过来。

“我送送你吧。”

“好！”陈希的脸上露出了笑容。

两个人并肩走在校园里。刚刚下过一场雪，周围的一切都被覆盖在厚厚的白雪之下，一片宁静。校园里人迹寥寥，脚下的积雪咯吱作响。两个人谈着一些无聊的闲话。车站越来越近了。

“你坐几路车？”方木张望着远处一辆慢慢开来的公交车。

“25路。”陈希的脸冻得通红，不时跺着脚，把手凑到嘴边哈着气。

夜色中，公交车渐渐接近车站，车头上的数字开始变得清晰。

“这辆就是。”

陈希看了一眼：“不行。人太多了，我等下一趟吧。”

方木没有作声，看着公交车停靠在眼前，上下若干乘客后，又缓缓驶离。

车站上只有他们两个人，彼此像陌生人一样沉默着。身边飞驰而过的汽车把他们映在路上的影子拉长又缩短。渐渐地，一个影子小心地靠近另一个。

方木感到陈希的肩膀紧靠着自己，身体在轻轻发抖。

她好高啊，能有一米六八吧。

方木僵直着身体不敢动弹，好久，才开口问道：“你冷了吧？”

陈希点点头。

方木看着陈希瘦削的肩膀，突然有一种抱紧她的冲动。

突然，一辆25路公共汽车仿佛从天而降一般停在了车站旁。

方木脱口而出：“车来了。”随即就后悔不迭。

陈希看了方木一眼，表情颇为无奈。

她挥挥手，默默地上车。公交车很快开走。方木感到车上始终有一双眼睛在看着自己，他也一直盯着公交车开走的方向，直到它完全消失在夜色中。

回寝室的路上，方木经过了体育场。这个庞大的环形建筑伫立在夜色中，看起来沉默又危险。他站在贾连博被杀死的那个小门旁边，犹豫了一会儿，走了进去。

覆盖着积雪的操场显得空旷无比。方木小心地呼吸，沿着空无一人的跑道，在黑暗中慢慢走着。脚底的积雪咯吱作响，在一片寂静中显得分外清晰。方木不时停下来，侧耳倾听周围的动静，然后吁一口气，继续向前走。

前方是一望无际的黑暗，而在那黑暗的尽头，隐藏着一个巨大的秘密。

方木渴望揭示那谜底。虽然这秘密是否与己有关尚不可知，然而，他近乎本能般地一步步向它靠近。

究竟是好奇，还是自保？方木的心中没有答案。唯一能确定的是，发现那个秘密，就是发现他自己。

离旗杆越来越近了。方木的心跳开始加速，呼吸也变得急促。

他似乎渴望看到什么，又害怕看到什么。

旗杆孤零零地站在那里，并没有女鬼在一旁哀怨地哭诉。

它就站在原处，和往常一样平淡无奇。

方木走上前，抚摸着冰冷光滑的旗杆。

它不会记得，它曾经记载了一个女孩越来越低的体温。

它也不会记得，那个女孩曾在临终前短暂的清醒中，竭尽全力地挣扎，想要摆脱它冰冷的束缚。

它什么也不会记得。

而那个人记得。他全部都记得。

你应该在黑暗中暗自冷笑吧。你应该陶醉于我们的恐惧与无所适从吧。你应该在轻松愉快地选择下一个牺牲品吧。

方木抬头看着同样漆黑一片的天。你究竟是谁？

在这样一个夜晚，方木的内心有一种冒险的冲动。他的全身似乎充满了即将喷薄而出的力量，甚至希望此时此刻，那个凶手正在黑暗中窥视自己，伺机而动。而他，机警灵动，随时准备给凶手致命一击。

他在黑暗中兴奋地四处张望，手在微微发抖。不，不需要什么武器，只要这双手就够了，像扼住命运一样扼住凶手的咽喉！

良久，方木终于平静下来。他垂下手，低着头，匆匆离开了体育场。

他知道，自己的冲动来自于那个乘着公交车离去的女孩。

他为自己的幼稚稍感羞愧。

寝室里只有祝老四和吴涵，让人稍感意外的是，王建也在。

“其他人呢？”方木把书包扔在床上，伸手从床下拿出脸盆。

“老二和老五去网吧包宿了。”祝老四回答。

“老大呢？”

“呵呵，老大去对门了，说是要搬过去和王建一起认真复习。”

王建在鼻子里“哼”了一声。

“可是王建觉得和他一起住，还不如和我们一起住。”吴涵笑着说。

“这个叛徒。”方木也笑了，冲王建挤挤眼睛，“欢迎投诚。”

方木正在刷牙的时候，听见走廊里传来喧闹的声音。他含着牙刷跑出去，远远地看到走廊的那一边有两个人正在厮打。

方木认得他们。那两个家伙都是基地班的，曾经是王建的室友。

两个人一边撕扯，一边断断续续地对骂着。听起来，好像是一个偷看了另一个的复习资料。后者大动肝火，出言斥责。对方则反唇相讥，说他是靠给老师送礼才留在基地班的。双方越吵越凶，最后升级为斗殴。

很多人跑出来看热闹。王建也一脸幸灾乐祸地挤在人群里。奇怪的是，同为室友和同学，基地班的学生只是冷漠地看着，既不劝架，也不阻止。最后，几个普通班的学生看不下去了，上前分开了他们。

一场闹剧终于平息。回到宿舍，方木把床铺整理好，刚准备躺上去，却看见王建从包里拿出几包花生米、火腿肠、咸蛋之类的零食堆到桌上。

“周末，不学了，喝点酒！”王建轻松地招呼大家。

祝老四马上积极响应，主动要求下去买酒。方木犹豫了一下，但是考虑到这段时间太过紧张，自己也想放松一下，于是也欣然应邀。

吴涵看看大家，突然从枕头底下拿出一个信封，从里面抽出一张百元大钞，递给祝老四。

“今天我请，老四，多买点好吃的。”

祝老四大感意外。昨天举行的一个助学仪式中，一个企业家亲手把那个信封交到吴涵手里。老三家庭条件不好，这事大家都清楚。再说，助学金也不能拿来喝酒。于是，祝老四连连推托。

吴涵看他们坚持不要，索性自己拉了祝老四下去买东西了。

方木看看王建，笑着说：“今天这么有兴致？”

王建点燃一支烟：“呵呵，没什么，就是想喝酒。”

他叼着烟，饶有兴致地在寝室里东张西望，还拿起老五的吉他拨了几下。

“你们寝室不错，这才是男生宿舍的样子。”

“呵呵，这还不错？”方木看着扔了一地的球鞋和袜子，“我们宿舍怕是二舍里最乱的了。”

“比我原来的宿舍强，干净得跟医院似的。”王建含着烟，含混不清地说道，“你刚才也看到了。那帮傻×，一点人情味也没有。”

方木忽然明白了王建离群索居的原因。作为一个被淘汰者，还生活在过去的集体里，的确让人难受。尤其是这个集体里缺少友谊与温情，更多的是竞争与敌意。

不一会儿，吴涵和祝老四就拿着大包小包上来了。看来让吴涵破费不少，不仅有啤酒、腊肉、罐头、香肠、咸菜，还有一包香烟。估计是特意给王建准备的。

大家七手八脚地把东西摆在桌子上。吴涵拿出两支蜡烛，以备不时之需。

几杯酒下肚，气氛热闹起来。各人的话匣子也打开了。

王建很兴奋，话也比平时多了不少。不过他的话题基本都是关于基地班的，几乎骂了整整一个晚上。

吴涵也是一副兴致很高的样子，不停地给大家倒酒，殷勤地劝菜，好像主人家似的。方木看着满桌的酒菜，心里默默算了算，对吴涵说："三哥，花了不少钱吧？"

吴涵挥挥手："无所谓，大家高兴！"

"你经济不宽裕，我也出点。"方木伸手去拿钱包。

"干什么，瞧不起我？"吴涵沉下脸，按住方木的手，"我说了我请客，你少来。"

方木觉得吴涵似乎真的动气了，就没再坚持。

快11点的时候，老大探头探脑地进来了。祝老四招呼他也喝点，老大摇头拒绝了。然后，他就在寝室里来回踱着方步，不时瞅瞅方木他们，一副欲言又止的样子。

方木让他有话就说。老大吞吞吐吐了半天，说自己不敢一个人在351宿舍睡，想回自己的寝室。王建大笑着把自己的东西从老大床上挪开，还不忘奚落他几句。

"怎么样，我说你不是那块料吧。"

其他人也纷纷挖苦他。老大臊眉搭眼地钻进被子，不再搭理他们。

几分钟后，熄灯了。一片叫骂声后，吴涵点上蜡烛。

昏暗的烛火让宿舍里有了一些亮度。在摇曳的光线中，每个人的脸都忽明忽暗，似乎在不断变换着表情。

王建已经喝多了，脸红得像煮熟的对虾。他一边眯缝着眼睛，努力把花生米扔进嘴里，一边像个老人家似的絮絮叨叨。

"你以为基地班是那么好进的？不光要有天分，还得有毅力才行！"

方木踢踢他的脚，暗示他老大可能还没睡着。可是王建毫不在乎，像着了魔似的说个不停。

“靠，最他妈看不起这种人。你以为大三了，考进去坚持一年多就能读硕士？我们他妈的要拼四年！你们玩游戏、泡妞的时候那么开心，我们在干什么？学习！一个盯着一个地学习！你们挂科了觉得无所谓，大不了明年重修呗，我们敢么？我他妈科科及格，还不是被赶出来了？”

他突然睁大通红的眼睛，环视着众人的脸。

“把我赶走？靠，把我赶走！做梦！我早晚会回去！我要让他们瞧瞧，我王建是个什么样的——”

他突然顿住了，好像要选择一个最能形容自己的伟大的名词。可是怔了几秒钟，他才有气无力地吐出一个甚无个性的词。

“人才！”

老大在床上很响地翻了个身。

王建呵呵地傻笑起来。他用手指指窝在被子里的老大，张了张嘴，什么也没说出来，只看见两行泪从脸颊上滚落。随即，他就向后一歪，倒在床上不动了。

大家七手八脚地把他安顿到方木的床上。王建无力地挣扎着，嘟哝了几句，就发出了阵阵鼾声。

三个人重新围坐在桌子旁，谁也不说话，盯着蜡烛出神。良久，祝老四长叹一声：“这厮，喝多了。”

吴涵摇摇头：“为了个好听的名声，值得么？这些人真是想不开。”

祝老四像想起什么似的，看看熟睡的王建和蒙着被子的老大，小声问道：“三哥，今年你还考基地班么？”

方木向祝老四努努嘴，示意他别提这么扫兴的话题。

“不考了。”吴涵倒是不在意，面色平静，“大四的时候我直接考研究生，我不信我考不上。”

“其实你那次挺可惜的，”祝老四根本没有注意到方木的眼色，“听说进基地班除了成绩要好，还要给导师送礼——你大概是因为这个才落榜的。”

“我不知道。”吴涵苦笑着摇摇头，“我也不去想。再说，有钱我也不会给他们送礼。”

他的语气突然活泼起来：“还不如请你们喝酒呢。”

方木和祝老四都笑了，三个人拿起酒瓶，齐齐地撞了一下。

“让你破费，我们怪不好意思的。”祝老四擦擦嘴角的啤酒沫，“你的钱来得太不容易了。”

吴涵看看自己的枕头，那下面有一个还剩1900块钱的信封。

“这种钱……哼，我不稀罕。”

他回过头来看着方木和祝老四：“你们以为他是在帮助我么？不，他在帮助他自己。”

捐款仪式上，满面红光的企业家紧紧搂着吴涵的肩膀，把信封塞进他的手中，自己却死死地拽着信封的另一端，眼睛盯着四处闪光的照相机。如此一来，他们的动作显得非常可笑，仿佛在争抢信封似的，在四周的掌声与镁光灯的闪耀中僵持了很久。

末了，企业家依依不舍地松开手，还不忘语重心长地加上一句：“小同学，要拿着这笔钱好好读书哦。”

吴涵始终低垂着眼睛，表情木然，看不到感激的神色和泪水。这让企业家很不满，刚要再说几句，吴涵就拿着信封下台了。

“他只不过拿我当成一个表演的工具，以显示他的善心与大度，呵呵。”

吴涵盯着蜡烛上跳动的火焰。“我不会给他这样的机会的。这不是捐赠，这是我配合演出应得的报酬。”他低下头，声音低得几乎听不清，“没有人可以羞辱我，哪怕一丝一毫。”

气氛开始变得沉闷。酒，也喝不下去了。

祝老四表情尴尬，佯装打了个哈欠：“睡觉睡觉，靠，都快1点了。”

吴涵也恢复了往日平静的神色。他一边附和着祝老四，一边手脚麻利地把桌子上的残羹冷炙收拾好，也脱掉衣服上床了。

方木看看在自己床上呼呼大睡的王建，叹了口气，起身爬上老五的床。

把老五凌乱的床铺收拾得勉强可以睡觉之后，此起彼伏的鼾声已经在室内响起。方木轻手轻脚地脱掉衣服，吹熄快要燃尽的蜡烛，刚钻进被窝，就听见宿舍里的电话响了。

这么晚了，谁会打电话过来呢？

方木一边纳闷，一边飞快地跳下床，拿起听筒。

“喂？”

没有回音。

“喂？”方木有些恼火了，肯定是某个无聊的家伙在打骚扰电话。正要挂断的时候，听筒里传来陈希软软的声音。

“还没睡么？”

方木的心一下子加快了跳动。

愣了一下，他才结结巴巴地回答：“没……没有。你怎么也没睡？”

“睡不着。”

长时间的沉默。方木手握着听筒，倾听着陈希的呼吸声。

“刚看了一部恐怖片，连环杀人的。”还是陈希先开口了，“嘻嘻，有点害怕了。”

“呵呵。”方木的心底涌起一股暖流，微笑起来，“别自己吓唬自己。”

“是啊，我知道。”陈希的笑声从听筒里传来，“这么晚了，你在干什么？还在破案啊？”

方木仿佛能看见陈希偷笑的样子。

“没有，和宿舍的几个哥们儿喝了点酒。”

“喝多了么？”

“没有。”

“那就好。”

又是沉默。

方木弯着腰，手拄在桌子上，竭力捕捉着听筒里的声响，似乎一丝一毫都不想错过。

“如果……”陈希的声音很轻，带着一丝颤抖，“如果下一个是我，你会难过么？”

“别胡说。”方木腾地一下直起身子，“不会的，一定不会的。”

“我是说如果——你会难过么？”

方木沉默了几秒钟：“会。”

话一出口，他慌忙又加上一句：

“你别怕，我会……”他急得结结巴巴，“我会保护你的。”

陈希小声笑起来。

“我知道。”她愉快地说道，“我知道。”

“你别胡思乱想。”

“呵呵，放心吧，我可没那么容易就被干掉。”

大大咧咧的样子。

“快睡吧，要不你们宿舍的同学该有意见了。”

“好，”方木说，又想了想，“在你姑妈家住几天？”

“两天，周日晚上就回来，学校见。”

“好的。”

“那，我先挂了。”

“好的。”方木握着听筒。陈希沉默了几秒钟，笑了起来：“你怎么不挂电话啊？”

“等着你呢。”

“你先挂。”

“你先挂。”

“不，就要你先挂！”

她应该睁大眼睛，嘟起好看的嘴巴吧。

“好，我先挂。”

方木放下听筒，过了几秒钟，又仿佛不甘心似的拿起来。可是，听筒里只剩下嘟嘟的忙音。

白痴。方木在心里暗笑自己。

他爬到床上，感到手心里湿湿的。他想起刚才紧握话筒的样子，于黑暗中再次微笑起来。

在室友们平缓的呼吸声中，方木静听着自己的心跳从急促逐渐恢复平静。他回味着刚才和陈希的对话，嘴里慢慢涌出一股香甜。

他渐渐睡着了。睡梦中，他紧握双拳，口中喃喃自语。

我会保护你。

第十五章

恶魔的盛宴

每到年底的时候，校园里的各个社团都会很忙碌。尽管期末考试在即，社团的干部和会员们还是会挤出时间举办一些活动。例如辞旧迎新诗歌朗诵会、告别某某年演唱会，等等。今年的元旦似乎格外重要。因为，在12月31日午夜的钟声敲响之后，整个人类社会将进入下一个千年。

2000年引起了所有人的关注。毕竟，不是每个人都能够见证人类历史进入一个全新的时期。尤其是那些出生于70年代末的大学生们。在读小学的时候，大多数人都用过这样的作业本：封面上印着一个小男孩，正乘坐飞船奔向2000年。21世纪，究竟是什么样？几天后，一切将真相大白。

在所有的社团活动中，最让人期待的就是星光戏剧社的话剧。

星光戏剧社是师大历史最久的学生社团之一，成立于80年代中期，现有会员一百多人。最初，星光戏剧社只是由几个热爱戏剧的学生组成的小社团，平时在课余时间排练一些小话剧，偶尔也参加一些学校组织的文艺演出。后来，一个数学系的会员毕业后，阴差阳错地成了电影演员。他在接受一次采访时谈到了星光戏剧社。于是，这个小社团一夜之间名声大噪。不仅规模一再扩大，而且是校园里少有的几个由学校提供经费的学生社团之一。每年的重大节日、校庆或者其他大型活动都少不了星光戏剧社的参与。在这个极具历史意义的千禧元旦，星光戏剧社当然不会置身事外。一场即将在元旦当晚上演的话剧正在紧张的排练中。

自从那晚通过电话之后，方木和陈希开始了正式交往。尽管只是一起吃饭，一起上自习，偶尔在校园的人工湖旁散散步，可是对于方木这个感情经历为零的人来说，已是莫大的幸福。

寝室里的几个家伙也很关心方木的爱情进展。每当方木带着一脸微笑回到寝室的时候，这几个光棍就像苍蝇一样围上来，不怀好意地问这问那。

方木被这群色狼问得不胜其烦，心里巴不得他们都快找到女朋友。

这天晚上，当祝老四第三次问方木亲没亲陈希的时候，方木忍无可忍了。

“你他妈当我是你啊，满脑子都是这种事情！有时间洗洗枕巾，都黄成什么样了！”

大家哄地笑开了。祝老四红着脸扑上来掐方木的脖子。

好不容易打退祝老四，老五又在上铺探下脑袋问道：

“说真的，老六，你们俩谁先表白的？”

“表白？”方木有点发蒙，“表白什么？”

“说喜欢对方啊，或者其他类似的话。”

方木想了想：“没说啊。我们都没说过。”

“靠，不会吧。跟人家约会好几次了，连句‘我喜欢你’都没说？”老大在一旁插嘴。

方木又仔细想了想。的确，跟陈希在一起的时间也不算短了。可是无论自己还是陈希，都没说过“我喜欢你”“我爱你”之类的话。“这很重要么？”

“当然，”老大一副恋爱达人的嘴脸，“你不开口表白，人家凭什么跟你在一起啊？”

“女孩子是需要承诺的。你给了她承诺，哪怕言不由衷，她也会以此为理由奋不顾身。”老二也是高深莫测的样子，“所以说，女人是需要哄骗的动物。”

“靠，大爷的事情，不用你们管。”

方木不屑一顾地笑骂道，脑子里却在思考他们的话。

最近两天，陈希总是很早就离开自习室，问她去哪儿也不说，也不让方木陪着她。

难道因为自己没有表白，让她觉得不快？

我爱你。多么简单的三个字。说还是不说，这真的是个问题。

这时候，门开了。

刚才还喧闹不已的宿舍瞬间就变得死一般寂静。

走进来的，是一只鬼。

脑袋光秃秃的，头皮是漆黑的颜色。

它抬起头。

那是一张什么样的脸?

应该长着眼睛的地方是两个血红的深洞。没有鼻子，只有两条细长的、不断翕动的细缝。脸颊上是冷酷的线条，嘴唇是薄薄的两片，露出森森的白牙。

它是谁?

男生们都被吓呆了，直勾勾地看着它。它傲慢地环视四周，缓缓开口。

“当树叶旋转着飘落，当海棠花在风中散尽；”它优雅地抬起一只手，仿佛在空气中轻挽一丝薄纱，“当海洋不再蔚蓝，当天空失去晴朗；当日月都沉没，当孩子离开家园——”

它的手慢慢放下：“我亲爱的，那是我在爱着你。”

它把手捧在胸口，又向前伸出。

“只有你，只有你知道我的苦痛；只有你在地狱的烈火中把我挽救；只有你在丑恶、虚伪的芸芸众生中让我解脱！”

它急速转身，双手按在污渍斑斑的墙壁上，又把头抵了上去。

“我的神，我的爱人！你看到了，你全看到了！他沉沦，他跌倒。你们一再嘲笑，须知，他跌倒在高于你们的上方……”

“你去死吧。”方木把一只拖鞋扔过去，大笑起来。

鬼的屁股上挨了一击，居然也嘿嘿地笑了起来。它转过身，伸手在头上一拉，吴涵笑嘻嘻的脸露了出来。

“怎么样，精彩吧？”

寝室里顿时爆发出一阵笑骂声。

“靠，吓死我了。”老五脸色煞白地用手抚着胸口，大口喘着气，“真以为见鬼了呢。”

“这是什么？”祝老四抢过吴涵手里拎着的头套，端详了几下，就要往头上套。

吴涵一把夺回来：“少来，你那张肥脸，别给撑坏了。”

他转过头，笑着问方木：“你怎么不害怕？”

方木笑着说：“刚开始我也吓了一跳，可是我认出你穿的衣服了。”

“没有艺术鉴赏力。”吴涵不以为然地撇撇嘴，“人家都听台词，你看衣服。”

“你戴这玩意儿干吗？”方木指指吴涵手里的头套，“吓唬人？这玩意儿好像挺贵的。”

吴涵神秘地一笑：“不告诉你。”

方木白了他一眼，随即就醒悟过来。

“话剧！对了，三哥你是星光戏剧社的。这是道具么？”

吴涵还是笑笑，不作声。

大家都兴奋起来，七嘴八舌地问吴涵。

“什么内容啊？”

“现代的还是古装的？”

“是鬼片么？”

“你演什么角色啊？”

吴涵脸上带着满足的笑，似乎对大家的关注很满意。

“你们别问了，暂时保密。元旦那天你们就都知道了。”

“别这么不讲义气啊。”祝老四不依不饶的，“自家兄弟，有什么好保密的。透露一点，我们肯定不说出去。”

“你？”吴涵笑着指指祝老四的鼻子，“就你那张嘴，我今晚告诉你，明天就全校都知道了。”

说完，他就拿起脸盆，拉开门走了。

祝老四表情讪讪：“这厮，还挺神秘。”

几分钟后，方木去刷牙的时候看到了吴涵。他嘴里含着牙刷，嘟嘟囔囔地念叨着什么。

方木走过去，拍拍他的肩膀。

“还背台词呢，大明星？”

吴涵回过头笑笑。

“演什么啊，给咱透露透露。”

吴涵看看四周，水房里只有他们两个人。

“主角。”

“行啊，三哥！”方木的好奇心大起，“什么剧情啊？”

“嘿嘿，那可不能说。”

“那你刚才念的是什么，台词么？”

“是啊。砍掉一个女孩的头之前说的。”

“砍头？”方木的眼睛一下子睁大了。

“呵呵，假的。塑料模特。”吴涵冲方木挤挤眼睛，“你猜我要砍谁？”

“我怎么知道。”方木有点蒙了，随即就明白了他的意思，“陈希？”

“呵呵，是啊，她是女主角。你不会吃醋吧？”

原来如此。方木在心里说，怪不得她这几天神神秘秘的。

回到宿舍里，方木一边整理床铺，一边思考明天要怎么对陈希诱供。

这丫头，对我还保密。

吴涵隔了好久才回到宿舍，也不急着脱衣上床，在镜子前照来照去的。大家取笑他自恋，他也不理会。

11点刚过，熄灯了。

蒙眬中，方木隐隐约约地看到吴涵把头套重新戴在头上，他面目狰狞地看着镜中的自己，默立了很久。

神经病。方木小声骂了一句，闭上眼睛准备睡觉。刚有点睡意，就听见吴涵开口了。

“他沉沦，他跌倒。你们一再嘲笑……”

方木睁开眼睛，吴涵还保持着刚才的姿势，一动不动地站在镜子前。

“须知，他跌倒在高于你们的上方。他乐极生悲……”

他猛地转过身来。黑暗中，吴涵的眼睛闪闪发亮。

他的手缓缓抬起，指向寝室中央，声音变得低沉、凶狠：

“可他的强光紧接你们的黑暗！”

对陈希的诱供没费什么事。她扭捏了几下，就承认自己在排演话剧，而且还向方木透露了大致剧情。

这是一部魔幻题材的话剧，讲的是一个皇家园圃的花匠爱上了公主。可是碍于地位的悬殊，他一直没有向公主表白。后来外敌入侵，国家岌岌可危。花匠在恶魔的引诱下出卖了自己的灵魂，变身成法力高强的英雄，并大破敌军，挽救国家于危难中。公主与花匠喜结连理，可是恶魔引诱花匠的目的是要公主的血来使自己获得永生。花匠在恶魔的操纵下杀死了公主。清醒后，他追悔莫及。好在有神灵发出启示，花匠挖出自己的心脏来使公主复活。恶魔的计划最终破产。吴涵和陈希分别饰演花匠与公主。

剧情够烂。方木在心里说。

“听说还要砍头？”

“是啊。怎么样，刺激吧？”

“刺激个头啊。这编剧怎么想的，非要弄成限制级的？”

“那才是前卫艺术嘛。”陈希笑嘻嘻地问，“我被别人把头砍下来，你心不心疼啊？”

还没等方木回答，她自己的脸先红了。

方木拎着装满饮料和食品的塑料袋，小心地迈上覆满冰雪的台阶，向学生俱乐部的入口走去。俱乐部的门廊里一片昏暗。一个高个子男生站在门口，警惕地看着方木。

入口处挂着厚厚的门帘，隐约听见里面有音乐和高昂的朗诵声。

方木闷着头向前走，突然被一只手拦住了去路——是那个高个子男生。

“对不起，同学。里面正在排练，你不能进去。”

“我是来找陈希的。”方木举起手中的塑料袋，“她让我……”

男生看了看塑料袋，又看看方木，笑了。

“是你啊，家属来探班？”

方木脸红了，不知道说什么好。

“进去吧。”男生挥挥手。

靠，还“探班”，以为自己在拍电影啊。方木嘟哝着，掀开门帘走了进去。

剧场里光线昏暗，只有前排和舞台上的几盏灯还亮着。台上大概在排练一个战争场面。一个头领模样的人物正在夸张地舞蹈，身后是几个身着古代盔甲，手持长矛的战士。头领的手变换出花样复杂的造型。随着他的动作，对方的士兵东倒西歪，不断地向后败退，一副溃不成军的模样。

从那个头领的身形来看，应该是吴涵。

方木挑了一个角落坐下，静静地看排练。

接下来的一个场景大概是欢迎英雄凯旋。公主在一群人的簇拥下出场了。

陈希头戴花冠，穿着一件洁白的长袍，长长的黑发披散在身上，十分醒目。吴涵昂首挺胸地走在军队的前列。行至舞台中央，他急步上前，跪倒在陈希脚下，捧起公主的手贴向自己的额头。

公主轻抚英雄的肩膀。两人念着台词，几句话之后，吴涵将公主托起，来了一段难度颇高的双人舞。悠扬的乐曲响起，舞台上空落下纷纷扬扬的彩色纸屑。

一个导演模样的家伙喊了一声："停。"舞台下的工作人员纷纷鼓起掌来。

"不错不错，休息一下，然后排婚礼那场。"

陈希轻快地跳下舞台，向观众席张望着。

方木挥了挥手。陈希的眼睛一亮，连蹦带跳地跑过来。

"真听话啊，让你来你就来了。"

"要不你老有意见。"方木笑笑，把塑料袋朝她推了推。

陈希眉开眼笑地翻了翻，拣出一袋话梅，打开，拿出一颗小心地扔进涂着口红的嘴里。

她嚼着话梅，瞥见方木目不转睛地看着自己，笑了。

"我漂亮么？"

"漂亮。"方木由衷地说。

陈希皱着鼻子做了个鬼脸，转过头去望着舞台。

"那个吴涵是你们宿舍的吧？"

"是啊。"

"他可真有劲儿，毫不费力就把我托起来了。乍一看他挺不起眼的，还挺有艺术细胞。”

陈希用赞赏的目光看着吴涵。他正在和导演说着什么。半分钟后，导演回过头冲这边喊道：“陈希，来一下。”

“来了。”陈希丢下话梅，“等我一会儿。”

吴涵也望过来，看到方木，点了点头。

导演对吴涵和陈希谈了几句之后，陈希跟着另一个工作人员走了。吴涵则向方木走了过来。

“来慰问演员啊？”吴涵毫不客气地翻了翻塑料袋，“切，全是女孩子爱吃的——重色轻友。”

方木没有理会他的谐谑，冲他竖起了大拇指：“三哥，好棒！”

吴涵笑了笑：“陈希也不错。”

陈希正在试穿一件戏服，好像是晚礼服之类的，光彩照人。旁边几个男演员目不转睛地看着她。

“你小子多留神。”吴涵用肩膀挤挤方木，“不少人都在打她的主意呢。”

方木看着舞台上的男演员，个个高大魁梧、气宇不凡。

他低头看看自己：穿了好几年的羽绒服，磨得发白的牛仔裤，沾满泥水的运动鞋。

方木皱皱眉头，第一次感到有些自惭形秽。

这时，导演喊了一声：“各单位注意，排练了。”

吴涵站起身来，拍拍方木的肩膀：“伙计，用点心。陈希是个好女孩。”

陈希也急忙回到舞台上，远远地冲方木耸耸肩。

方木挥挥手，表示不介意。

可是，没等彩排结束，他还是提前走了。

穿过俱乐部的门廊，方木注意到墙边立着一面大镜子。他想了想，走过去，挑剔地看着镜中的自己。

那是一个剪着平头，脸色有点苍白，平凡得不能再平凡的男孩。

方木离开俱乐部的时候，已经作了一个决定。

这个决定很俗，很言情剧，很不像平时的自己。但是，面对陈希这样的女孩，一切都是值得的。

他要向陈希表白自己的心意。

千禧夜，演出结束后，他要对陈希说：我爱你。

那一天很快就到了。

1999年12月31日晚上，学校举办了一场元旦晚会。内容无外乎合唱、相声、小品、舞蹈之类的节目。晚会在8点钟结束，之后的时间，留给了各个学生社团自己组织活动。午夜12点，将在行政楼前燃放焰火。

晚上10点，备受关注的话剧《恶魔的盛宴》在俱乐部剧场里拉开帷幕。

能容纳3000人的剧场里座无虚席，连过道里都挤满了人。方木尽管早早就来了，也没抢到前排的座位，只能在剧场中央和宿舍里的同学们挤在一起。

话剧开始了。尽管这是由学生自己排演的话剧，可是灯光、服装以及道具都很到位，演员的表演也很精彩。开演一个小时后，魔幻主义和浪漫色彩很浓的剧情紧紧抓住了观众的心，气氛十分热烈。

外敌已被击退，英雄凯旋。他的英勇赢得了公主的芳心。国王为他们举办了盛大的婚礼。然而，在婚礼当晚，恶魔悄然出现。他完全控制了英雄的身心。英雄在他的蛊惑下变成了恶魔的傀儡，英俊的面庞也变得丑恶。

他将杀死公主作为献给恶魔的盛宴。

临近午夜，全剧的高潮即将来临。

舞台上是诡异的蓝光，配乐是单调的钢琴。面目狰狞的恶魔推着一辆小车缓缓步入舞台。小车上平躺着被白布覆盖的公主。缓慢而恐怖的音乐回荡在剧场里，令人悸动的鼓点悄然奏响。

全场观众屏气凝息。

英雄开始了在公主身边的独舞，表达内心痛苦的纠结。

随着英雄疯狂的舞蹈，台下的观众也紧张万分，情侣们不由自主地紧紧拉住彼此的手。

方木却感到异样。

台上那个舞蹈的人看起来有点奇怪。

从身高上来看，这个人和吴涵相差无几。可是，他明显要比吴涵强壮。从他身上的紧身衣来看，胳膊与大腿都很结实，胸脯也要厚实得多。

没听三哥说要临时换人啊。

而且，他的独舞也和彩排时大不一样。方木虽然不懂舞蹈，但是也看得出他简直是在胡乱动作，完全没有美感和韵律可言。

台上的英雄结束了舞蹈，从小车下抽出一把寒光闪闪的斧头。

全场发出不约而同的惊呼。

方木瞪大了眼睛。

不对。这里明明还有大段的台词啊。

方木回忆起自己和吴涵在卫生间里的对话，心头竟有一丝不祥的预感。他竭力抬起头，向台上张望着。

英雄掀起小车上的白布，熟睡的公主露了出来。

方木已经顾不上身后观众的小声斥责，站了起来。

他所处的位置距离舞台很远，只能看见塑料模特头上罩着长长的黑色发套。

英雄用斧头在公主的脖子上比画了一下，随即高高举起，用力砍下！

全场观众发出尖叫，随即是热烈的掌声。

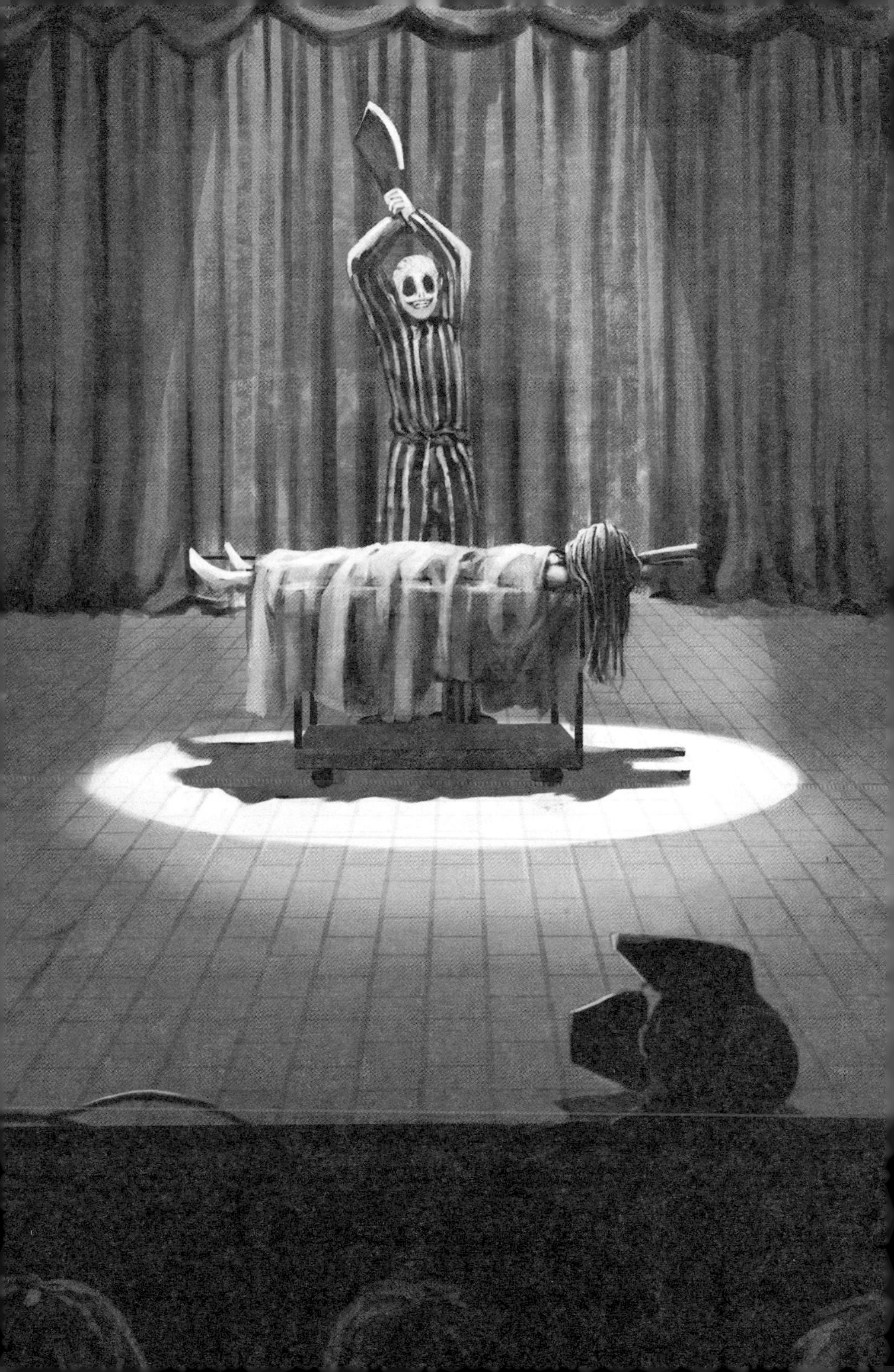

方木的心却狂跳起来。一种从未有过的恐惧袭上心头。

那只是塑料模特。一定是！

他在心里不住地安慰自己，眼睛却始终死死盯着台上那一动不动的、只剩下躯干的“公主”。

英雄砍掉公主的头后，扔掉斧头，转身从舞台的另一侧消失了。

诡异的音乐继续，舞台上却出现了空白。观众们不明就里，开始窃窃私语。隔了好一会儿，一群演员才跌跌撞撞地从后台跑上，排好队形后，动作凌乱的舞蹈开始。

“公主”的尸体摆在舞台中央，地上的鲜血已经汇聚成很大一摊。

一个舞蹈演员跳着跳着，旋转到血泊上，一不小心滑倒了。他狼狈地爬起身子，却发现自己的脸正对着落在舞台上的头颅。

他愣了一下，随即发出一声震耳欲聋的惨叫。

几分钟后，路过俱乐部的学生目睹了师大历史上最令人恐惧的一幕：潮水般的人群从俱乐部中涌出，脸上都是惊魂未定的神色。大门无力承受撞击与挤压，门框变形，玻璃爆裂，最后轰然倒塌。在遍地的玻璃碎片中，有人摔倒，立刻就被身后的人踩了过去。尖叫声、哭泣声、呼救声不绝于耳。

此时，午夜的钟声刚刚响起，行政楼前陡然升起无数绚烂夺目的焰火。

2000年到了。

第十六章

所谓天赋

21世纪的第一个案子。丁树成坐在车里想。

车窗外是如潮的人群和随处可见的、高高升起的焰火。警笛尖锐地鸣叫着，在车流中费力地穿梭。偶尔有人投来诧异的一瞥，很快又被眼前的喜庆气氛转移了注意力。在这样的历史性时刻，死亡，似乎是遥不可及的事情。

2000年1月1日0点19分。C市师范大学。

剧场里的人已经跑得一干二净，只剩下满地的矿泉水瓶、食品包装袋、踩烂的鲜花和几只跑丢的鞋子。

空旷的舞台显得硕大无比。一具无头女尸静静地躺在小车上，身边是几个警察和一群神色紧张的校保卫处干事。

丁树成跳上舞台，差点踩到一大摊尚未完全凝固的血。血泊旁边是一颗人头，长发被血水纠结在脸上，看不清五官，不过可以肯定是个年轻的女孩。距离尸体大约3米处扔着一把斧头。

“我们什么都没有动。”一个警察走过来说道，“还有几个人在楼上搜索。”

丁树成点点头，他小心地躲开血泊，绕着小车观察着女尸。

女尸的身躯显得异常矮小，断离处的血液已经凝结，肌肉组织和颈骨清晰可辨。

这时，剧场门口传来一阵喧嚣。丁树成循声望去，看见一个男孩正沿着过道踉跄着跑来，身后是两个试图抓住他的警察。

“是不是她？”男孩边跑边声嘶力竭地喊着，眼中是无以名状的恐惧。

没有人回答，所有人都目瞪口呆地看着他。

“是不是她？！”男孩冲到舞台前，手脚并用地往上爬着，却被身后赶到的警察一把拽了下去。

警察们七手八脚地按住他。男孩却不肯就范，一边拼命挣扎，一边竭力向舞台上望着。

“让我……让我看看她……”

然而，一切只是徒劳。男孩很快被反剪双手，拖了出去。

“他妈的。”一个警察摘下大檐帽，擦着满头的汗水，“一下子就冲进来了——三个人都没拦住他。”

丁树成苦笑一下，正要开口，就听到一个警察身上的无线电响了起来：

“三楼，三楼有人！”

尽管考虑到凶手很可能已经趁乱跑掉，但是，先期赶到的警察还是对俱乐部进行了仔细的搜查。搜查到三楼的时候，在东侧卫生间里发现了一个昏倒的男孩。

丁树成带着几个人快速赶到。男孩已经被扶了起来，却依旧昏迷不醒。

看到他的脸，一个保卫处干事脱口而出：“这不是吴涵么？”

吴涵全身只穿着内裤，皮肤已经被冻成了青白色。他的双手被反绑在身后，双脚也被束缚。后脑有一处头皮裂伤，脖子和肩膀上都有凝结的血迹。

两个警察把吴涵送往医院，其他人就地进行了现场勘查。

卫生间大约15平方米，左面是小便池，上方是一个关闭的小窗子。右面是一排四个隔间。发现吴涵时，他就躺在里侧的隔间中。地上散落着两只鞋，应该属于伤者吴涵。

经过初步勘查，没有发现有价值的线索。

丁树成回到剧场的时候，邢至森和法医组的同事已经赶到了。

法医们正在舞台上对死者进行初步尸检。邢至森坐在观众席的第一排，若有所思地看着小车上的女尸。

舞台上方的聚光灯仍然向下投射着诡异的蓝光，似乎那场话剧还在上演中。只不过，主角换成了一群身着白大褂，面色肃穆的法医。

以及一个没有头颅的女孩。

丁树成想起俱乐部门前的海报：《恶魔的盛宴》。

他走到邢至森身边坐下。邢至森没有回头，仍然盯着台上的人们。

良久，他艰难地开口。

“就在这里，”邢至森的声音嘶哑，“当着3000多人的面，杀死了她？”

死者名叫陈希，女，21岁，经济系三年级学生。死亡原因是头颈离断，死亡时间不用法医们劳神。她的头被砍下的时候，全场3000多个目击者的手表都指向23点55分。死者的血液内发现经黏膜渗入的乙醚成分。凶器是落在舞台上的那把斧头，和邢至森预料的一样，上面没有指纹。

死者是当晚上演的话剧——《恶魔的盛宴》的女主角。按照剧情的安排，死者扮演的公主将被男主角砍掉头颅。当然，被砍掉的应该是一个塑料模特的头颅。据负责道具的学生讲，她在这一幕戏之前，就把覆盖了白布的模特（塑料模特后来在化妆室门外的一个角落里被发现）放在小车上，交给了扮演主角的法学院三年级学生吴涵。女主角陈希暂时留在后台，在公主复活那一场戏中才会重新出场，所以，她一个人去了化妆室补装。因此，当那个戴着面具，穿着戏服的人推着小车走上舞台的时候，没有人想到白布下面躺着的是一个活人——女主角陈希。

扮演男主角的吴涵已经在医院苏醒过来。根据他的说法，当晚，由于在砍头之前有一大段台词，因此，他把放着模特的小车停在了后台入口处之后，就一个人跑到二楼的走廊里做最后的排演。他正在默诵台词的时候，突然感到头部遭到重击，随后就什么也不知道了。

经医院检查，吴涵后脑有一处长约5厘米、宽约0.5厘米的头皮裂伤，疑为带棱角的钝器所致。警方随后搜查了作为第一现场的二楼走廊，没有发现与凶器相吻合的物品，怀疑已被凶手带离现场。此外，在走廊里也没有提取到有价值的足迹或者指印。

吴涵被发现的时候，手脚都被一种塑料扣绳捆住。那是在商场常见的捆扎工具，呈长条状，只需把尖细的一端插入另一端的小孔，稍用力拉就能收紧。在某些地区，这种扣绳已经被警方当作塑料手铐来用。

警方对案发过程作了大致还原：凶手先在二楼的走廊里袭击了吴涵，脱下他的戏服和头套，然后把他拖至三楼的卫生间，将其束缚后塞进厕所的隔间里。然后，他回到化妆室，将陈希麻醉，并把她放在了小车上，用白布盖好，推上众目睽睽之下的舞台。当众砍掉陈希的头后，凶手从舞台的另一端逃出了剧场。

如果警方的推测符合案件事实，那么，凶手一定非常熟悉俱乐部的环境，而且对话剧的剧情有一定的了解。

根据对死者生前社会关系的走访调查，警方了解到，死者是湖南人，在本市只有一个亲属即死者的姑妈。死者生前性情开朗，随和，不曾与人结怨。据死者室友反映，死者最近与一群人交往甚密，他们都是一张借书卡上的读者，还成立了一个什么小组。这个小组的召集人，就是法学院三年级学生方木。

邢至森和丁树成走进二舍352寝室的时候，房间里已经有两个人。

那个叫方木的男孩半躺在床上，脸色苍白，眼睛直勾勾地盯着上铺的床板。床边坐着一个中年妇女，体态偏胖，头发花白。听到有人走进宿舍，她回过头来，充满警惕地打量着他们。

方木也循声望过来，眼神复杂，说不清里面是怨恨、气愤还是期盼。

中年妇女站起身来：“你们是……？”

“我们是来找他的。”邢至森朝方木努努嘴，“不用介绍了吧，方木。”

中年妇女显然对方木与这两个警察如此熟络感到惊讶。

“我是方木的母亲。你们有什么事么？”中年妇女紧张起来，不住地在他们脸上扫视着，“这孩子身体不太好，有什么事情跟我说吧。”

“大姐，你别害怕，我们就是来找方木了解点情况。”

说罢，邢至森把目光投向方木。方木盯着邢至森的眼睛看了几秒钟，转头对母亲说：“妈，你去给我买点水果吧。”

方妈妈面色犹豫。方木勉强笑了笑，补充道：“没事，我和他们聊聊。”

方妈妈点了点头，抓起床边的一个皮包，给方木掖掖被子，拉开门走了。

屋里只剩下邢至森、丁树成和方木三个人。

邢至森走到方木对面的床边坐下，看着方木，却不说话。

方木还是刚才的姿势，仰着头，盯着上铺的床板。

三个人沉默了好一会儿，最后，邢至森清清嗓子：“我们……”

“我知道你来问什么。”方木突然扭过头来，“WPO小组是么？不错，陈希是小组的成员，我们都是那张借书卡上的人。”

WPO？邢至森琢磨了一会儿，应该是We Protect Ourselves吧。

这群孩子。他苦笑了一下。

这笑容激怒了方木。

“很好笑是么？很幼稚是么？”

他一把掀开身上的被子，赤着脚跳下床，径直冲到邢至森面前。

“我告诉过你们，那张借书卡一定有问题！”他用一只手指着邢至森的鼻子，声音哽咽起来，“现在……现在，陈希死了，你们相信了？”

“我们今天来是想问问……”

“问什么？又是什么样的废话？我和陈希的关系？没有，什么都没有！我没有来得及！”

突然，方木毫无征兆地蹲下身子痛哭起来。

到底，没来得及对她说那句话。

丁树成手足无措地看着方木，又看看邢至森。

邢至森冲他摆摆手，示意他不要打扰方木。

足足几分钟后，方木的哭声渐渐平息。他从床边拿起一条毛巾擦去泪水，默默地回到床上重新躺下。

邢至森叹了口气，开口说道：“我很理解你此刻的心情。而且，我也丝毫没有觉得WPO小组很幼稚。陈希死了，我很难过，和你一样，我也很想抓住凶手。”

他顿了一下：“我今天来，就是想听听你的看法。”

丁树成扭过头，吃惊地看着邢至森。

“我知道，关于这个案子，你有很多自己的……感觉。”

邢至森看看方木，发现对方也回望着自己，目光中的敌意已稍有减轻。

“我记得我曾经给了你一张名片，让你一有发现就给我打电话。但是，这几天来，你并没有主动来找我。”

悔恨的表情出现在方木的脸上。他点了点头。

元旦的午夜，当那个舞蹈演员发出震耳欲聋的惨叫后，方木马上意识到出事了。他拼命地向舞台方向挤去，却被惊慌的人群裹挟着退出了俱乐部的大门，自己还扭伤了脚。好不容易从人群中脱身，方木一边祈祷陈希不要出事，一边奋力冲进俱乐部。突破了三个警察的阻拦，就要跑到舞台上的时候，他被警察制服了。

最终，方木也没能看到舞台上的情况。可是，他自己心里也清楚，那个躺在小车上，身首异处的人，就是陈希。

整整两天，方木始终躺在床上，不吃不喝，也没有去医院找吴涵问个究竟。他的大脑似乎完全停止了运转，甚至连心跳都没有了。

还要有多少苦难降临到他身上？

还要有多少恐惧让他战栗不止？

仿佛在一夜间，方木失去了所有。

他不想说话，不想思考，只想时间停止，万物沉寂，让所有的一切都定格在此刻。

直到邢至森和丁树成出现在宿舍里。

我会保护你。

方木，你应该还记得。

“那个人，应该在1.74米左右，”方木艰难地开口了，“比吴涵要壮一点。”

丁树成点点头，这和其他目击者的描述基本一致。

“这个人，应该很熟悉现场的环境，大致了解剧情，但是并不是详细了解。”

“为什么？”邢至森紧紧地盯着他的眼睛，“你的理由是？”

“因为按照剧情的安排，砍掉公主的头之前，应该有大段的台词。但是他在台上一言不发，而且，他跳的舞蹈也和我看过的完全不同。不过，凶手一定是这个学校的人，而且他一定看过彩排。”方木顿了一下，“很可能就是戏剧社的人。”

丁树成微微点头。案发第二天，当他们询问话剧导演的时候，这个艺术学院大四学生说，戏剧社最初计划在塑料模特上安装血袋，后来考虑到太血腥，而且容易喷溅到前排的观众身上，就取消了这个安排。

案发当晚，当死者的头颅被砍下，血溅舞台的时候，导演还以为是吴涵擅自加了血袋。更让他意外的是，原剧本中的大段台词并没有被朗诵，男主角的舞蹈也一塌糊涂。由于这个突发情况，后来的舞蹈演员还没有准备好就匆匆上台了。

然而，警方对戏剧社的成员进行了逐一排查，并没有发现可疑人员。而且，从调查的结果来看，虽然话剧的排演一直处于保密状态，但是，仍有很多学生偷偷溜进来观看彩排。因此，不能排除凶手为戏剧社以外人员的可能。

方木注意到邢至森始终面无表情。显然，这并不是他想听的。

方木咬咬嘴唇，深吸了一口气。

“这一次的杀人，我想用一个词来形容：完美。”

邢至森立刻坐直身体，口中喃喃自语，似乎在品味这两个字。

“完美？”

“对。如果这是一场演出的话，我想，再没有比这更令人激动的了——在全场3000多名观众的面前，砍下受害人的头颅……”方木忽然颤抖了一下，似乎那是他不愿回想的场景，“……还得到了全场的掌声。”

邢至森点燃一支烟，视线始终集中在方木的脸上。

“你接着说。”

方木却摇摇头。

“在我继续陈述之前，你必须要接受一个假设。”

邢至森不动声色地盯着他，几秒钟后，他开口问道：“是什么？”

“这个假设是——”方木回望着他，布满血丝的眼睛里射出咄咄逼人的光芒，“这四起案件是同一人所为。”

“然后呢？”

“相对于前三起案件而言，第四起杀人案是一次犯罪升级。”方木的表情开始变得专注，语速也越来越快，“从毫无创意的勒杀，把被害人从楼顶推下去，再到把人塑成雪雕，用墙上落下的冰凌插死对方，直至在众目睽睽之下完成杀人，不得不承认，他的犯罪一次比一次精彩。他内心的自我认同感也越来越强烈。当然，犯罪的风险也越来越大。可是，对于他来讲，风险越大，成功的快感就越强。”

方木停下来喘了口气：“他应该是一个内心充满矛盾，沉醉于自我满足的人。我想，他在现实中也许是个失败者。所以，他需要一个与众不同的途径来表达自己的强悍与睿智。比方说杀人，比方说让你们——警察，陷入不可破解的谜团。而且，”方木舔舔发干的嘴唇，“下一次，他的手法会更精彩。”

“还会有人死？”一直在屏息凝听的邢至森突然发问。

“当然，那张名单上还有10个人。”

邢至森微微皱起眉头：“你还是坚持认为借书卡就是被害人名单？”

“是的，证据就在眼前——又一个名单上的人死了。”

“不，那张借书卡一定不是被害人名单。”邢至森摇摇头。

“为什么？”

邢至森刚要开口，一个声音替他回答了这个问题。

“因为我。”

门开了，头上缠着纱布，面色苍白的吴涵在祝老四和老大的搀扶下走了进来。

“我没有死，这就是证据。”

方木一下子明白了。

吴涵也在那张借书卡上。如果凶手是以借书卡上的名单来杀人的话，那么他在打昏吴涵之后，完全可以要了他的命。然而，吴涵仅仅被捆住手脚扔在了厕所里。这意味着凶手的目标只有陈希一个人。

更不用说与借书卡完全无关的贾连博。

没有比这更充分的理由了，借书卡的确是巧合。

方木的心情重新归于沮丧，同时不断埋怨自己的愚蠢。

我真是太笨了，这么明显的破绽都没看出来。

难道自己所谓的“感觉”，只是不切实际的幻想？

送邢至森和丁树成出去的时候，方木始终看着邢至森，一副欲言又止的样子。

邢至森注意到他的表情，开口问道：“还有什么事么？”

方木想了想，垂下眼睛。

“我知道自己很无能，但是……我希望能帮助你们破案。”

他抬起头，眼眶中盈满泪水。

“我答应过陈希……会保护她。”

邢至森默默地看着方木，伸手拍了拍他的肩膀。

“你需要什么？”

“一切！”方木精神一振，急切地说道，“这几起案子的所有情况。”

邢至森认真地看着方木的脸。方木有些发窘，却毫不退缩地回望着他。

“好吧。”半晌，邢至森终于开口了，“明天到我办公室来。”

回去的车上，丁树成好奇地问邢至森：“你为什么要让他参与这个案子？他的那些所谓‘分析’，你相信么？”

邢至森笑笑，反问道：“你知道罗纳尔多为什么是世界第一前锋么？”

丁树成有点蒙了，不知道该怎样回答。

“为什么郝海东不能成为世界第一前锋？”

丁树成更加摸不着头脑。

“不是因为训练是否刻苦，而是因为——”邢至森转过头来看着丁树成，“天赋。”

他重新面向窗外：“有的人就有这样的天赋，察觉犯罪的天赋。”

第十七章

耻辱之夜

女人伏在桌前，任由男人在她身后撞击着。她的表情痛苦却漠然，嘴里轻轻念叨着，似乎在查数——这是唯一一件可以分散注意力的事情。

男人终于发出怪异的低吼，抽搐了几下后，不动了。

女人立刻抽身站直。意犹未尽的男人发出了不满的声音，伸出手想抓住她。女人却已提起裤子，快步走进里间，哗啦一声锁上了门。

黑暗中，女人把额头抵在门板上，双眼闭合，牙关紧咬，浑身剧烈地颤抖着。似乎刚才的事情让她感到既屈辱又愤怒。情绪稍稍平复后，她打起精神，手脚麻利地擦换。几分钟的工夫，女人已经衣着完整。她把手放在门锁上，犹豫了一下，拉开门走了出去。

男人瘫坐在椅子上，一脸心满意足的表情。他的裤子依然敞开着，松松垮垮地堆在腰间。看见女人出来，他冲女人挤挤眼睛，意味深长地笑笑。

"咋样，哥还行吧？"

女人板着脸："把裤子穿上！"

也许是刚刚和女人发生了关系的缘故，男人显得十分温顺。他答应了一声，马马虎虎地把裤子整理好。

女人四下扫视了一圈，确定没有留下任何痕迹后，忽然觉得全身有些酸软。她勉强挪到桌旁，拉过一把椅子坐了下来。

男人打开电视，边用遥控器搜索着节目，边摸出一支烟来吸。烟雾飘到女人身边，她似乎懒得回头，只是用手扇了扇，仍旧目光散乱地看着窗外。

男人的烟吸了一半，扭过头来看着女人。烟雾中，女人慵懒地坐着，以手托腮，表情迷茫，扭转的腰身有种别样的韵味。

男人看了一会儿，身上又有些躁动。他扔掉烟头，拖着椅子走到女人身边，把手伸向她怀里。

女人从沉思中回过神来，胸口已经被男人的手覆盖住。她又急又气，急忙推开他。

“干什么！”

男人腆着脸，不依不饶地缠过来，直接把女人按在了桌子上，同时腾出另一只手去解她的裤带。

“好妹子，再来一次……”

女人被压得动弹不得，只能死命挣扎着。慌乱中，她摸到一只杯子，顺手挥了过去。

不锈钢保温杯“哐”地一下砸在男人的额角。男人“哎哟”一声松开她，倒退两步，捂着额头气哼哼地站着。

女人急忙站好，整整身上的衣服，手里依然攥着保温杯，恼怒地看着男人。

男人使劲揉着额角，不时把手凑到眼前看看。

“你个臭娘们，真敢下手啊。怪不得有胆子杀人……”

听到这句话，女人紧绷的身体一下子软下来，手中的杯子也仿佛忽然重若千斤，几乎拿不住了。

“你别胡说……”

“我胡说？”男人注意到了女人的变化，语气更加嚣张，“我是不是胡说你自己心里清楚！”

女人再也站不住了，跌坐在椅子上，手中的保温杯也砰然落下。她木然地看着在地上打转的杯子，忽然掩面抽泣起来。

女人突如其来的哭泣让男人有些不知所措，他讪讪地站在原地揉着额头。过了一会儿，看女人的哭声越来越大，他忍不住小声劝道：“别哭了，让人听到……”

女人的哭声戛然而止。她猛地抬起头来，抹了两把眼泪，腾地站起来，疾步走到男人面前，一言不发地蹲下身子，撕扯着男人的裤带。

男人被女人的动作吓了一跳，本能地向后躲避着：“你……你干啥？”

女人几乎是咬牙切齿般说道："你不是要么？我给你！"

男人已经彻底没了兴致，跟女人撕扯了几个回合之后，终于失去了耐心，猛地把女人推倒在地。

女人坐在地上，既不站起，也不说话，只是狠狠地盯着男人。

男人手忙脚乱地整理好衣服，看看坐在地上的女人，想伸手拉她起来。可是看见她脸上的表情，又不敢贸然上前。犹豫了一会儿，他讷讷地说："我走了。"说罢，就朝门口走去。

走到门旁，女人突然开口了。

"那东西……什么时候还给我？"

男人的手握在门把手上，一丝得意的笑容浮上嘴角。

"那，要看你的表现了。"

第十八章

仇恨

邢至森没有食言。第二天，方木来到公安局的时候，邢至森径直把他带到了自己的办公室。他指指桌子上一大堆卷宗："你就在这里看吧，可以用我的杯子喝水，暖水瓶在桌子下面。"

他转身走到门旁，想了想，又补充道："有人敲门，你不要理会，也不要接电话。"说完，他就把门锁好，走了。

方木明白他的意思——让无关人员查看公安卷宗是严重违反纪律的事情。

他怎么不想想，万一我就是凶手呢？

方木苦笑一下。不管怎样，他很感激邢至森的这份信任。

他打量着这间办公室。面积不大，只有一张办公桌，一把椅子，靠墙放着一张三人沙发。其余的空间都被几个书柜占据了，方木试着拉拉书柜的把手，都锁着。

方木坐到桌子前。在他面前，是厚厚的、用牛皮纸装订好的卷宗。封皮上写着案由、案发时间、地点及被害人姓名。方木抽出最下面的那本。

故意杀人。1999年12月31日。师大俱乐部。陈希。

看到她的名字的瞬间，方木突然感到窒息，仿佛被死死地捏住了喉咙。

他擦擦骤然模糊的双眼，定定神，艰难地翻开这本卷宗。

询问笔录。现场勘查报告。尸体检验报告。接下来是现场照片。方木的手开始颤抖。

躺在小车上的陈希。脖子白皙修长，末端呈现出可怕的空白。除了领子上的几个血点，长袍洁白无瑕。

落在舞台上的头颅。长发被血水纠结在脸上，隐约可见宽阔白净的额头、曲线美妙的脸颊。

头部近照。长发被分开，表情从容安详。只是眉头微微蹙起，眼睛紧闭，嘴角似乎还带着隐隐的微笑。下面是整齐平滑的创口，肌肉呈现出毫无生机的苍白。

落在舞台上的斧头。长柄，铁制，平淡无奇。斧刃上看不到明显的血迹。

方木发出不可遏止的抽泣，泪水大滴大滴地落在照片上。

良久，方木咬住自己的手指，强迫自己冷静下来。

我会保护你。

方木把它塞回下面，深呼吸，然后打开了第一本卷宗。

故意杀人。1999年9月17日。师大男生二宿舍三楼卫生间（西侧）。周军。

看完全部卷宗，已经是下午5点了。邢至森悄无声息地返回办公室。他点燃一支烟，坐在方木的对面。

方木低着头，不想让自己仍然红肿的眼睛被邢至森看到。

“有什么想谈谈的么？”

方木摇摇头。

邢至森的脸上看不出失望的表情。他站起身，拍拍方木的肩膀：“走，我们一起吃饭吧。公安局食堂的饭菜还不错。”

方木抬起头，勉强笑了一下：“不了，我想早点回去。”

方木坐在64路公共汽车上，眼望着窗外。现在是下班的高峰期，人声、汽笛声响成一片。每个人的脸上都是急切的表情，也许在盼望家中或简单或丰盛的晚餐吧。那些匆匆的脚步、转动的车轮，带着他们奔向干燥的拖鞋、温软的米饭、亲切的埋怨、孩子的呢喃。

生活，就像一条奔流不息的河流，时而平静，时而狂暴，时而浪花起伏，时而波涛汹涌。

方木眼看着渐渐暗下去的天色，感到全身无力。

对面开来一辆25路公共汽车。方木看着它与自己交错而过。车厢里面是拥挤的人群，或坐或站，或者表情麻木或者大声谈笑。每个人的生活互不相干。命运平淡如斯。

只是，再没有那个人了。

“如果下一个人是我，我希望他能一下子杀死我。最好在背后，在我毫无知觉的情况下。”

尸检报告上说，陈希曾经被乙醚麻醉过。她是在深度昏迷中被砍下头颅。

想不到，一语成谶。

汽车驶过师大，方木却不想动。他呆呆地坐着，一直到终点。

下车之后，他慢慢地走在回校的路上。天色已经完全黑下来，街边的路灯依次亮起。他的身影一次次被拉长，又缩短。

他越走越快，最后全力奔跑起来。路人纷纷投来诧异的目光，看着这个莫名狂奔的男孩。

在奔跑中，他再次爆发不可遏止的痛哭。

两天后，方木参加了陈希的葬礼。

葬礼在朝阳沟火葬场举行。参加的多是陈希的同学，WPO小组的人也来了。

陈希的父母被她的姑妈和姑父搀扶着，向前来对陈希作最后告别的人一一点头答礼。

陈希的长相酷肖其父。

大堂里回响的不是哀乐，而是莫文蔚的《爱情》，据说是陈希生前最爱的一首歌。

若不是因为爱着你，怎么会夜深还没睡意……

方木绕过摆放在灵堂中央的棺材，陈希静静地躺在里面，脖子上缠着一条淡紫色的纱巾。感谢殡仪馆的化妆师，她看起来安详无比。

爱是折磨人的东西，却又舍不得这样放弃。不停揣测你的心里，可有我姓名……

她的双手交叉在胸前，微微紧握，似乎收藏着一个深埋心底的秘密。

爱是我唯一的秘密，让人心碎却又着迷，无论是用什么言语，只会，只会思念你。

追悼会结束。当悲痛欲绝的陈希父母被亲属和同学扶出灵堂，当殡仪馆的工作人员将陈希的尸体抬起，准备放上那个冰冷的推车，方木回过头。

我爱你。

周军被勒死在厕所里。死后被凶手摆成了大解的姿势，应该是害怕被别人过早发现尸体吧。

佟倩被推下楼，摔死在平台上。凶手把现场打扫得干干净净，不留一丝痕迹。

宋飞飞被绑在旗杆上活活冻死。凶手剥光了她的衣服，却没有性侵犯的痕迹，他只是想杀人，仅此而已。一尊雪中的雕塑。

贾连博被落下的冰凌插死。从现场来看，应该是意外。没有人可以计算得那么准确。然而，凶手为什么不像前两次那样，隐藏尸体或者清理现场呢？

他完全可以把宋飞飞和贾连博的尸体塞进体育场的看台下面。倘若如此，十天半月都可能不被发现。

把她绑在旗杆上，是想展示他的残忍与睿智吧。每个艺术家都希望自己的作品被摆在展厅里最显眼的地方。

对于凶手而言，贾连博的死，与其说是个意外，不如说是一个惊喜。冰凌从天而降，死者瞬间毙命——还有什么死法比这个更让人感到诡异和惊叹？

比起旗杆上的宋飞飞，他应该更希望人们看到跪伏在体育场外，脖子上插着冰凌的贾连博吧。

至于陈希——当着3000多个人的面，砍下她的头颅，然后从容逃走。

在大庭广众之下上演完美谋杀，丝毫不留痕迹。然后在一旁欣赏观众的恐惧与逃亡，警察的慌乱与困惑。

《恶魔的盛宴》。

那晚的话剧，是他一个人的表演。他的盛宴。

聪明。谨慎。强壮。残忍。傲慢。喜欢戏剧性的冒险。

更重要的是，在他心里埋藏着深深的——仇恨。

什么样的仇恨，需要用杀戮去平息？

什么样的仇恨，需要用生命来偿还？

什么样的仇恨，能让凡人异化为魔？

什么样的仇恨，能让死亡变成艺术？

凶手，男性，身体强健，智商高，性情谨慎、冷静、残忍、内向，渴望万众瞩目。

而且，他就在我的身边。

“你是说，凶手就是这个学校的人，而且，很有可能就是你认识的人？”

邢至森和方木坐在校园旁边的一个小饭店里。面前的饭菜早已凉透了。邢至森透过香烟燃起的薄雾看着方木。

“是的。”

“为什么？”

“第一，杀死周军的人，一定是一个熟悉他的生活习惯的人。在宿舍楼里杀人有很大的风险，弄不好会被其他人撞见。但是周军有在深夜大解的习惯，那恰恰是宿舍楼里最安静的时候。所以他一定非常了解周军。第二，佟倩在复印室里被骗到天台，然后被凶手推下楼摔死。那么他一定知道佟倩当晚需要加班，而且佟倩不可能被一个陌生人在深夜带到天台上。第三，陈希被杀死在舞台上，而且杀人手法与剧情一致。这说明凶手一定事先知道剧情的发展，他应该至少看过彩排。所以，他一定是这个学校的人。”

邢至森默不作声地吐着烟圈。方木的分析与他的推断基本一致。他看着小饭店里进进出出的大学生，衣着或华贵或朴素，脸上却都是一副稚气未脱的模样。他想象不出这些年轻人中的一个会有如此残忍的性格，如此谨密的心思。

“他为什么要这么做？”

方木想了想，轻轻吐出两个字。

“仇恨。”

仇恨？邢至森皱皱眉头，一个涉世未深的学生，会有什么样的仇恨？

“仇恨并不都是杀父之仇或者夺妻之恨之类。”方木仿佛看透了邢至森的心思，“仇恨往往会在不经意间悄悄滋生。一个眼神，一个动作，一句玩笑话，都可能是仇恨的源头。当一个人觉得自己受到了伤害，他就有理由仇恨。”

方木抬起头：“那天，在我的宿舍里，你的一个微笑，就让我恨不得当场掐死你。”

邢至森看着方木。在这个男孩的眼睛里，已经找不到初次见面时的紧张，以及与年龄相称的单纯。他的眼神沧桑、落寞，带着深深的倦意却又炯炯有神。

“你仇恨过谁么？”

“当然。”方木低声说，“高中时欺负我的高年级学生、抓住我作弊的老师、出言不逊的售票员……”他长出一口气，“可那些都是转瞬即逝的仇恨，我现在最恨的，只有他。”

方木看着邢至森的眼睛：“无论何时，无论何地，如果你抓住他，请让我……”

“让你干什么？”

方木没有作声，再次低下头去。

方木来到俱乐部门前。发生命案之后，这里冷清了许多。即使警方已经撤掉了警戒线，也没有人愿意再来这里逗留。

他在门口站了一会儿，走了进去。

二楼的走廊里空空荡荡，方木只能听见自己的脚步声在四周回响。

他站在靠近楼梯的地方。

吴涵就是在这里被凶手打倒。

他站了一会儿，抬起手，在空气中挥动了一下，击打着某个看不见的物体。

吴涵脑后的伤口基本上与肩膀垂直。凶手大概是在吴涵正后方用钝器击中了他的头部。

恶魔之夜，凶手双手举起斧头的时候，能看出他的惯用手是右手。

方木一动不动地站着，似乎想捕捉到那个人的气息。

四周安静无比，偶尔听见风从窗户的缝隙中吹入。卫生间的水龙头滴答作响。

良久，他慢慢地转身走开，心情沮丧。

走到楼下大厅的时候，方木看到剧场的门敞开着，仿佛一只诡异的独眼，不怀好意地窥视着空无一人的走廊。

它目睹了一切，却无法说出真相。

方木走过剧场门口，投去怨怒的一瞥。随即，他就停下了脚步。

剧场内坐着一个人。

光线很暗。在大片空白的座椅中间，那个人背对着方木，一动不动地坐在观众席的第一排。

方木按捺住骤然剧烈的心跳，屏住呼吸，悄无声息地走进剧场，慢慢向他靠近。

渐渐地，方木的眼睛适应了剧场里的亮度。在与他相距几米左右的时候，方木看到那个人的后脑贴着纱布。

是吴涵。

方木呼出一口气，脚步也不再刻意放轻。

他走到吴涵身边坐下。吴涵显然已经发觉他的到来，却并不转头，依旧目不转睛地盯着舞台。

舞台上空空如也，各种装饰彩带黯然无光地垂着。地板被草草擦洗过，一层薄薄的灰尘覆盖其上。

方木看着那摊依稀可辨的暗红色，以及粉笔勾勒出的几个轮廓，清晰地记得那是头颅及斧头陈列的位置。

他的心脏猛烈地疼痛起来。

吴涵重重地叹出一口气："就在这里……众目睽睽之下？"

方木无语。

吴涵低下头，小声说道："对不起。"

方木苦笑了一下："跟你没有关系。"

"我知道。"吴涵重新望向舞台，"可是……陈希是个好女孩。"

"别再说了！"方木的声音变得嘶哑。

吴涵拍了拍他的肩膀，听话地闭上嘴。

两个人在越来越黑的剧场里并肩坐着，彼此一言不发，直到四周被浓稠如墨的黑暗彻底包围。

良久，方木站起身来。

"走吧。"

吴涵应了一声，拎起书包。方木摸索着探出脚，却感到手臂被吴涵一把抓住。

黑暗中，吴涵的眼睛里闪着奇异的光芒。

"方木，无论如何……无论如何，一定要抓住他！"

第十九章

你是谁？

陈希葬礼的第二天，学校党委召开了紧急会议。

短短一个学期之内，五个学生被杀。元旦头天晚上，另有几十个学生在俱乐部的拥挤与踩踏中受伤。

已经没有人安心读书了，籍贯为本市的学生几乎全部返家。留在校园里的外地学生也惶惶不可终日，生怕下一个目标就是自己。为了自保，每个人都警惕起来。雪片一样的举报信塞满了校长的信箱。仿佛在一夜之间，无数个凶手从校园里冒了出来。每天，教师们面对空了一半的教室，只剩下摇头叹息的份。

好在寒假将至。老天保佑，千万不要再死人了。

期末仍然需要考试的消息反而让师大的学生们平静下来。对于大多数学生来讲，挂科的威胁要比被连环杀手干掉的风险现实得多。自习室里重新挤满了人，学校的教学秩序开始慢慢恢复。就像每一个学期末那样，夜间在走廊里复习的学生越来越多。一切平淡如初。

没有人再去注意那五个空空的座位。别人的生死，终归是别人的。

只有方木除外。

每天，方木和其他人一样，拿着水杯和书包来到教室。中午11点半去吃午饭。下午5点去吃晚饭。晚上10点钟回到宿舍。尽管妈妈一再要求他回家住，他还是以复习考试为由住在了学校。

不一样的是，方木的举止开始变得怪异。他常常会盯住一个人不放，直到对方有所察觉，用目光或者言语进行了回击之后，他才会重新低下头，看着面前的书本。然而，几秒钟后，他又把目光投向下一个人。

他穿梭于各个自习室、图书馆的阅览室、食堂，不厌其烦地盯住每一个在他视线范围之内的人，暗自揣测他们的性格、身份、生活习惯以及兴趣爱好。

偶尔，他会跑到行政楼的24层或者体育场，一个人静静地坐着。在深夜里，即使毫无便意，他也会蹲在三楼西侧厕所中第一个隔间里。

只是，他再没有去过俱乐部。

你到底是谁？

夜深人静的时候，方木常常圆睁双眼，死死地盯着上铺的床板。睡意和那个问题的答案一样，没有归宿。

黑暗中，沉寂了一整天的宿舍楼开始悄悄苏醒。在每个人梦呓呢喃的时候，那些死气沉沉的物件统统活了过来，躲在各自的角落里窃窃私语。

树干被吹动时干燥、枯裂的声音。

积雪簌簌落地的声音。

夜行者孤独的汽笛声。

老鼠在水房里啃啮食物的声音。

走廊里踢踢踏踏的拖鞋声。

如果你们看见了，告诉我，他是谁？

这天晚上，王建来找方木。

王建没有在教室里苦读，这让方木深感意外。因此，当他探头探脑地在门口出现的时候，方木还以为自己看错了。

王建的视线集中在方木的脸上，有些生硬地“嗨”了一声。

方木面无表情地坐在桌前，点了点头。

寝室里只有他一个人。今天晚饭的时候，方木被一个体育系的学生打了一顿。挨打的原因是，方木盯着他那对粗壮的上肢，看了整整20分钟。当方木抹去嘴角的血，带着满身米饭和菜汤站起来的时候，他甚至没有说话，只是擦干净眼镜，在众目睽睽之下重新坐在桌子前，把饭盆里剩下的饭菜一口口咽下。

性格冲动。粗鲁。头脑简单。而且，在谈恋爱。

不是他。

方木的无动于衷让那个体育系的学生有些蒙了。他呆呆地站了很久，才拎着印有Hello Kitty的饭盆袋走了。

等到室友们都去了自习室，方木才回到宿舍。他不想被他们看到自己鼻青脸肿的样子。不是怕丢人，而是不习惯他们同情的目光和义愤填膺的言语。

王建小心地看看方木仍然青肿的嘴角，假装在方木的床上拿了几本书，随便翻了翻。

见方木始终不说话，王建讪讪地坐在桌前，拿出一盒烟，自己叼上一支，又抽出一支递给方木。

方木犹豫了一下，伸手接了过来。

两个人相对而坐，沉默着喷云吐雾。一支烟吸完，王建尴尬地清清嗓子。

“方木，你……你还好么？”

方木抬起头，有点诧异地看着他。

王建的脸红了。他又从烟盒里拿出一支烟，飞快地点燃。

“我知道你心里不好受。作为……作为朋友，”王建吞吞吐吐地说道，“我希望能帮你分担一些。”

“谢谢。”方木盯着王建，悄悄坐直了身体，“不过，不用了。”

王建的表情稍微轻松了一些，他吸了口烟，望着袅袅升起的烟雾。

“这段日子，和你们在一起，大概是我这三年多来最快乐的日子。我在心里……”他的声音低了下来，“是把你……你们当作朋友的。”

方木的脸上看不出表情，上下打量着他，神色渐渐变得专注。

“陈希死了，我很难过。她是那么活泼、善良的女孩子，而且……”

他站起身来，双手插在裤袋里，走到窗前，望着窗外低声说道：“而且，她居然死得那么惨烈。”

方木伸出手，悄悄地把桌子上的打火机捏在手里。

王建突然想到了什么，转过身连连道歉：“对不起，我不该说这些的。”

方木笑笑，摇了摇头。

王建看着他，目光变得诚恳、柔和。

“哥们儿，听我一句话——放过自己吧。”

“哦？”

“今天晚上，我也在那个食堂。”王建顿了一下，“我知道，为了找出那个凶手，你已经豁出去了。可是，哥们儿，你不要这样。”

王建吸了一口烟，手中的香烟只剩下短短一截：“保重自己，你才能查出真相。”

他把烟头扔出窗外，转过头对方木挤挤眼睛。

“万一我挂了，还指望你给我报仇雪恨呢。”说着，他自己嘿嘿地笑起来。

方木没有笑，只是死死地盯着他。

他的表情让王建有些紧张。很快，王建也收敛了笑容。他尴尬地挠挠头，又摸出一支烟，伸手在身上摸索着。

方木眯起眼睛，突然叫了他一声。

“哎！”

王建下意识地抬头，看见方木的手一挥——打火机向自己面前飞来。

王建伸手去接。在那一瞬间，方木看得很清楚。

左手。

他接过打火机，点燃香烟，吸了一大口，看见方木还怔怔地看着自己。

“怎么了？”

“哦，没什么。”方木回过神来，“你……你好像是左撇子？”

“是啊。”王建叼着烟，把左手放在眼前端详着，“打乒乓球、打篮球，都用左手。踢球用左脚。”

方木放松下来。

当他体会到凶手心中埋藏着深深的仇恨的时候，他第一个想到的就是王建。尽管这有点说不通，因为死者无一来自于基地班，更不用提经济系的陈希、宋飞飞和贾连博。可是，他还是想找个机会验证一下王建的惯用手。

当王建用左手接过打火机的时候，方木甚至感到欣慰。毕竟，他不相信，或者说不愿意相信王建就是那个凶手。

随之而来的，却是更沉重的迷惘：他究竟是谁?

王建看着他，表情却渐渐由真诚变为了疑惑。

“你在怀疑我？”王建皱着眉头，“凶手用右手对么？”

不等方木回答，他就疾步冲到桌前，一把拎起书包，转身就走。

“等等！”方木忙站起来。

王建手把着门框，冷冷地看着他，脸上是混合着屈辱和愤怒的复杂表情。

“干什么？”

方木看了他几秒钟，充满歉意地笑笑。

“哥们儿，我想喝点酒，一起去？”

王建的脸上仍然写满敌意。方木就那样微笑着，看着他眼中的冰雪渐渐融化。终于，王建的嘴角牵动了一下。

“好！”

方木和王建相互搀扶着回到二舍的时候，已经是凌晨1点半了。好在今晚值班的是吴涵，他们才得以回到寝室。

王建在厕所里狂吐一番，之后趴在床上呼呼大睡。方木虽然也喝了不少酒，头脑却出奇、地清醒。他站在352宿舍门前，犹豫了一会儿，最终还是没有敲门。

走廊里静悄悄的，方木向两边看看，感觉走廊似乎也在回望着他。一种无以名状的寂寞感缓缓包围了他，沉甸甸的。方木忽然感觉脚下有点发软。他费力地走到楼梯前，沉重地坐下。

台阶坚硬且冰凉，方木却不想起来，仿佛全身的力气都被抽走了一般。他无力地斜靠在楼梯扶手上，张望着窗外一片晴朗的夜空。

没有云彩，也没有月亮，只看见满天繁星在不停地闪烁，既像窥视，又似嘲弄。

你一定很开心吧？

此时此刻，你一定躲在某个未知的角落里，心满意足地回味着自己的精彩演出。然而，方木却已经疲倦到无力去仇恨。方木甚至希望凶手此刻就现身，就算被他干掉也在所不惜。

只要让我知道你是谁，就够了。

让这一切结束吧。

方木把头倚在楼梯扶手上，疲惫地闭上眼睛。

“咦，你怎么睡在这里？”

方木抬起头，眼前是一片炫目的光。他抬起手遮住眼睛，身子却沉重到不能挪动分毫。

眼前的光熄灭了。吴涵拎着手电，几步跨上楼梯，伸手去拉方木。

“快起来，你会着凉的。”

方木推开他的手：“没事，三哥。我挺好的。”

“不行。这里太冷了。”吴涵的语气坚决，“你是不是进不去了？我有钥匙，快起来。”

“三哥，你要是真为我好，就让我在这儿坐一会儿。”方木朝寝室的方向扬扬下巴，“回去了我也睡不着。”

吴涵看看他，叹了口气："好吧，你等我一会儿。"

说罢，他就跑下楼去。再回来的时候，吴涵的手里拿着两个坐垫和一个保温杯。

他把坐垫塞在方木身下，又把水杯拧开，递到方木手里。

"你小子喝了多少酒啊？来点茶水，热的。"

方木点头道谢，抿了口茶水，依旧靠在楼梯扶手上，呆呆地看着窗外。

吴涵也坐下来，静静地陪着方木。

良久，方木忽然轻声说道："三哥，听说人死了之后，会变成天上的星星。"

吴涵扭头看看窗外璀璨的星空："是啊，是有这种说法。"

"你说，哪一颗是陈希？"

吴涵没有作声，只是把手放在方木肩膀上，重重地拍了拍。

终于，方木发出一声啜泣，两行眼泪从脸颊上缓缓滑落。随即，他把头抵在膝盖上，无声地痛哭起来。

他哭了很久。再次抬头的时候，面前是吴涵递来的面巾纸。

"不用。"方木吸吸鼻子，"我自己有。"

他在身上摸索着，翻出一包面巾纸，看着上面心相印的商标，泪水又溢满眼眶。

不要想了。方木狠狠地告诫自己，强忍着擦干眼泪。

把面巾纸揣回去的时候，他摸到一个硬硬的东西，拿出来一看，是王建留下的半盒香烟。

方木抽出一支烟，点燃，吸了一大口。

吴涵有些惊讶："你什么时候学会抽烟了？"

方木肿着眼睛笑笑："刚刚学会的。"

吴涵盯着黑暗中忽明忽亮的烟头，伸出手来："给我一支。"

两个人坐在楼梯上沉默着吸烟。一支之后又是一支。很快，脚下就堆满了长长短短的烟头。

吸完最后一支烟，方木低着头坐了一会儿，忽然开口说道："谢谢，三哥。"

吴涵笑笑，盯着脚下的楼梯出神。须臾，他扭过头来："方木，那件事有进展么？"

方木的神情骤然消沉，默默地摇了摇头。

吴涵也不作声。几分钟后，他突然开口："方木。"

"嗯？"

"老实说，你有没有怀疑过我？"

方木苦笑了一下："我说过了，跟你没有关系。"

吴涵摇了摇头："我不这样想。"

方木有些惊讶地看着他。吴涵的表情变得凝重。

"他冒充我杀了陈希，这就跟我有关系。"他的手渐渐捏成拳头，"你不觉得，大家最近看我的眼神很奇怪么？"

方木拍拍他的肩膀："别乱想，你太多心了。"

吴涵哼了一声。

"乱想也好，多心也好……"他顿了一下，"总之，我绝对不会放过他！"

他的目光骤然变得锐利，在星光下，竟隐隐有了金属的光泽。

第二十章

夜祭

丁树成走进邢至森办公室的时候，看见坐在椅子上的方木，不由得有些惊讶。这孩子比前几天看见他的时候又瘦了一圈，头发乱糟糟的，脸色白得吓人。如果手上多一副手铐，他和刚从看守所里提出来的犯罪嫌疑人没什么区别。

“你怎么搞成这副样子，生病了？”

方木挤出一丝勉强的微笑：“没什么。”

邢至森挥挥手让丁树成坐下。

“怎么样？”

丁树成叹了口气，伸出两根手指向他晃了晃。邢至森把桌上的一盒烟扔过去。丁树成点上一支，闷闷地说：“没什么进展。”

邢至森的脸上看不出表情变化。方木却一下子变得沮丧无比，头也低下去了。

邢至森掸掸烟灰：“说说吧。”

丁树成刚刚从师大外调回来。此前，在邢至森的建议下，专案组决定将师大的四起杀人案进行并案调查。在他看来，虽然四起案件的共同之处仅是案发地点，但是，他认可方木的推断——凶手是同一个人，并且就是师大校内人员。

专案组决定从俱乐部杀人案开始查起。丁树成带着几个人来到经济系，除了调查陈希的档案之外，还把可能与陈希结怨的所有社会关系彻查了一遍。结果是令人失望的。没有任何证据显示会有人仇恨这个温柔善良的女孩，以至于要用残忍至极的手段杀死她。

“所以，凶手的动机……”丁树成合上笔记本，“至今仍是个谜。”

邢至森听完，半天没有作声，只是摩挲着下巴吸烟。连吸两支后，他突然开口问道：“你怎么看？”

丁树成正在想事，一下子被问得猝不及防。

“什么？”他下意识地抬起头，这才发现邢至森正面向方木。

方木没有急于回答，沉吟了一会儿说道：“我觉得单独调查陈希不会有什么结果，还是要把这几个案子放在一起来看。”

邢至森直起身子，显然来了兴致：“你的意思是……”

“我跟你说过，虽然搞不清凶手的动机，但是我能感到他心中深深的仇恨。特别是在前两起案件中。不过，”方木顿了一下，“他的情绪已经发生了变化。”

“变化？”丁树成忍不住问道。

“是的。如果说杀死周军和佟倩是一种仇恨的宣泄的话，那么，杀死宋飞飞、贾连博和陈希，更像是一种……炫耀。”

“炫耀什么？”

“控制。一种随意操纵别人的快感。”方木把头转向丁树成，“丁警官，你刚穿上制服的时候，是不是特别喜欢挎着枪到处转悠，碰到什么事都想管？”

丁树成想了想，脸色一红。

方木笑了笑，继续说道：“控制别人，的确是一件让人沉醉的事情。而且，他也相信自己有这个能力。”

方木的声音骤然低了下去：“特别是在他杀人的时候。”

“这么说来，”邢至森吐出一个烟圈，“这个人在现实生活中，恰恰应该是一个失去控制力的人。”

方木点了点头。

邢至森略略沉吟了一下，抬起头说道：“小丁，按照这个思路查查吧。重点放在师大的底层人员上。”

底层。这是个让方木反感的词汇。除了蔑视之外，还带有一种居高临下的优越感。所以当吴涵问及案件进展的时候，他在这个词上犹豫再三。

“无所谓啊。”吴涵倒是显得毫不在乎，“底层——这个范围可不小，够他们查一阵子的。”

方木赶紧解释：“你别误会。我想，调查范围不包括学生……”

“呵呵。”吴涵按住方木的肩膀，轻快地跳上楼梯，“你想得太多了。底层就是底层，这没什么好隐瞒的。我就是。喏，他也是。”

他指指正在走廊里扫地的唐师傅。

唐师傅最近在穿着上比较讲究，今天穿了件挺漂亮的呢子短外套，看起来年轻了几岁。看见吴涵的动作，他直起腰来问道：“啥事啊，小吴？”

“没事，说你今天比较帅。”吴涵笑着，大步走开。

唐师傅嘿嘿地笑了，抻抻身上的外套。

正如吴涵所言，调查比设想的要困难得多。一方面，调查范围太大，经过初步统计，经济状况不佳的校内人员足有上千人；另一方面，调查对象对警方的工作表现出强烈的抵触态度。这并不奇怪。经济环境已经让他们活得自卑又压抑，现在又被当作系列杀人案的调查对象，难免会爆发出不满情绪。

排查工作不顺利，这让丁树成整日满腹怨气。方木好几次给他打电话，都是说了几句就被粗暴地挂断。无奈，方木只好尽可能地打听调查的情况，以期获得一些线索。

吴涵给方木帮了不少忙。和其他人相比，他对于所谓的底层人员更加熟悉，特别是贫困学生和校工。方木很感激他，吴涵却认为这是在帮助自己。

“只有抓住他，才能彻底证明我是清白的。再说，”吴涵摸摸后脑勺，“他妈的，我也要报这一棍之仇。”

这天下午，方木和吴涵又跑出去打听消息，回来的时候已经快晚上9点半了。两人在校外的小饭店吃了点面条，筋疲力尽地回到宿舍。寝室里只有祝老四一个人。看见他们进来，祝老四从桌边站起。

“你们回来了？”

“你在啊，老四。”吴涵把书包扔到上铺，毫不客气地躺在祝老四床上。

祝老四嗯了一声，把头扭向方木：“老六，晚上有事么？”

方木端起桌上的半杯冷水一饮而尽，边擦嘴边说道：“没事，干吗？”

祝老四朝桌子上努努嘴：“今天，是陈希的……二七。”

方木这才注意到那个大大的黑色塑料袋，里面塞满了东西。敞开的袋口里，几沓纸钱隐约可见。

一股暖流涌上方木的心头。他慢慢地转过身来，冲祝老四笑笑。

“谢谢你，四哥。”

祝老四有些不好意思地挠挠头：“这种事，我多少知道一些——可以帮帮你。”

吴涵闻言，也坐了起来：“老四，你还挺细心的。”

祝老四冲吴涵咧咧嘴，扭头对方木说：“老六，我陪你去吧。”

方木沉默了一会儿，点点头。

“好。”

祝老四拎起塑料袋，又从桌子里摸出一只打火机，转身对吴涵说道：“三哥，你去么？”

吴涵摇摇头。

“我不去了。”他看看方木，压低声音说道，“别让他太激动。”

祝老四答应了一声，跟着方木走出了寝室。

走出宿舍楼的大门，方木有些不知所措。去哪里呢？

祝老四看出他的犹豫，轻声说：“去体育场吧，人比较少。”

天色已经完全黑下来，覆盖着白雪的体育场上，却泛着清冷的微光。目光所及之处都是一片苍茫，四周寂静一片。老四说得对，这实在是一个很好的祭奠场所。

两人找了一个背风的地方。方木不想动，也不想说话，脑子里似乎一片空白，只是垂着手站着。祝老四没有计较这些，他麻利地从塑料袋里往外掏着东西，一样样摆好。

方木看着祝老四的动作，忍不住说道："四哥，看不出你对这些还挺在行的。"

祝老四笑笑："本来是为了佟倩才学的，没想到能帮上你……"

话一出口，他就觉得不妥。为了掩饰自己的尴尬，祝老四干咳两声，加快了手上的动作。

东西很快就准备好了。祝老四站起身来，小心地看着方木："开始吧？"

方木沉默着，点了点头。

火烧了起来，很快就变成一个小小的火堆。方木蹲下身子，感到扑面而来的，是丝丝缕缕的温暖，一如陈希的长发掠过自己的脸庞。

祝老四递给他一沓纸钱，方木接过来，投入火中。

火焰跳动起来，调皮得宛如不听话的孩子。方木看着纸钱在火中慢慢卷曲，化作一张张通红、闪烁的薄片，慢慢地粉碎，消散，仿佛去往不知名的远方。

陈希，你还好么？

远在千里之外的湖南，某个安静的宅落，你正沉睡在一个小小的木匣子里。也许刚刚被父亲的大手抚摸过，也许刚刚被母亲的泪水浸湿过。你一如既往地恬静、温柔，默默地游荡在那个第一次睁开双眼的地方，第一次开口说话的地方，第一次蹒跚学步的地方，第一次写下心事的地方……

那么，请你回来吧，这个令你第一次心动的地方。

方木的眼中已经盈满泪水，跳动的火光弥漫成耀眼的一团，模糊却真切。陈希的笑脸在那团光晕中渐渐清晰。

淡淡细细的眉毛，清澈见底的眼睛，挺直俊秀的鼻梁，可爱俏皮的兔牙……

你会保护我么？

对不起，对不起。

方木终于发出了不可遏止的抽泣。对不起……

脸上温暖的触觉渐渐真切，仿佛一只手在缓缓轻抚。

要挺住啊。别让我担心……

你微侧着头，眼中是无尽的眷恋与不舍……

方木情不自禁地伸出手去，刹那间，指尖的刺痛让眼前的一切消失得无影无踪。

耳边传来祝老四低沉的声音：

我将我身，交与至亲。我将我魂，交与天地……

空旷的操场上充满了不可名状的混响，仿佛延伸至地平线尽头的清冷白色中，一个淡淡的身影正缓缓离去。

我将我思，交与尘世。我将我心，交与爱人……

祝老四将最后一沓纸钱投入火中，随即垂首而立，低声诵读着，那一团火渐渐微弱，直至熄灭。

当最后一丝火星旋转着消失在北风里，体育场再次沉没在无边无际的黑暗中，方木依然半跪在那一片留有余温的雪地上，直到祝老四伸手把他拉起来。

“老六，我们走吧。”祝老四帮他拍掉膝盖上的残雪，“陈希一定能感受到你。她在那边，会很快乐的。”

方木仿佛失去了思考和行动的能力，任由祝老四拉着，慢慢地向体育场的出口走去。来到围墙之外，他忽然挣脱了祝老四的手。

“四哥，你先回去吧。”方木用袖子擦擦脸上的眼泪，“我想一个人待一会儿。”

祝老四有些犹豫：“老六，还是回去吧。马上就要关寝了。再说，你一个人，我也不放心。”

“我没事，四哥。”方木勉强挤出一丝笑容，“让三哥帮我留个门。”

祝老四迟疑了一下：“那……那好吧，你自己小心点。”

方木目送祝老四的身影消失在夜色中。他回头看看一片漆黑的体育场，忽然觉得自己的内心如同这里一样空旷。他用手在脸上使劲揉搓了几下，感到稍微清醒了一些，就走到看台上，坐了下来。

今天是个阴天，夜空被厚厚的云层遮着，既看不见星星，也没有月亮。黑暗中，体育场仿佛一个巨大无比的舞台，呈现出谢幕后的一片死寂。

这个舞台上，上演了太多的故事。

贾连博和宋飞飞诡异无比又充满美感的死状。

在喧嚣的人群中，感受到死神的莫名恐惧。

当然，还有和陈希并肩漫步的那些美好夜晚。

它不动声色地见证了一幕又一幕戏剧。或恐怖，或迷惘，或幼稚，或甜蜜。有的角色死去，有的角色还在挣扎，有的角色始终在黑暗的角落里掩嘴偷笑。它依旧默默地卧在这个发生了太多事情的校园里，坚守着一个不可告人的秘密。

告诉我，他是谁。

忽然，身后传来一阵脚步声。方木警觉地回过头去，心下有些诧异：这么晚了，谁会来体育场？

“谁？”

脚步声有所停顿，随即，一个熟悉的声音响起。

“是你么，方木？”

是吴涵。方木松了口气。

吴涵快步走过来。

“你没事吧？”

“没事。你怎么知道我在这儿？”

“老四告诉我的。”吴涵坐在方木身边，“这么晚了，你还在外面，我有点不放心。”

自从陈希被杀，而吴涵仅仅被打昏后，关于死亡借书卡的说法不攻自破。WPO小组也失去了继续存在的理由。曾经承诺要彼此照应的小组成员们，在确保自身的安全后，似乎都不愿再提及这件事。渐渐地，大家又回到各自的生活中，继续扮演着原有的角色。

始终在追查凶手的，只剩下方木和吴涵。

想到这里，方木默默地把手搭在吴涵的肩膀上。

这家伙瘦瘦的。可是，在他身上似乎有一种说不清的力量，让人感到踏实，可以仰仗。

“回去吧。”吴涵始终向四处张望着，“现在这种情况，还是小心点为好。”

方木点点头。他站起身来，活动了一下麻木的手脚，跟着吴涵走出了体育场。

校园里早已空无一人，只有几盏路灯有气无力地闪烁着。方木和吴涵并肩走过那些光影交错的地方。方木注意到，吴涵的右手一直在衣袋里揣着，神色警惕。

有这样一个人同行，真的没什么可怕的。

走到宿舍楼下，方木试探着拉了一下大门。不出所料，门已经上锁了。他刚要伸手拍门，吴涵就拉住了他。

“别叫孙姨了，否则免不了挨一顿骂——我有钥匙。”

说罢，吴涵把大门拉开一条缝隙，手里捏着钥匙探进去。几秒钟后，他已经打开门锁，抽出了铁质门闩。

“走吧，动作轻点。”

两个人蹑手蹑脚地走进宿舍楼，迈上台阶。刚要上楼，走在后面的吴涵忽然停住了脚步。

“嗯？”方木站在楼梯上，回过身来，“怎么了，三哥？”

吴涵扭着头，盯着走廊另一端的楼梯。

“方木，你刚才没看见么？”

第二十一章

真凶

方木朝走廊另一端看看，视线所及之处只有一片空白。

“什么都没有啊。”方木转身问吴涵，“你看见什么了？”

“唔。”吴涵若有所思地点点头，“也许是我看花眼了。”

他耸耸肩膀：“走吧。”

方木应了一声，抬脚上楼。走到二楼缓台，他忽然意识到吴涵并没有跟在身后。扭头一看，吴涵还站在原地。

“怎么了，三哥？”

吴涵眉头紧锁，依旧盯着走廊尽头。几秒钟后，他仿佛下定决心似的对方木说道：“老六，我觉得有点不对劲。”

方木看到他紧张的样子，急忙跳下楼梯，小声问道：“你刚才看到什么了？”

“上楼的时候，我好像在楼梯那里看到一个人——突然就不见了。”

“嗯？”方木看看手表，“都快12点了，还会有谁出来啊？”

“所以我觉得不对劲。”吴涵看看方木，“会不会……”

两个人对视了几秒钟，不约而同地迈开脚步，悄悄地向走廊另一头走去。

吴涵紧贴着墙壁，迅速却毫无声息地向楼梯靠近，方木紧跟在他身后，同时倾听着前后左右的动静。

快走到楼梯口的时候，吴涵的右手从衣袋里抽了出来。一把大号折叠军刀赫然出现在他的手心里。

方木一愣：“三哥，你这是……”

吴涵竖起手指，嘘了一声。

“我出院之后买的。”他低声说道，“再遇到他，我可不会像上次那样被轻易放倒。”

吴涵把军刀打开。昏暗的灯光下，寒光闪闪的刀刃显得分外夺目。看见刀子，方木忽然感到莫名的紧张，手心里一下子沁出了汗水。

楼梯上没有人。吴涵朝身后的方木努努嘴，示意他跟着自己上楼。

刚刚爬到二楼，吴涵突然脸色一变，快速蹲下身来。方木见状，也急忙蹲下来，大气也不敢出。

几秒钟后，周围依旧是一片寂静。方木小心地探出身子，向楼梯上方张望了一下。

毫无异常。他转头看看吴涵。吴涵显然已经有所发现，紧锁眉头，双眼微眯，似乎在捕捉着某种声响。方木也侧耳去听，却什么也听不到。

眼看着吴涵的表情越来越严峻，方木暗暗着急起来。

你到底听到什么了？

终于，吴涵扭过头，无声地说了两个字：六楼。

六楼？

据方木所知，六楼只有一半房间住着学生，另一半暂时闲置。其中几间寝室用来当仓库，主要堆放杂物和清洁用品。为了便于管理，居住区和仓库被一道水泥墙分隔开来。而且，仓库这一侧的楼梯和走廊之间有一道铁门，平时上锁。方木和吴涵所处的楼梯，正是通往仓库的那一条。

这一侧并不住着学生啊，怎么会有人深夜上去？

方木正觉得奇怪，吴涵已经站了起来，猫着腰迅速向楼上跑去。方木来不及多想，起身跟上。

区区四层楼的高度，此刻却漫长得难以想象。运动鞋和楼梯发出的摩擦声仿佛比平时响了好几倍。方木向上跑着，眼前只有吴涵不断跳跃的背影。踏上五楼与六楼之间的缓台的时候，方木感到心脏都要从喉咙里蹦出来了。

随即，他的眼睛一下子瞪大了。

平时紧锁的铁门，此刻，被打开了。

一瞬间，方木感到大脑一片混乱，似乎有无数个问号涌了进来。

谁打开了这扇门？

谁在半夜里悄悄地来到六楼？

他要干什么？或者……

他已经干了什么？

这些问题让方木暂时失去了思考和行动的能力，只是站在原地发愣。吴涵倒是很快回过神来，他轻手轻脚地登上六楼，仔细看了看门锁，又轻轻地推开，挥手示意方木上来。

方木小心翼翼地走进铁门，看见吴涵正蹲在走廊的拐角处，把头探出去，马上又缩回来。

方木背靠着墙壁蹭过去，刚要开口询问情况，就被吴涵脸上的表情吓了一跳。

吴涵的脸色发白，五官也紧张得有些扭曲。他慢慢地站起身，一边留神倾听着走廊里的动静，一边示意方木附耳过来。

“有一个人……进了最里面那个房间。”

方木一惊：“看清是谁了么？”

“没有，只看到个背影，不过，”吴涵似乎在拼命思索着，“好像很眼熟。”

方木忽然感到嘴里干得厉害。

“怎么办，三哥，报警？”

吴涵想了想，小声说道：“别急，也许不是坏人。看看再说。”

说罢，他探出头去观察了一下，确认无人后，他走出拐角，冲方木摆摆手，小心翼翼地向走廊尽头走去。

吴涵在前，方木在后，悄悄走到那个房间门口。门关着，但是从门缝中能看见里面有些许微弱的光。吴涵把耳朵贴在门上，片刻，他直起腰来，冲方木无声地说道：“里面有人。”

方木的心脏狂跳起来。这扑通扑通的声音冲击着他的鼓膜，仿佛一把大锤在走廊里敲击着。

吴涵看看方木，喉结上下滚动着。他把军刀死死地捏在手里，伸手在门上猛推了一下。

门被锁住了。但是推门的声音却让里面一片慌乱。有桌椅被撞翻的声音。

对方的慌乱似乎给了吴涵莫大的勇气。他一边拍门，一边大声吼道：“保卫处的，开门！”

拍门声与呼喝声在空荡荡的走廊里显得十分响亮。方木捏着拳头，全身颤抖着，似乎跃跃欲试，又似乎手足无措。

吴涵扭过头低声说道：“方木，我在这里守着，你快去找点家伙来！”他指指斜对面的一扇门，“那里有废旧的桌椅，快去！”

方木应了一声，飞快地向那扇门跑去。

那是一间仓库，里面堆满了杂七杂八的旧物。方木找到一张旧桌子，连扭带踹，卸下两条桌腿，转身跑了出去。

吴涵接过桌腿，示意方木摆好姿势。

“听我指挥，冲进去！”

方木点点头，举起仿若千斤的桌腿，一边原地运气，一边紧张地看着吴涵的口型。

“一——二——三！”

话音未落，两人就一起发力，向门上猛踹过去！

随着哗啦啦一阵巨响，整扇门都被踹翻在地。两人迎着扑面而来的大团灰尘，先后冲了进去。

还没等方木看清室内的情况，就听见吴涵大骂一声：“我靠，不好！”

说罢，他就看见吴涵直奔窗边而去。

方木的心一惊，跟着跑过去。他发现木制的窗框已经变了形，一扇窗户也不见了。窗台上到处是木屑和破碎的水泥块。吴涵趴在窗台上向下张望着，片刻，他把身子收回来，脸上是一副惊魂未定的表情。

“他……他摔下去了……”

“什么？”方木感到脑子里“嗡”的一声。他急忙推开吴涵，把头探出窗外，只看了一眼，大张的嘴巴就合不上了。

不知道什么时候，月亮已经钻出了云层，向地面抛洒着清冷的光。

楼下不再是漆黑一片。在灰白色的水泥地面上，躺着一个四肢摊开的人！

方木吓呆了，怎么会这样？

“你们干什么呢？这是怎么回事？”

突然，一阵愤怒的叫骂声从背后响起。正在发愣的方木吓了一跳，急忙回过头来。

披着外套，头发蓬乱的孙梅站在几乎被踹碎的门旁，怒气冲冲地喊道：“你们俩想干什么，造反呐？”

吴涵指指窗台，结结巴巴地说：“孙……孙姨，有个人……我们……”

孙梅不耐烦地挥挥手，大步走过来：“怎么了？”

刚把头探出窗外，她就发出一声惊呼：“我的天啊！”

孙梅猛地转过身来，脸色煞白，哆哆嗦嗦地指着方木。

“那……那是谁啊？”

这句话提醒了方木。他回过神来，起身向楼下跑去。

有些学生已经被巨大的声响吵醒，三三两两地聚在走廊里互相询问着。当方木飞快地从他们身边跑过的时候，诧异的目光纷纷投射在他身上。然而，方木已经察觉不到这些了，他的脑子里只剩下一个问题：

那个从六楼坠落的人，是谁？

狂奔到楼下，方木才想起铁门刚刚被吴涵锁住。他急得乱跳，徒劳地拽着那扇铁门，恨不得从门缝里钻出去。

好在吴涵随后就跑了下来。刚刚打开大门，方木就冲了出去，直奔那个人的坠落地点。

离那个模糊的人影越来越近，方木的脚步反而慢了下来。他感到脚有些软，身子也忍不住颤抖起来。

他是谁？

他还活着么？

在距离那个人三米左右的地方，方木站住了。他死死地盯着那个一动不动的人，双脚仿佛被钉在原地一般。

吴涵从身后赶上来，看见方木的样子，也犹豫了一下。紧接着，他跺跺脚，一步步走过去。

方木仿佛梦游似的，看着吴涵小心翼翼地靠近那个人，低下头察看着。

"嗯？"

突然，他听见吴涵惊讶地叫了一声："方木，快过来！"

方木抖了一下，鼓足勇气走了过去。

刚刚走近那个躺在地上的人，方木就发觉他的身形很奇怪。仔细一看，他身上似乎穿着连体的紧身衣。

方木忽然想起了什么，心脏开始猛烈地跳动。

他在身上疯狂地摸索着，终于在裤袋里发现了打火机。

方木急不可耐地连连拨动着。终于，一束小小的火苗在他手里跳跃起来。

眼前的一切被随之照亮。

周围满是玻璃碎片和木屑。躺在地上的那个人，头南脚北，四肢张开，呈仰卧状，被一扇断裂的窗户和散乱的绳索压着。

他的身上穿着一件黑色的连体紧身衣，头上是一个面目狰狞的头套。

那正是吴涵在《恶魔的盛宴》中的戏服！

方木的手颤抖起来，手中的火苗也随之不停摇晃。忽明忽暗的光线中，狰狞的头套显得更加阴森可怖。

方木看看吴涵，发现对方也在回望着他。

两人对视了几秒钟之后，吴涵点了点头。

方木深吸一口气，蹲下身子，抓住头套猛地掀开。

火光下，是唐德厚口眼大张的脸。

第二十二章

断线

今日凌晨0点11分，C市师范大学发生一起坠楼事件，坠楼者当场死亡。

死者唐德厚，男，汉族，现年51岁，生前系C市师范大学后勤处工作人员，负责管理男生二宿舍。经法医检验，死因为颅脑损伤和大面积内脏破裂导致的内出血，死亡时间为凌晨0点7分左右。

坠楼地点为男生二宿舍楼下东侧的一片空地上。现场所见：死者头南脚北，四肢张开，呈仰卧状。死者身穿黑色带金黄色条纹紧身衣,戴着一副头套，体表无明显血迹及伤痕。死者周围散落着一扇摔碎的木质窗户，窗户上绑有一根尼龙绳，另一头拴在死者的腰上。

经查，死者是从男生二宿舍六楼东侧的一间贮藏室的窗台上坠落的。该贮藏室缺损的一扇窗户与死者身边的窗户吻合，窗台上亦发现死者的足迹。通过以上证据，可初步判断死者当时意欲将绳子系在窗户上，从六楼攀爬而下。然而，早已腐朽的木质窗户无法承受死者的体重，发生断裂，死者遂坠楼身亡。

现场的目击者一共有三人，分别是法学院三年级学生吴涵（住男生二宿舍352室）、法学院三年级学生方木（住男生二宿舍352室）和男生二宿舍的另一个管理员孙梅。

据目击者吴涵讲，当晚，他和同宿舍的室友方木晚归。上楼的时候，无意中发现在走廊右侧有人影闪过。由于近期校内发生多起命案，两人遂前往察看。跟踪可疑人员登上六楼后，发现该人不仅打开了六楼的门，而且进入了东侧的一间贮藏室。两人合力将门撞开后，吴涵恰好目睹了窗户断裂的一幕，并发现该人已坠落楼底。上述证言与另一个目击者方木的描述基本一致。

据目击者孙梅讲，当晚，她和死者唐德厚在男生二宿舍值班。晚上10点左右，唐德厚说自己头有点疼，要回宿舍休息，之后就再没有出现过。临近午夜的时候，孙梅听到有人进入宿舍楼。由于吴涵提前打了招呼，所以她也没有在意。大约5分钟之后，孙梅出门上厕所的时候，听到楼上有叫喊声和砸门的声音。她以为有学生闹事，遂前往制止。登上六楼后，孙梅发现楼梯间的铁门呈敞开状态，并发现东侧仓库内有人在活动。孙梅赶到现场时，发现仓库的门已经被破坏，吴涵和方木手持桌腿，正站在窗前向下张望。发现有人坠楼后，孙梅立即通知了校保卫处和警方。

本案值得关注的地方有两处：

其一，死者唐德厚为什么要在深夜从六楼攀爬而下?

经过调查，死者所穿的黑色紧身衣和头套系话剧《恶魔的盛宴》中的戏服。俱乐部杀人案后，凶手连同这套戏服一并失踪。通过这一点，可初步确定唐德厚有重大作案嫌疑。

经查，唐德厚居住在本市。其妻五年前去世，所育一女远嫁南方，平时往来较少。唐德厚原系行政楼的值班人员（调查结果显示，佟倩在行政楼坠楼身亡当晚，值班人员正是唐德厚），后调至男生二宿舍担任管理员。由于学校在操场双尸案后加强了校园安全保卫工作，所以唐德厚就吃住在男生二宿舍四楼的一间空闲宿舍里。警方对唐德厚的住处进行了搜查，发现室内物品摆放凌乱不堪。同时发现大量暴力、色情书刊及女性穿过的内衣裤。如果这些证据显示唐德厚的性心理异常的话，那么在六楼仓库的搜查结果就颇耐人寻味了。

案发的六楼仓库共分为里外两间，均堆放了不少废旧床铺和桌椅。在里间的一张旧桌子里，警方发现了一个玻璃罐头瓶和一卷绳子。罐头瓶里残留约200毫升液体，经化验为乙醚。警方在罐头瓶上提取到了唐德厚的指纹数枚。同时，警方经过比对，发现那卷绳子和第一起杀人案中的死者周军脖子上的勒痕基本吻合，而且，与操场双尸案中捆绑女性死者宋飞飞的绳子可做同一认定。从上述证据来看，可初步断定唐德厚与师大的连环命案有关。

警方对唐德厚坠落当晚的案情还原如下：唐德厚在深夜穿上紧身衣

并登上六楼贮藏室，应该是去取犯罪工具，并打算于当晚实施犯罪（因案发时校园内并无其他异常情况，可推断唐德厚的犯罪行为仍处于预备阶段）。被吴涵和方木发现后，唐德厚急于离开现场，在慌不择路中，他将绳子的一端拴在窗户上，另一端环绕于腰间，准备从六楼攀爬而下。然而，早已腐朽的窗户发生了断裂，唐德厚遂坠楼身亡。

其二，目击者吴涵和方木当晚做了什么？

调查中，警方除了认定唐德厚为系列杀人案的重大犯罪嫌疑人以外，曾质疑过他的真实死因。原因在于，死者陈希是目击者方木的女友，唐德厚也曾在俱乐部将另一名目击者吴涵打伤。案发当晚，最后与唐德厚接触的正是这两人。而且，根据第三名目击者孙梅讲，当她在案发现场看见吴、方两人时，两人均手持桌腿。

会不会是方木和吴涵在发现了唐德厚是凶手后，为报私仇，将其打死或打伤，然后伪造了唐德厚坠楼身亡的假象呢？

警方再次对现场和死者的尸体进行了详细的勘验和检验，随后排除了二人的嫌疑。因为在案发现场没有发现搏斗的痕迹。吴、方二人所持的桌腿上也没有发现血迹、毛发和击打所致的裂痕。此外，死者唐德厚的尸体表面没有钝器击打伤，其颅脑损伤系高空跌落所致。根据孙梅的证言，从听到呼喊和撞门声，一直到她发现唐德厚坠楼，时间不过短短的2分钟左右。在这么短的时间内完成杀人（或伤人）及伪造现场实属不可能。住在一楼的学生被坠楼声惊醒后，其提供的时间与孙梅所述可相互印证。

综上，可认定唐德厚系本学期内发生的一系列命案的嫌疑人。在其准备再次犯罪的时候，因被人发现，逃跑时坠楼身亡。

鉴于犯罪嫌疑人已死亡，案件撤销。

方木和吴涵坐在邢至森的办公室里，听他告知案件的最后结论。听完，二人沉默了很久。

最后，吴涵长长地呼出一口气。

“没想到，居然是他。”

方木却始终盯着脚下的一块地面出神。良久，他抬起头来，看着邢至森。

“我能看看唐德厚的尸体么？”

邢至森想了想，点点头。

“可以。不过你要有心理准备——那家伙被解剖过了，并不好看。”

法医室位于市公安局一楼。邢至森跟值班的法医打了声招呼，就带着方木走进了殓房。

“喏，那就是。”邢至森指指墙角的一张解剖台。

殓房里的温度很低，方木走向那张覆盖着白布的解剖台，身上越来越冷。

横躺着的唐德厚看起来比平时要长一些。方木的目光从裸露在外面的脚趾依次向上，最终停留在脸的位置。

方木伸手掀开白布，唐德厚被打开颅腔的头部露了出来。方木凝视着那张脸，似乎要从那早已失去光泽的双目中看出些什么。

突然，他猛地一扬手，那块白布被掀飞到半空中，又缓缓飘落在殓房的地面上。

唐德厚丑陋的尸体展现在方木眼前。

青白色的躯干上分布着大大小小的标记，胸腹部已被剖开，切口被黑线胡乱地缝合好，摔断的胳膊以一种不可思议的角度扭曲着。

方木反复打量着唐德厚的尸体，表情复杂。有解脱，有悲愤，有讶异，有恐惧。

更多的，似乎是疑惑。

邢至森始终看着方木，忽然想起他曾经说过的一句话：

“无论何时，无论何地，如果你抓住他，请让我……”

一瞬间，邢至森似乎已经猜到了方木的目的。他悄悄地走到方木身后，刚要开口，就看见方木的手向唐德厚脸上伸去。

邢至森急忙一把攥住他的手腕：“方木，你干什么？”

方木一愣：“我……”

“我理解你的心情，但是这家伙已经完蛋了。”邢至森压低声音说道，“再说，侮辱尸体是犯法的。”

方木立刻明白邢至森误会了他的意思。可是，这句话又仿佛提醒了他，一种巨大的悲哀猛然袭上心头，眼泪就再也止不住了。

走出公安局的大门，方木和吴涵一路沉默着，慢慢走向公共汽车站。

还没走到站点，吴涵就看见一辆公交车开过来。他小跑了几步，登上车扭头一看，方木还站在车下。

“还愣着干吗啊，快上来。”

方木犹豫了几秒钟，说道：“三哥，帮我请两天假。”

吴涵急忙问道：“你去哪儿啊？”

方木没有回答，只是向他挥了挥手，就向马路对面跑去。

J市。J大的教室里。

“当然，我们并不否认，如果把更多的时间用于帮助健康人而不是变态人格者，将会在较短的时间内取得更大的犯罪预防的收益。但是，对于变态人格者的研究与纠治，同样是犯罪预防中不可或缺的一个部分……”

一个腰板挺直、眼神严厉的老人站在讲台上侃侃而谈。教室里坐得满满的，学生们聚精会神地听讲，不时在笔记本上记录着。

没有人注意到角落里的旁听生。

方木一脸疲惫，眼睛却始终盯着讲台上的乔允平教授——省内最有名的犯罪学专家。

下课后，乔教授回答了几个学生的问题，收拾好讲义准备离开。这时，他发现还有个学生在旁边等着。

“你有什么问题么？”乔教授把讲义放回桌上，点燃了一支烟。

方木有点紧张，定了定神后，开口问道：“乔老师，如果一个人，男的，收集了一些女性的内衣裤，这能说明他有什么心理问题么？”

“有这种可能。这是恋物癖的一种表现。”

乔教授上下打量着方木。

这大概是一个有些性心理异常的学生。尽力帮帮他吧，别让这孩子越陷越深。

乔教授刚要谈谈恋物癖的心理纠治问题，这个学生又开口了：

“那么，这种心理会导致暴力行为么？比如杀人。”

乔教授吃了一惊：“你为什么会这么问？”

方木看乔教授的表情骤然变得严厉，心里有点害怕，小声说道：“就是随便问问。”

乔教授盯着他看了几秒钟：“有这种可能，但是很少见。如果伴随暴力行为的话，往往意味着他同时具有其他心理问题。不过，”他一边说，一边观察着对方的表情，“这种心理问题是可以纠正和治疗的。所以，也不必太过焦虑。”

方木点点头：“嗯，我懂了。”

“你不是我的学生。”乔教授打算问个究竟，“能不能告诉我，你是哪个系的？”

方木犹豫了一下：“我不是这个学校的。我是C市师大的。”

乔教授更吃惊了：“C市？你跑了一百多里地就是为了问这个？”

方木没有回答，鞠了一躬之后就匆匆地跑掉了。

坐在返回C市的长途客车上，方木倚着车窗，感觉额头一片冰凉。这凉意让他的头脑清醒无比。

虽然所有证据都把作案嫌疑集中在唐德厚身上，可是始终有一个问题没能搞清楚：他的作案动机究竟是什么？

这是几天来一直萦绕在方木脑海里的问号。从来就没有无缘无故的爱，也没有无缘无故的恨。究竟是什么驱使唐德厚连续杀死了五个人？

仇恨？抑或性欲？还是某种无法言明的疯狂的内在冲动？

警方在唐德厚的住处搜出了大量的女性内衣裤，这说明唐德厚的性心理的确存在问题。但是，方木无论如何也不能把这些和连环杀人案联系在一起。他总觉得，在一切表象背后，还存在着某些尚不为人知的事实。

也许乔教授说得对，唐德厚可能还有其他心理问题。只不过，这个问题永远不会有答案了。

方木的目光依次扫过那些陌生的街道与建筑，一种身在异乡的强烈孤独感涌上心头。他忽然有些想念那个百里之外的寝室了。

傍晚时分，方木才回到师大。他一边揉着饿得发疼的肚子，一边疾步迈上二舍门前的台阶。

正低着头往楼里走，方木的余光中突然出现了一团跳动的红色。他下意识地抬头望去，看见一个10岁左右的小女孩站在走廊里。

小女孩扎着马尾辫，穿着红色的羽绒服，全神贯注地盯着脚下。方木顺着她的视线向下看去，发现地面上有几个用粉笔画出的方格。

小女孩的额角沁出细密的汗水，在格子上跳来跳去，玩得不亦乐乎。方木的心里有些纳闷。这是男生宿舍，哪里来的小女孩呢?

不过，她活泼的样子倒是挺可爱的。方木笑笑，走过去，佯装严肃地问道：“你是谁呀？”

小女孩完全没有注意到有人进来，被方木的问话吓得哎呀一声，跳到了格子外面。

“都怪你！”小女孩气鼓鼓地嘟起嘴，“我就差这一格了。”

“小家伙，这里是男生宿舍。”方木忍住笑，板起面孔，“你是谁，谁让你进来的？”

“我还没问你是谁呢！”小女孩不甘示弱，叉着腰质问方木，“我妈妈不在，我现在是二舍的管理员。”

哦。方木明白了，这是孙梅的女儿。

他蹲下身子，笑眯眯地看着她：“你叫什么名字啊？”

“你先说你叫什么。”小女孩一副尽职尽责的样子，“我妈妈说了，陌生人不许进来。”

“我叫方木。”

“哦，我叫廖亚凡。”小女孩的眼睛里闪着好奇的光芒，“你是大学生么？”

“是呀。”

“上大学好玩么？”

方木的笑容有所收敛。大学校园的生活的确丰富多彩，然而，这仅仅是对那些活着的人而言。

“好玩。”

“哦，那我也想上大学。”小女孩打量着门廊，“这里可真大，怪不得叫大学，比我们红旗街小学大多了。”

“那你就好好学习，将来考到这里来。”

“行！”小女孩用力点点头，随即又愁容满面，“还得过好久才能上大学呢。”

她扳起指头，认真地数着：“一年、两年、三年……”

方木笑起来：“差不多十年吧。”

“要那么久啊。”小女孩歪着头想了想，“那时我还会再遇见你么？”

“可能吧。”

“嗯。”小女孩看着方木，“到时候我就认识你了，你可不许再吓唬我啊。”

“好。”方木拍拍小女孩的头，“你继续玩吧，叔叔要回寝室了。”

“嗯，叔叔再见。”小女孩乖巧地应道。

方木转身走上楼梯，迈过两级台阶，忍不住又回头望去。

昏暗的走廊里，小女孩仰头看着方木，脸上是纯真无邪的笑容。

寝室里热闹非常。一进门，方木就看见大家围在桌前忙活着。王建也在，正连撕带咬地扯开一袋烧鸡的包装。

“呵呵，你回来了？”祝老四挥挥手里正在切片的半根香肠。

“你们……这是干什么？”方木吃惊地问道。

“给你和老三庆功啊。”老大一边搅拌着手里的凉菜，一边打量着方木，“等你好半天了。”

吴涵把一包花生米倒进饭盒盖里，轻声问道：“去哪儿了，没事吧？”

方木笑着摇摇头。

吴涵冲他挤挤眼睛：“没事就好。估计你今天能回来，大家准备了不少好吃的呢。”

门忽然被撞开，老五踉踉跄跄地走进来，军大衣胸前鼓鼓囊囊的。

“快……快接我一把。”

老二急忙走过去，从他怀里掏出一个大塑料袋，里面是几瓶啤酒。

“王建，小卖部里没有白酒，你就凑合着喝点啤酒吧。还有这个，接着。”

老五从塑料袋里掏出一盒烟，甩给王建。

王建接过来，笑着问道：“没遇上孙更年吧？”

“在楼下碰到了——幸亏我灵活机警。”老五拍打着身上的灰尘，“妈的，赶上八路军通过鬼子的封锁线了。”

“千万别让她知道我们在寝室里喝酒，否则就麻烦了。”

“没事！”老大搂住吴涵的肩膀，“有老三在，我们怕什么！”

“咳，你一说我想起来了。”吴涵一拍脑门，“我今天晚上值班，差点忘了。”

祝老四赶忙说：“那快点开饭吧，让三哥吃点再去值班。”

酒菜很快就摆好了。352寝室的所有男生加上王建围坐在桌前。大家你推我，我推你，最后决定让老大先讲两句。

“今天，我们在这里隆重集会。”老大拿腔拿调地说着，下面的兄弟们开始发笑。

“一来为了给两位勇擒凶手的——不对，不能算勇擒——应该怎么说呢？”老大端着酒杯，一副冥思苦想的样子。

“应该说勇逼凶手跳楼！”祝老四脱口而出。

“切！”好几个人异口同声地反驳道。

吴涵笑呵呵地看着大家：“就算勇斗吧。”

“嗯，对——勇斗。”老大清清嗓子，“为我们寝室两位勇斗凶手的英雄庆功；二来，也为这个倒霉的学期终于画上句号。来，大家干杯。”

一阵玻璃酒瓶碰撞的清脆声音后，老大抹抹嘴，发现方木还坐着发愣。

“老六，怎么了？”

方木仿佛从沉思中惊醒过来，看大家都盯着自己，急忙笑了笑。

“我？没事啊。”

王建看看方木：“你脸色不太好。如果身体不舒服，就别喝了。”

“哦，没关系。大家喝酒。”方木举起啤酒瓶，咕嘟嘟喝了一大口。

酒桌上的气氛渐渐热烈起来，他们似乎要在今晚把所有的阴影都一扫而空。大家推杯换盏，互相拍打，大声谈笑着。

祝老四似乎特别兴奋，这会儿拉着老大讲笑话，转眼又要跟王建划拳。

“你小子，怎么像吃了兴奋剂似的？”王建烦他不过，抱怨道。

“呵呵，我知道。”吴涵向嘴里丢了一颗花生米，“他也在死亡借书卡上。老唐完蛋了，他自然就安全了。”

“切！”祝老四脸一红，忙申辩道，“我压根儿儿就不相信有什么死亡借书卡！”

“你怎么知道没有？”

“那不明摆着么，陈希死了，你却没事……”

老五在桌子下狠狠地踢了祝老四一脚，同时向低着头喝酒的方木努努嘴。

祝老四心知失言，马上住了嘴。可是方木始终盯着桌面，一口口灌着酒，似乎完全没注意到他们在说什么。

老大见状，急忙出来打圆场。

“老三，给兄弟们讲讲那天晚上的情形。”

“好。”吴涵似乎很喜欢这个话题，把当晚发生的事情又详述了一遍。

大家听了，感慨不已：“知人知面不知心啊。”

“咳，”吴涵喝了一口酒，“当我知道是老唐的时候，我倒不意外。

这老东西表面上看起来挺老实的，手狠着呢。有一次宿舍楼组织灭鼠，我亲眼看见他用铁锹把一窝老鼠拍了个稀烂。我心想拍死就完了呗，他好像中了邪似的拍个没完。那血和肉，溅得到处都是。”

“我靠！”大家都作恶心欲吐状。

老大又故作高深地说道：“暴力倾向。这就是暴力倾向啊。”

祝老四忽地站起来，咬开一瓶啤酒，举起来说道：“三哥，方木，我敬你们一杯。”

他顿了一下：“老六，我知道你心里难受，可是我还是要说，谢谢你们替佟倩报了仇！”说完，祝老四一仰脖，小半瓶啤酒转眼下了肚。

一直沉默不语的方木见状，急忙也站起来。可是刚端起酒瓶，他就觉得一阵头晕目眩，整个人向后倒去。

方木在厕所里吐得撕心裂肺。祝老四和王建搀扶着他，其他人忙前忙后地端水、拿毛巾。

剧烈的呕吐之后，方木感觉头晕得厉害，眼睛都睁不开。天旋地转中，他听到吴涵说“好好照顾他，我去值班了”，随即，就感到一只手在他的肩膀上重重地按了两下。

他迷迷糊糊地去抓那只手，却抓了个空。

祝老四和王建搀扶着方木慢慢地往回走。走到楼梯口，方木却忽然来了力气，挣脱了他们的手。

“你们回去吧。我想……我想一个人待会儿。”

两个人面面相觑。王建正要出言相劝，就被祝老四拉住了。

“早点回来，兄弟们等着你。”说罢，祝老四冲王建使了个眼色，转身走开了。

走廊里又恢复了安静。方木扶着楼梯，勉强站直身子。

头还是晕晕的，不过他还能辨清方向。方木看着走廊尽头，昏暗的灯光下，那里显得深不可测。方木打起精神，摇晃着向前走去。

方木爬上六楼的时候，已经累得气喘吁吁。楼梯上还围着蓝白相间的警戒带，门依然没有上锁。现在这种情况，是不会有学生跑到这里来的。

方木拉开门，六楼黑暗的走廊呈现在眼前。他把手按在墙壁上，向前走了几步，很快摸到了电灯的开关。

“啪”的一声，走廊里洒满了昏黄的光。方木看看那间门户大开的仓库，深吸一口气，走了过去。

唐德厚坠楼身亡之后，方木还是第一次来到这个地方。他站在门口，环视着堆满杂物的室内。良久，他迈动脚步，走到里间又走出来，最后站在仓库的中央。

他凝视着面前那扇依然洞开的窗户，不时感到有寒风扑面而来。脸上的汗水被风吹干，冷得发疼。

方木已经彻底清醒过来，眼前的事物既清晰又稳定。

凶手的身份已经查清。虽然他没有受到法律的制裁，但是也付出了生命的代价。

唐德厚在半空中忽然失重，眼睁睁地看着那扇窗户扭曲、断裂，最后呼啸而出的时候，是否感到了背后越来越近的大地?

就像佟倩感受到的那样。

如果把这话说给祝老四听，他一定会感到复仇的莫大快意。

可是，我为什么感受不到?

方木觉得有些累。他弓下腰，坐在冰冷的水泥地面上，眼睛依然盯着那扇窗户。

在此之前，方木曾经无数次幻想跟凶手狭路相逢。他甚至设想过置对方于死地的种种残忍手段。似乎只有如此，才能排遣他对凶手刻骨铭心的仇恨。

那天晚上，当他和吴涵冲进仓库的时候，如果唐德厚还没来得及翻出窗外，他会毫不犹豫地用手中的桌腿打死他。然而，当方木在公安局看到唐德厚的尸体，心中除了疑惑，还是疑惑。他甚至无法把眼前这具支离破碎的尸体和那个在舞台上高举斧头的人联系在一起。

方木无法解释这种感觉。一直维系在他和凶手之间的那条线索似乎消失得无影无踪，以至于他情不自禁地伸出手去，想在唐德厚的尸体上验证自己长期以来的猜测。可是他也明白，即使邢至森不阻止他，他也不会得到那个答案。

方木闭上眼睛，竭力想在空气中捕捉到任何一丝残存的信息。然而，无论他多么努力，心中仍是一片虚空。

人死如灯灭。难道那条线索，也随着唐德厚的死而断裂？

凌晨2点，方木拖着疲惫的身体回到了寝室。

他轻手轻脚地拧开门，却发现大家都围坐在桌前。一根快要燃尽的蜡烛插在啤酒瓶上，每个人的脸上都摇曳着忽明忽暗的光。

“你这厮，总算回来了。”老二打着哈欠说。

“你们这是干吗？”方木莫名其妙地问道。

“都等你呢。你没事吧？”老大问。

方木心头一热，咧咧嘴，却什么也没说出来。

“睡吧，老六。早点休息，别再胡思乱想了。”老五说。

方木点点头，坐在床边，慢慢脱下外套。

“你们……也都睡吧，别跟我熬着了。”方木把身子调转过去，眼圈开始发红。

没有人动。

王建点燃了一支烟，吸了一口，走过去递给方木。

方木头也不回地接过来，深深地吸了一口。

“哥们儿，一切都过去了。”

王建的声音从身后传来：“无论是对谁，你都算有个交代了。别老是跟自己过不去，往后的日子还长着呢。我想……”

王建顿了一下：“陈希也希望你好好地生活下去。”

方木躲在阴影里，眼泪大颗大颗地落在床单上。

是啊，都结束了，你又何必苦苦纠缠呢？

普通人的生活多美好。无忧，无虑。干吗要让那些虚无缥缈的感觉改变自己？

“老六，挺住。”是祝老四的声音。

老五摘下随身听的耳机，外放的音乐顿时响彻整个宿舍。

今天我，寒夜里看雪飘过，怀着冷却了的心窝漂远方……

让一切重新开始吧。好的，坏的。开心的，悲伤的。感激的，憎恨的。统统都消失在这夜空中。

风雨里追赶，雾里分不清影踪，天空海阔你与我，可会变……

方木抬起头，突然大声唱起来：

一刹那恍惚，若有所失的感觉，不知不觉已变淡，心里爱……

仿佛有人指挥一般，在他的身后骤然响起一片歌声：

谁明白我——

凌晨2点，六个男孩在破旧安静的男生二宿舍声音嘶哑地齐声高唱：

原谅我这一生不羁放纵爱自由，也会怕有一天会跌倒，背弃了理想，谁人都可以，哪会怕有一天只你共我……

方木不用回头，就知道在他的背后——

脸涨得通红的老大、脖子上青筋鼓起的老二、嘴巴大张的祝老四、只穿着内裤在床上乱蹦的老五、一脸凝重的王建。

你们，所有人，谢谢。

第二十三章

水箱

校园里又恢复了平静。

历经数场劫难后，这平静显得弥足珍贵。学校专门召开了一次会议，并邀请警方派员到场说明情况。吴涵和方木自然也在参会之列。

会议当天，方木以生病为由，在寝室里躲了一下午。他并不是害羞，只是不愿意一遍遍回忆那些事而已。

吴涵在会上的发言相当精彩，给本学期狼狈不堪的学校或多或少地挽回了一点面子。校方很满意，大大地表扬了吴涵一番，并许下一个保送研究生的名额。

室友们都替方木失去这个机会感到可惜，否则他也能免试读研。王建则始终处于沉思状态。方木估计他是在感叹当晚自己为什么没有在场。

其实方木很想告诉他，那种经历，还是一辈子都不要有才好。

保研，的确是一件很有诱惑力的事情。可是方木宁愿这一切都没有发生过。

尽管如此，吴涵保研，方木还是为他感到由衷的高兴。三哥得偿所愿。况且，这一切是用他的勇气和坚持换来的。如果不是他的机警，不知道还会有多少人死在唐德厚手里。

方木和吴涵不可避免地成为校园里的焦点人物。无论他们走到哪里，都会有人投来异样的目光。吴涵保持着一贯的从容淡定，方木却显得有些尴尬。他并不喜欢这种被关注的感觉，特别是当他想到获得这种荣誉所付出的代价的时候。

他开始无比怀念过去无忧无虑的生活。那时候多好。不用担心丧命，不用时刻去观察身边的人物，可以冲对面的漂亮女孩吹口哨。

自然，也不必在深夜里，因为想到她的名字而让自己痛彻心扉。

也许王建说得对，陈希也希望我好好地生活下去。

我爱你，但是我会忘记你，忘记一切。像半年前那个没心没肺的男生那样，简简单单地活下去。

几天后，期末考试如期而至。

相对于这学期的种种遭遇，考试这个词似乎陌生了许多。当方木再次拿起书本的时候，竟有一丝恍如隔世的感觉。

在最后的几天里，方木终于让纷乱的心绪稍稍平静下来。连开了几天夜车，他总算把前几科考试对付下来。高分是不可能的了，及格估计没什么问题。

今天是最后一科考试，环境法。

教室里坐着脸色或从容或忐忑的学生。有的人还在临阵磨枪，嘴里念念有词，反复翻看着手里的复习资料。胆子稍大些的，已经开始在桌面上偷偷地留下记号。

方木本来就抱着及格即可的态度，心里还算轻松。他看看手表，离开考还有10分钟。方木决定去一下卫生间，也好轻装上阵。

一进厕所的门，就看见祝老四站在一个隔间里，踮着脚往水箱上放东西。

“干什么呢？”方木大喝一声。

祝老四被吓得浑身一抖，手里的东西也扑通一声掉进了水箱里。

他回过头来，一看是方木，立刻小声咒骂道：

“靠！你他妈吓死我了，我还以为是辅导员呢。”

“你这个死胖子，鬼鬼祟祟地干吗呢？”

祝老四踩着水管把掉进水箱里的东西拿出来。那是一本环境法教材，已经被水浸湿了。

“你这厮！看看，搞成这样。”祝老四抖抖书上的水珠，“妈的，凑合着用吧。”

他把书小心地放在水箱沿上，跳下来，走到隔间门口，上下打量一番，又上前调整了一下摆放位置。

祝老四拍拍手上的灰尘，看见方木正莫名其妙地盯着自己，嘿嘿地笑了。

“怎么样，看不懂了吧？”他指指放在水箱上的书，“没有人会注意那个地方。考试的时候，我把不会的题记下来，然后就说自己要上厕所，趁机……高明吧？”

“真服了你。”方木扣好裤子拉好裤链，“我要是你，干脆找个塑料袋，把书装在里面扎好，直接扔水箱里，那不是更保险？”

“对啊！”祝老四恍然，“还是你比较狡猾——老六，有塑料袋么？”

“靠，你个死胖子还能不能有点出息了？”方木捶了祝老四一拳，“快走吧，要考试了。”

“好办法，下次一定听你的。”祝老四一脸惋惜的表情。

环境法是方木最不喜欢的一门课程，平时也学得马马虎虎的。尽管试题并不难，方木还是直挠头。所幸王建就坐在他身边，这家伙倒是下笔如有神，写得飞快。方木一边搜肠刮肚地答题，一边寻找机会偷瞄王建的试卷。

开考不到半个小时，祝老四就举手申请去卫生间。获得批准后，这厮居然去了10分钟还不回来。监考老师不耐烦了，边嘀咕边走出教室。

“这小子是不是掉厕所里了？”

352宿舍的男生们相互看看，乐了。

不到一分钟，祝老四就被押解回来。走到方木桌前，他做了个无可奈何的鬼脸，小声说道：“妈的，未遂。”

方木终于忍不住，笑出声来。

今天还算幸运。两个监考老师都是系里出了名的好脾气。尽管学生们小动作不断，两位好好先生始终是一副见怪不怪的样子。

在王建的帮助下，方木很快答完了大半张试题。他在心里盘算一番，及格应该没什么问题了，就索性放下了笔。

距离考试结束还有20分钟的时候，祝老四又举手说要上厕所。监考老师撇撇嘴，挥手放行。这厮就像得了赦令似的一溜烟跑出去。几分钟后，祝老四面带微笑，欣欣然归来，冲方木打了个V字手势。

考试结束后，彻底解放的男生们一路打闹着回宿舍。作弊得手的祝老四更是神采飞扬。方木踢了他一脚，笑着问道："死胖子，你怎么搞的，第一次去翻书未遂？"

"咳，别提了。我兴冲冲地跑进厕所，没想到那个隔间里居然有人。等啊等啊，好不容易出来了，靠，居然是辅导员。要不是监考老师来找我回去，我还真说不清楚呢。"

大家哄地一下笑开了，引得旁人纷纷侧目。

考试完毕，归心似箭的室友们开始忙碌起来。方木没什么事做，就坐在床上看大家收拾行李。每个人都是一副急不可待的样子，马马虎虎地往行李箱里塞着东西。

一方面是因为思乡心切，另一方面恐怕是因为本学期发生的数桩惨案。每个人似乎都急于逃离这个不祥的地方。

老大收拾好行李，打声招呼就匆匆奔向火车站。随后，老二和老五也先后告辞。祝老四和王建去买火车票。吴涵也不在——寝室里就剩下方木一个人。

突然安静下来，方木感到有点不知所措。

这个学期到此结束，接下来的就是无所事事的寒假。然而，方木却无论如何也感觉不到轻松。

他站起身来，在寝室里来回踱着步子，走到镜子前，站住了。

里面是一个头发蓬乱、面色苍白的人。

你什么时候学会深锁眉头了？

你什么时候学会握紧双拳了？

你的眼睛什么时候开始放射冰冷的光芒？

你的肩膀什么时候开始变得负载累累？

我叫方木，你呢？

电话铃响了，方木接起电话，里面传来熟悉的声音。

“好的，妈妈，我这就回家。”

家永远是最让人放松的地方，家宴永远是世界上最好吃的饭菜。

也许是由于方木越来越苍白的脸色，妈妈准备了很多好吃的。方木吃得很香。这段时间以来，他似乎已经失去了品辨食物的能力，上次有这么好的胃口，好像是很久以前的事情。正吃着饭，电话响了，是祝老四打来的，问方木寝室里煮面的小锅放在哪里。方木告诉他在自己的床下，又问：“你们在干什么？”

“呵呵，我和王建明天回家，今晚准备涮火锅吃。”

“在寝室涮火锅？小心被人举报。”

“没事，楼里只剩我们几个了，再说三哥今晚值班，有他罩着，没问题。”

电话那边传来王建的声音：“方木，一起来啊？”

方木呵呵地笑了：“不了，你们吃吧。注意点安全，明天一路顺风。”

“好，过年的时候给你打电话拜年。”

吃完晚饭，妈妈在厨房洗碗，老爸在录像机里塞了一盘成龙的《我是谁》，热情地招呼方木一起看。这部片子方木早就看过了，看老爸兴致这么高，就坐在沙发上陪着他。

好像所有的男人都有点暴力情结。老爸盯着那些飞车、爆炸、枪战镜头，看得津津有味。看到成龙和几个特工在办公室里打成一团的时候，妈妈在厨房喊老爸帮忙灌开水。

“小木去。”老爸眼盯着屏幕说。

妈妈挽着袖子从厨房探出头来：“小木好不容易回家一趟，别折腾孩子——老东西你来。”

老爸不满地嘟哝一句，起身去了厨房。

灌完开水回来，那段打斗场面已经结束了。老爸连说遗憾，方木就拿起遥控器，按了倒带键。

画面滑稽地倒退起来，成龙戴着手铐，漂亮地从双手间跳过。

老爸目不转睛地看着，不时赞叹成龙的身手矫健，却没有注意到方木的呼吸突然变得急促。

老爸正看得开心，冷不防方木一把抓起遥控器，按下了倒带键。

“你干什么？”

方木没有回答，只是死死地盯着屏幕。

那一场戏中，成龙的双手被手铐反剪在身后，他在连续踢倒几个特工后，纵身从自己的双手间跳过——双手回到了身前。

画面倒退。成龙重复着刚才的动作，只不过完全相反——纵身一跳后，身前的双手被反剪在身后。

方木反复看了几遍，直到被大声抗议的老爸抢走了遥控器。

原来，自己反剪双手并不是很难，只要你够矫健。

那双脚呢？

怎么又想起这些事了？不想了不想了。方木强迫自己把注意力放在录像带上。

天台上，成龙大战两个打手，场面精彩无比。

塑料扣绳。

只要把尖细的一端插入另一端的小孔，稍用力拉就可以把手脚绑住。

现场报告中提到，这是一种非常简易却能够把人牢牢捆住的方法。

捆别人容易，捆自己同样容易。

方木的心开始狂跳。

不可能。绝不可能。

我怎么可能去怀疑他？凶手是唐德厚。没错，是唐德厚。

可是，那天晚上发生的一切，真的是我曾经“看到”和“听到”的那样么？

方木坐在沙发上，记忆中的片段开始一幕幕出现在脑海中。

他对方木说走廊里有人一闪而过……

他和方木蹲在楼梯上，他说听到那个人上了六楼……

破门而入后，他说看见有扇窗户被拉断了……

一切都是他“看见”和“听见”，而我，也以为自己同样“看见”和“听见”了。

其实，当晚发生的一切，我一无所知。

难道……

一瞬间，方木身边的所有事物仿佛都消失得无影无踪，只剩下他和身下的沙发。眼前仿佛是一片苍茫的雪白，紧接着，一个个模糊的影子在浓雾般的白色中若隐若现。

如果他与这些命案有关，那么，他要置唐德厚于死地的原因只有两个：其一，他和唐德厚是同伙。元旦头天，唐德厚杀死了陈希，而他则躲在厕所里伪造自己被袭击的现场。后来，他为了灭口杀死唐德厚。问题是：他用什么方法逼唐德厚越窗而逃？

其二，凶手就是他一个人。他了解周军的生活习惯，而且，佟倩在行政楼加班的事情他也知道。可是，演出那天，他在厕所被发现的时候，全身只穿着内裤。现场没有发现紧身衣和头套。他把它们藏到哪里了呢？

“……没有人会注意到那个地方……”祝老四得意扬扬地向方木炫耀。

厕所的水箱。

方木的手心开始出汗。

这么说，他完全可以把紧身衣和头套藏在水箱里，那的确是一个很容易被忽略的地方。

那么，他为什么要杀死唐德厚，唐德厚摔死的时候为什么会穿着那套紧身衣？

一个又一个问号跳跃在方木的脑海里，方木感到自己的大脑一片混乱。

是他！他一定与这一切有关！

不，不是他！你当时也在俱乐部里，那个高举斧头的人不是他。

老爸注意到方木的脸色，关切地问道：“怎么了，不舒服？”

方木冲老爸摇摇头，勉强笑笑。

不，我在胡思乱想。停止这些疯狂的念头。马上停止！

老爸大为紧张起来：“不舒服就赶快说，严重了就来不及了。”

来不及了。

当我察觉到舞台上的人的真实意图的时候，我没有立刻采取行动。

来不及了。陈希死了。

今晚只有他和老四、王建在宿舍楼里……

不，即使一切只是错觉，即使失去他的友谊，也不要“来不及”！

方木一跃而起，手忙脚乱地翻出邢至森的名片，随即扑到电话机前。

“您所拨打的电话暂时无法接通，请您稍后再拨……”

他连拨几遍，仍然无法接通邢至森的手机。他再拨邢至森办公室的电话，却无人接听。

方木摔下话筒，焦躁不安地在屋子里走来走去。突然，他想到某件事，又拨打了宿舍的电话。

话筒里是单调的等待音，也没有人接听。

他们去哪里了？

还是……出事了？

要不要报警？

方木的手已经伸向了按键，犹豫良久，还是放下了话筒。

也许，只是我的胡思乱想。

方木回到沙发上重新坐好，强迫自己把注意力集中在电视节目上。可是，几分钟过去，他的眼前仍然是一片虚空。

脑子里好像有两个小人在打架。

是他！

不，不是他！

墙上的时钟忽然当当地响起来，方木仿佛受了惊吓一般跳起来，他转身看过去，已经晚上10点了。

回过头来，方木看见父母惊讶的目光。

“小木，你是不是有什么事啊？”妈妈开口问道。

方木犹豫了一下，起身拿起外套。

“我出去一下，很快回来。”

他必须要去学校看看，否则自己今晚不会平静。

在人影寥寥的大街上，方木挥手拦下一辆出租车。坐在后座上，他长长地呼出一口气。

希望，这只是我的胡思乱想。

第二十四章

谢幕

两个小时前。

女人看看墙上的时钟，8点了。她放下手里的毛线活，起身拉开门走了出去。

走廊里气温很低，隐约能听到寒风呼号。女人微微地哆嗦着。锁好门后，她拍了拍手上的灰尘，抱着肩膀转身迈上楼梯。

刚抬起头，她就看见男孩站在走廊里，一动不动地看着自己。

半分钟之前，那里还是空空如也，男孩仿佛从天而降。

他的眼神专注且温柔，一如曾经。

女人的心境却有很大的不同。最近，女人对他总有点怕。这样的夜，这样的目光，女人感到有些心慌意乱。一丝红晕悄悄爬上脸颊。她用手拢拢头发，垂着眼睛走上楼梯。

走到男孩面前的时候，他丝毫没有让开的意思。即使低着头，女人也能感觉那目光在自己脸上的温度，好像一只只小蚂蚁缓缓爬过，痒酥酥的。女人想绕过去，刚踏上一级台阶，就被一只有力的胳膊揽进怀里。

“啊——”女人发出一声短促的惊叫，“你干什么？别让人看见。”

男孩固执地拥紧了怀里的女人。女人挣扎了几下，却始终无法脱离他的怀抱。

这蛮横的举动反而让她的心底涌起一丝温存，绷紧的身子渐渐放松，两只手也抚上了男孩的肩膀。

男孩把头埋在女人的怀里，闭上眼睛，用力嗅着女人的气息。女人低着头，能看见男孩的睫毛和不断翕动的鼻翼。

就像一个不愿离开妈妈的小动物。

胸前被男孩的呼吸弄得热热的，女人的心彻底软下来。她把手放在男孩的头上，一遍遍抚摸着。

我知道你还是舍不得我。

倘若如此，我为你所做的一切，就值得。

两个人，一上一下，依次站在台阶上，仿佛雕塑般紧紧相拥，一动不动。昏暗的灯光下，两个几乎嵌进对方的身体被镀上了一层浅浅的黄色光芒。

紧闭的铁门外，夜色阑珊，狂风再起。

352寝室里，一个煤气罐摆在宿舍中央。桌子上摆着羊肉、鱿鱼、粉丝、牡蛎肉和几瓶啤酒。一口小铝锅正咕嘟咕嘟地冒着热气。祝老四蹲在地上忙活着，身边是择好的生菜、油菜和香菜。

有人敲门。祝老四一跃而起，手放在煤气罐的开关上。

“谁？”

“我。”

祝老四松了口气，上前扭开门锁。吴涵拎着一个塑料桶走了进来。

“靠，我以为是孙更年呢。”

“没事，她在楼下看电视剧呢，《无悔追踪》，看得正来劲，不会上来的。不过你们小点声啊。”

“放心吧，有事还有你罩着呢。”祝老四指指吴涵手里的塑料桶，“这是什么啊？”

“汽油。”吴涵弯下腰，把塑料桶塞进床底，“明天我擦擦自行车的零件，油垢太厚，都骑不动了。”

他拍拍手上的灰尘，起身打量着桌子上的盆盆罐罐：“呵，好吃的不少啊。”

门忽然被撞开，王建龇牙咧嘴地走进来，手里是一盆还在滴水的青菜。

“妈的，水太凉了。”他把饭盆扔在桌上，凑到小铝锅前取暖，“今天真冷啊。”

吴涵说：“天这么冷还喝啤酒？等着。”说罢，他打开自己的柜子，从里面拿出两瓶白酒。

“一个老乡给的。喝这个吃火锅，多过瘾。”

“呵呵，好。”王建眉开眼笑地接过来，“呵，度数挺高的，我喜欢我喜欢。”

他迫不及待地拧开瓶盖：“吴涵，你也别走了，一起吃点。”

“我……”吴涵看着桌上翻腾的火锅，似乎有点动心。

“哈哈，你装什么矜持啊。”祝老四不由分说，一把将他按倒在椅子上。

吴涵的脸上露出笑容：“好！”

在寒冷的冬夜里，关起门来吃火锅的确是一件惬意的事情。尤其当你想到一顿饱餐、一场宿醉、一夜美梦后就能奔赴阔别已久的家，那铝锅里就更翻腾得让人愉快，让人渴望，让人迫不及待了。

一瓶白酒很快见了底。祝老四的舌头变得像煮得太久的鱿鱼一样硬。王建比祝老四强不了多少，兴致却依旧很高。推杯换盏中，第二瓶白酒也被消灭了大半。

“下学期，我就能回基地班了……”王建眼神发直，哆嗦着在锅里捞了半天，什么也没夹住，咂了一下筷子头，又灌下去一口白酒。

“呵呵，那要恭喜你啊。”吴涵也喝得脸色发白，重重地和王建碰了一下杯子。

“恭喜！”一直傻笑的祝老四冷不丁喊了一句，举起酒杯喝了一大口。

“哈哈！”王建一把揽过祝老四的肩膀，“这学期，最高兴的事情就是认识了你们！我想好了，我不会搬回原来的寝室，还住在你们对门！”

“那就对了。我们永远都是……好兄弟……”

祝老四趴在桌子上，伸出一只手去拿酒瓶。然而，这个动作他只做了一半就停下来。几秒钟之后，他把脸埋在臂弯里，居然睡着了。

“哈哈，你也不行啊，老四。”王建嚼着花生米，用力推搡着他。祝老四嘟囔了两声，鼾声再起。

“别说他了，我也不行了。”吴涵摇摇晃晃地站起来，“我得去趟厕所。”

他脚步踉跄地走到门外，只留下王建在背后叨咕着：“你怎么回事啊，去了三趟了。”

吴涵冲到卫生间，边走边用手指在喉咙里挖着。还没走到便池边，刚刚喝下去的酒和食物残渣就从嘴里喷涌而出。

吐完，他不等呼吸平复，再次把手指伸进喉咙。反复几次，胃里已经是空空如也。

吴涵把头抵在卫生间的墙壁上，感觉冷汗一点点从额头上冒出来，食道仿佛被折断了似的疼，胃里也火烧火燎的。

片刻，他直起身来，走到水池边，撩起冰冷的水，在脸上足足洗了五分钟。再抬起头来的时候，惨白如纸的脸上已经毫无醉意。

他慢慢地走回352寝室，在门口的时候，又变得脚步踉跄。

一进门，吴涵就知道装醉已经毫无必要。祝老四趴在桌边，早已鼾声如雷。王建躺在下铺的床上，即使悄无声息，也看得出醉得不轻。

吴涵在桌边坐了一会儿，从王建的烟盒里抽出一支烟点燃。

吸完了大半支烟后，吴涵把烟头凑在煤气灶上，直到它化作一堆灰烬。

他站起身来，看着祝老四和王建，表情复杂。然而，他的眼睛里投射出一束光，渐渐变得决绝。

突然，他麻利地行动起来。

先关掉煤气，然后从床下把那只塑料桶拖出来。拧开盖子，一股浓烈的汽油味弥漫在宿舍里。

“唔……”祝老四忽然艰难地抬起头来，向吴涵伸出一只手。

吴涵面无表情地把那只手打开。祝老四的手重新跌落在桌子上，很快一动不动了。

吴涵关掉了电灯，然后在黑暗中拖过一只凳子，踩在上面拧下了灯泡。他在桌子上小心地把灯泡打碎，又重新拧上去。

做完这一切，他在宿舍里环视一圈，然后伸手拔掉了煤气罐的导气管，把煤气罐的开关拧开至最大。

最后，他把门带好，走了出去。

吴涵背靠墙壁，站在黑暗的走廊里，静静地等待着。

大约半小时后，他看看手表，随即打开352寝室的门。一股浓烈的煤气味扑面而来。他轻声笑笑，把门虚掩好，转身迅速下楼。

女人盯着电视，手里忙活着毛线活，心思却在时钟上。都10点多了，他怎么还不下来?

一不留神，手里的毛衣织串了行。女人不无懊恼地拆开重织。

过几天他就要回家过年了，一定要赶在他离开之前织好这件毛衣。想到他穿着自己亲手织的毛衣，一丝微笑浮现在女人的嘴角。

终于，一切都过去了。希望好日子快点来吧。

门忽然被推开了，男孩走了进来，一声不吭地进了里屋。

女人忙把毛衣放在桌上，心里却在偷偷地笑。这么久了，一直都提心吊胆的。今天晚上可以好好温存一下了。瞧，他都等不及了。

女人捋捋头发，脸上开始发烧，对即将发生的一切充满渴望。

真不害臊。女人笑骂了自己一句，定定神，拉开了里屋的门。

男孩坐在床边，面色阴沉。看到他的样子，女人一怔，急忙问道：“你怎么了？”

男孩叹了口气："咳，别提了，我们宿舍那两个人，在寝室里用煤气罐吃火锅。"

"这还了得！"女人一下子跳起来，"要是让保卫处知道，要扣我奖金的！"

男孩无奈地摊开手："没办法，我们是一个寝室的，我说了他们也不听。"

"我去看看！"女人快步走了出去，心里咒骂着那两个搅和了一个美好的夜晚的臭小子，"这帮小兔崽子，太不像话了！"

女人疾步跑上三楼，气冲冲地直奔352寝室。一推开门，室内漆黑一片，刺鼻的煤气味差点让女人窒息。

"你们干什么呢？"

女人捂住鼻子，伸手按下了电灯开关。

方木刚刚走进校门，就听见远处传来沉闷的爆炸声。他一怔，马上意识到爆炸声正是来自二舍的方向。

方木的心脏狂跳起来，他沿着空无一人的校园小路狂奔。还没跑到楼下，他就已经看见了……

传说中永远不会失火的二舍，此刻被包围在一片火焰与浓烟中。

看得出，起火点在三楼左侧。

方木开始全身颤抖。那正是352寝室的位置。

他来不及多想，径直向楼门跑去。

门被锁死。方木一边用力捶打着铁门，一边大声叫喊着。然而，门内依旧死一般沉寂，毫无声息。

方木急得乱转，四下张望着。突然，他看到了楼下的自行车棚，立刻疾奔过去。

他跑到自行车棚前，估测了一下高度，然后倒退了几步，助跑，跃起，伸手抓住了棚顶，用力一撑翻了上去。脚下的塑料棚顶发出危险的咔嚓声。可是方木顾不得这些，几步跨过去，登上二楼窗台。用手推推，窗户从里面闩住了。方木没有犹豫，用手肘击破玻璃，打开窗户，终于跳进了二舍。

二楼走廊里的烟雾尚薄，能隐隐看见三楼的火光。方木用袖子捂住嘴，快步向二楼左侧跑去。

踏上三楼的缓台，一股热浪就扑面而来，之中还夹杂着皮肉燃烧的焦臭味。楼梯上四处散落着燃烧的木屑和破碎的物件。

熟悉的三楼此刻宛如地狱。

转入三楼走廊，眼前是一片熊熊火光。灼热的空气混杂着烟尘，呛得方木几乎喘不过气来。

有人受伤么，还是……已经死了?

方木用手遮挡在额前，顾不得身边乱窜的火苗，快步向前走去。

352寝室的门已经被炸得粉碎，烈火伴随着浓烟从室内翻卷而出，周围几间寝室的门都在燃烧。一片火海。

眼前的惨景让方木的大脑一片空白。他的双腿开始颤抖，过了好一会儿，才从喉咙里勉强挤出几个字："有人么……"

这三个字刚刚出口就戛然而止，方木停下脚步，瞳孔在瞬间猛然收缩。

透过火光与烟雾，他看到352寝室门口蹲着一个人，正小心地向里面张望着。

跳跃的光线中，那个人的脸忽明忽暗，线条硬冷，脸颊的肌肉似乎在突突跳动。

是吴涵。

尽管在心中早有准备，可是，当方木真的面对他的时候，还是失声叫了出来：

350

“是你！”

吴涵猛地回过头来，看到是方木，面色反而变得沉静。他皱起眉头打量着方木，仿佛他是一个打扰了晚宴的不受欢迎的客人。

“你真是越来越让人讨厌了，方木。”

还是那张熟悉的脸，可是那表情和眼睛里放射出的异样光芒，让吴涵看起来完全是个陌生人。

他缓缓地站起身，用一个夸张的邀请动作指向仍在燃烧的352寝室：“怎么样？壮观么？”

方木这才注意到，在被火光映亮的宿舍里，躺着两个已经被烧得蜷曲起来的人。

方木的嘴唇颤抖起来，心脏猛地抽紧。

“他们……他们……”

吴涵面色平静，仿佛在说一件与己无关的事情。

“是老四和王建——还有她。”他朝对面的墙角努努嘴。

那里躺着一个浑身焦黑的人，从还没完全烧掉的毛衣和身形看，是孙梅。

方木突然感到眼前发黑。他背靠着楼梯扶手，勉强让自己站直。

“为……为什么？”

吴涵耸耸肩：“为什么？那要问这个蠢女人了。”

他仿佛在自家后院散步一般轻巧地走到墙角，用脚踢了踢孙梅的身体，声音却骤然低了下来。

“那是上学期的事情了。她要告诉我一件不该被别人知道的事情，就写了封信给我，还自作聪明地塞进了我的书包。后来，我没看到那封信。当天我去图书馆还了一本书。我想，那封信就夹在书里了。”

“《国际经济学与国际经济政策》？”方木脱口而出。

“是的。”吴涵笑笑，“其实你猜对了，那就是死亡借书卡。”

方木的脑子飞快地转动着。借书卡上的人名一一出现在眼前。

张国栋、王培、齐远、刘柏松、廖闯、邹奇、吴涵。然后是佟倩、周军、宋飞飞、陈希、方木、王建、祝城强。

“第七个，”方木声音嘶哑地说，“你是第七个读者——之后的人都要死对么？”

吴涵摇摇头：“你别傻了，当我去图书馆查那本书的时候，并没有发现那封信。我想，那封信一定被某个读者拿走了。当时，在我之后的读者只有佟倩、周军和宋飞飞。”

他微微侧过头去，表情阴冷，似乎在回忆一件让他至今不寒而栗的事情。

“此后不久，我就莫名其妙地落选基地班。我知道，一定有人用这封信在背后捅了我一刀。而且，”吴涵的声音骤然提高，五官也变得扭曲，“他打算让我继续蒙羞！”

“所以……你就杀死了他们？”方木看着他，感到极度恐惧与震惊，“就为了这个？”

“有什么不可以！”吴涵吼起来，“我曾经告诉过你，没有人可以羞辱我，一丝一毫都不行！”

“那其他人呢，陈希、老四，还有王建。”方木的眼睛红得要滴出血来，声嘶力竭地喊道，“你知道他们不可能看到那封信，为什么要杀死他们？还是因为仇恨？”

吴涵笑着摇摇头，似乎方木的问题让他觉得既无奈又可笑。

“我的天，方木，以你的智商，我真的很难与你沟通。我曾经以为你比其他人要聪明。你让我失望了，亲爱的朋友。”

他慢慢地向方木走近，最后，在相距几米的地方站定。

“当然不是因为仇恨，”吴涵的目光既高傲又怜悯，“因为我后来找到那封信了。”

“什么？”方木睁大了眼睛，“什么时候？”

“杀死佟倩之后，无意中在我的床底下发现了。”

“我不明白。”方木被彻底搞糊涂了，眼前这个共处三年的室友有着魔鬼一般的思维。

吴涵大笑起来，仿佛听到一句愚蠢至极的话——他甚至笑得咳嗽起来。

“因为你啊，我亲爱的朋友。”

“我？”

“对，因为你发现了那张借书卡，而我在那个时候，刚刚从这个游戏中找到了乐趣。”

吴涵宛若演戏一般优雅地伸出双手，好像在迎接一个久违的好友。

“你，我亲爱的朋友，给我这场戏添加了无比精彩的一幕，当我对这个游戏意犹未尽的时候，是你给了我继续下去的理由。”他轻声念叨着，表情有些陶醉，“死亡借书卡，还有比这更刺激的么？相信我，方木，我会成为这个学校的一段传奇。每个人都会记住我。直到若干年后，只要人们想起死亡借书卡，他们都会战栗！战栗！”

最后几个字仿佛从吴涵的胸腔中喷薄而出。之后，他深吸一口气，微闭双眼，下颌稍稍抬起，居高临下地看着方木。

方木看着他，心底一片冰凉。

死亡借书卡。

是因为我。

陈希、祝老四、王建——他们的死，是因为我。

方木怔怔地看着吴涵，忽然意识到，那个长期以来一直跟他灵魂相系的人，就站在自己眼前。火光与浓烟缭绕在吴涵的周围，让他的全身散发出某种令人心畏的气息。

仇恨。

方木盯着他的眼睛，似乎在寻找某种自己不愿相信却又毋庸置疑的信息。

“你的心里为什么会有这么多怨恨？为什么？”

吴涵反而沉默下来，眼睛缓缓睁开。

“你当然不会明白。”吴涵的脸色变得凝重，“你是永远不会了解的。”

他把目光从方木的脸上移开，扫视着两边的走廊。

“从迈进这所学校的第一天起，我就知道我不再是村里人眼里那个聪明绝顶、前途无量的吴涵。跟你们相比，我是那么的平庸——没有出众的外貌，没有充裕的金钱，没有过人的成绩。我唯一比你们强的地方，就是没有人比我更熟悉这座楼。”他轻声笑笑，摇摇头，“你们在这座楼里睡觉、学习、嬉笑打闹的时候，我在清理你们留下的垃圾，我在用双手去凑齐那遥不可及的学费。”

吴涵扭头看看火光一片的352宿舍。王建的尸体还在默默地燃烧着。

“当时我唯一的念头就是考进基地班。这是我挽回自尊的唯一机会。然而，这个机会，也失去了。”

他抬起头，望着被熏黑的天棚，仿佛自言自语一般轻声说道：“当一个人被剥夺得一无所有的时候，他就危险了。”

吴涵转头看着方木，笑了一下：“不是么？”

方木刚要开口，吴涵却伸出一只手制止了他。

“不，你不用回答，也不用说那些可笑的废话。”吴涵的眼中放射出咄咄逼人的光芒，“我并不感到悲哀。因为我并不是真的一无所有——我发现了我的力量！”

吴涵的目光移向走廊另一侧的水房，声音低沉。

“你知道杀死周军之后我有多害怕么？”他耸耸肩膀，“可是，我发现杀死一个人并不比杀死一只老鼠困难。他们平时趾高气扬，他们平时蔑视我，嘲笑我，把我视为微不足道的垃圾。可是当他们在我手里的时候，你看看他们的样子！”

吴涵低哑地笑起来：“我现在真后悔，应该让周军看看是谁要了他的命。他一定很惊讶，非常惊讶！”

方木感觉全身的血液都凝固了，大脑也停止了运转。

“你疯了……”

“我没疯！”吴涵的笑声戛然而止，他目光炯炯地看着方木，“当你们察觉到别人更强大的时候，你们就会摆出一副道德家的嘴脸说他疯了。可是你们呢，你们不害怕么？”

他的脸上满是戏谑的表情：“你们在拼命掩饰心中的恐惧。呵呵，死亡借书卡，一张小小的借书卡就把你们吓成那样！而我，就站在这里，站在你们的身边。无论是你们还是警察，都丝毫没有察觉。”

吴涵脸上的笑容渐渐消失，双眼放出冰冷无比的光芒。

“我是你们的神，方木。掌控一切的神。我可以随时给予，随时剥夺。”

他一步步走过来。

“现在，你没有问题了吧？”

方木醒过神来，不由得倒退两步，脑海中电光石火般闪过一个念头。

“水箱里有什么？”

吴涵的表情一下子变得惊诧，他的眉头重新皱起来，脚步也停下了。

“砍死陈希的人，真的是你么？”

让方木没有料到的是，第二个问题却让吴涵的嘴角重新浮现一丝嘲讽的微笑。

“你终究无法让我另眼相看。呵呵。”

他歪着头，仿佛猎手在欣赏自己的猎物。

“说来话长，我的朋友，如果你真的想听的话。”

第二十五章

火

周军哼着小曲，拿着一卷手纸走出寝室，对面的352寝室传来方木的声音："精尽人亡！"

周军笑骂道："呵呵，傻×。"随即，他一摇三晃地走进了卫生间。

吴涵出现在楼梯拐角处，紧张地向两边张望着。

这栋楼已经陷入沉睡之中，走廊里静悄悄的，半个人影都没有。吴涵闪出身来，快速却悄无声息地走进卫生间。

里面除了正在用力的周军，空无一人。

他悄悄来到周军身后的蹲位，小心地探过头去。周军背对着他，毫无察觉。

吴涵从上衣口袋里拿出一根绳子，用手拽住两端，瞄准周军的脑袋，猛地套了过去。周军只来得及发出一声短促的叫声，就被吴涵把整个人拉了起来。

一击得手，吴涵迅速半蹲下身子，双手交叉，死死地拽住绳子。周军的头被迫后仰，喉咙里发出干哑的嘶叫，双手在脖子上胡乱抓挠着。

吴涵咬着牙，双手越发收紧。隔壁不时传来双脚蹬蹭地面的声音。吴涵死死地盯着隔墙上方那团不停抖动的头发，直至它彻底静止下来。

一墙之隔的周军已经毫无声息。吴涵却不敢大意，继续保持着紧勒的姿势。几分钟后，已是筋疲力尽的他松开手，立刻感到对方的身体顺着隔墙软绵绵地瘫软下去。

吴涵半跪在隔间里，头抵在墙壁上，粗重地喘息着。片刻，他勉强站起身来，哆哆嗦嗦地向门口走去。刚迈出几步，他似乎想到了什么，又折返回来。

吴涵走进第一个隔间，看到周军半靠在墙壁上，身体微侧，裤子堆在膝盖处，已经失禁了。

吴涵看着他，突然发出一声啜泣，似乎既恐惧又后悔。几秒钟后，他定定神，呼出一口气，拉出内衣的袖子，裹住双手。随即，他弯下腰，不敢抬头正视死者的脸，费力地把周军的尸体扳正，让他看上去仍像大解的样子。

做完这一切，吴涵转身走出卫生间，迅速下楼。刚刚走到缓台上，就听见三楼某个寝室的门吱呀一声开了，紧接着，一阵踢踢踏踏的脚步声传来。吴涵的脸色大变，急忙背靠在二楼的楼梯上，屏气凝神地听着。

大约一分钟后，那个脚步声又从厕所里出来，丝毫没有慌乱的迹象。很快，关门声传来，一切恢复平静。满头冷汗的吴涵长长地呼出一口气，转身踉跄着下楼。

吴涵背着书包，拿着水杯，踩过一片已显枯黄的草地，小心地绕到行政楼背后。他推推一楼卫生间的窗户，一扇窗子无声地打开。吴涵向四周看看，动作敏捷地跳了进去。

24楼的复印室里，佟倩打着哈欠，无精打采地摆弄着复印机。

有人敲门。

“谁？”

“师姐，是我。”

佟倩打开复印室的门，吴涵站在门口。

“是你啊。”佟倩认得他是下午帮忙搬材料的师弟。

“我刚才路过楼下，看见这里还亮着灯。”吴涵的脸上是谦卑的笑，“需要帮忙么，师姐？”

佟倩看看复印机旁堆积如山的材料。

“好啊，谢谢你。”

两个人边忙着手里的工作，边聊着一些不着边际的闲话。突然，吴涵的手停下来。

“怎么了？”

吴涵指指门外：“好像有人来了。”

走廊里确实有脚步声，可是那脚步声却渐渐远去，最后消失了。

“没事，可能是保安员。我跟他们打过招呼了。”

吴涵走到门前向外张望，走廊里光线昏暗，空荡且寂静。

他松了一口气。

吴涵回到桌前，看看正背对着自己的佟倩。他伸手拿过水杯，悄悄拧开杯盖，又把杯子推翻在桌子上。

“哎呀，糟糕。”

“怎么了？”佟倩闻声回头，立刻看到浅褐色的茶水正顺着桌面流淌，一本结题报告书浸泡在水中。

她惊叫一声，扑过去抓起那本报告书。

“怎么搞的？”

佟倩用力甩动着报告书上的水珠。桌上的茶水泼洒下来，又飞溅在墙面上，留下浅浅的印迹。

“我不是故意的，对不起师姐。”吴涵怯怯地说。

“怎么办？高老师要批评我的。”佟倩一脸焦急的神色，“他那个人最爱干净了。”

吴涵尴尬地绞着手，忽然，建议道：“这样吧师姐，咱们把它拿到天台上晾晾，应该很快就会干。”

佟倩连连点头，急忙拆开报告书，跟着吴涵上了复印室对面的天台。

天台上风势强劲。吴涵从墙角捡了几块砖头，把散开的报告书压在天台边缘的水泥沿上。

佟倩挪到天台边缘，看着脚下变小的校园，脸色有些发白。

吴涵说：“别害怕，这里风比较大，报告书干得快。”

佟倩点点头，学着吴涵的样子，拿起一块砖头把湿透的散页压在旁边的水泥沿上。

两人正在忙活着，吴涵忽然哎呀一声。

“师姐，”吴涵盯着自己手中的报告书，“好像缺了一页。”

“不会吧？”佟倩慌了，急忙凑过来，伸手去接报告书，“我看看。”

吴涵却将手一缩，另一只手猛推她的肩膀。

惊叫声。佟倩身子一歪，徒劳地挥舞着手臂，整个人向天台外摔去。双脚离开天台的一瞬间，她扭过头，看着吴涵，眼中满是恐惧和惊诧的光芒。

犹如夜色中稍纵即逝的流星，那点光很快消失在身下的巨大虚空之中。几秒钟后，沉闷的撞击声传来。

吴涵站在天台上，胸口不住地起伏。须臾，他探身向楼下望去。视线可及之处，只是宛若深渊般的黑暗。

吴涵定定神，把砖块下压着的报告书一一捡起，转身下了天台。

翻出窗台，他从裤袋里掏出一块抹布，仔细地擦拭着窗台和窗框。之后，他返回复印室，把报告书塞进书包，又把桌面、复印机和地面依次清理干净。

最后，他拎起书包和水杯，把抹布撕成两片，缠在脚上，慢慢地向门外退去。

此刻，窗外已是狂风大作，雷声阵阵。吴涵站在走廊里，看着黑云翻滚的夜空，笑了笑。

自习室。宋飞飞和贾连博坐在角落里亲昵地拥抱着，不时发出轻声低语和吃吃的笑声。突然，前座的一个女生猛地站起，把手里的英语教材摔在桌面上，大步走出了自习室。

宋飞飞急忙坐好，整整衣服，不安地四处看看。贾连博凑过去，在她耳边低声说了几句话。宋飞飞的脸红了，伸手扭了他的胳膊一把。不过，她很快收拾好书包，拉着贾连博的手离开了。

另一个角落里，吴涵摘下耳机塞进书包里，面若平湖。

体育场。东北角的台阶上，两个年轻的身体紧紧地依偎在一起，用彼此的激情对抗着凛冽的寒风。整个世界似乎都消失不见，只剩下眼前的爱侣和那些让人脸红心跳的情话。

他们没有听到，在台阶下的空洞里，一个人在平静地呼吸。

吴涵坐在枯草和破碎的水泥块中，能感到出来觅食的老鼠在脚边爬来爬去。他的手里握着一根木棒，双眼紧闭，耳朵却在留意上面的每一丝动静。

几个小时后，寂静的操场上突然热闹起来。成群的学生大声谈笑着穿过体育场。吴涵看看手表，10点多了，正是学生们返回寝室的时间。

他抬起头，在嘈杂声中竭力捕捉着那对男女的声音。所幸，他们没有离开。吴涵稍稍放松下来。他看着洞口被风卷起的枯草，轻声嗅了嗅。

潮湿的味道。天气预报还算准确。暴雪将至。

忽然，头顶传来声音。

“估计宿舍楼关门了。反正也回不去了，我们去看通宵电影吧。”

吴涵立刻紧张起来。他全身绷紧，悄悄地爬出洞口，站到台阶下的阴影里。

“行，不过你到时候不准做坏事啊。”

是时候了。吴涵猛地一步跳上台阶。

他看见贾连博剃着短发的脑袋和宋飞飞瞬间变得惊恐的表情。

木棒划破空气，呼啸而至。

学生俱乐部。化妆间。陈希对着镜子小心地补妆。片刻，一个神采奕奕的女孩出现在镜子里。她满心欢喜地打量着自己，眼睛亮起来。

忽然，敲门声响起。

陈希急忙收好镜子，转头问道："谁啊？"

"是我，吴涵。能进来么？"

陈希打开门锁。穿着紧身戏服的吴涵闪了进来。

"帮个忙。"吴涵伸着手，手心向下，"袖子这里开线了，快帮我补两针。"

"哪里啊？"陈希忙凑过去，"怎么会开线呢？"

她低头在吴涵手腕处寻觅着，眼前却突然一暗。

吴涵的手掌一翻，手心里赫然出现一块纱布，径直捂上了陈希的嘴。

陈希很快瘫软下来。

吴涵把陈希扛在肩上，拉开门，左右张望了一下，把陈希放在停在门口的小车上，用白布盖好。

几分钟后。在全场的惊呼与掌声中，吴涵迅速从舞台的右侧冲入走廊，疾步跑上三楼，径直冲进卫生间。正如他预料到的那样，所有人都在楼下欣赏全剧的高潮，卫生间内空无一人。

吴涵脱下紧身戏服和头套。他的胸口、双臂和大腿上都用胶带粘着厚厚的棉花。他走进一个隔间，踩在水管上，从水箱里拿出一只塑料袋。他把紧身衣和头套塞进塑料袋里，扎好后重新踩上水管，把它放在水箱的角落里——一个不会影响上水和排水的位置。

紧接着，他撕下粘在身上的棉花，扯成小块，又拧开水龙头把所有棉花打湿，只留下一块放在手心里。一阵揉搓后，厚厚的棉花变成了几个小团，他把这些棉花团和胶带扔进了另一个隔间的便池内，放水冲进了下水道。

看着最后一团棉花消失在便池里，吴涵从暖气片后拿出两条早已准备好的塑料扣绳，走进最里面的一个隔间。他先把自己的双脚捆好，然后在膝盖和嘴的配合下，又把自己的双手捆住。

准备停当后，他费力地站起来，慢慢移到门口的位置，将后脑紧贴木质的隔间门框。当他感到门框的棱角顶在自己的后脑的时候，他向前探出头，然后猛地向后撞去。

头皮裂开的剧痛让吴涵颤抖起来。几乎是同时，他感到一股湿热的液体流到脖子上。

吴涵咬着牙转过身去，用手心里的棉花团将门框和地上的血迹擦掉。确认没有留下任何痕迹后，他把棉花团扔进便池里，放水冲掉。

头晕一阵紧似一阵地袭来。吴涵慢慢地坐下，小心地避开墙壁，生怕任何一点血迹沾在上面。然后，他蜷起双脚从双手间穿过，将双手反剪在身后。

做完这一切，吴涵似乎耗尽了全身的力气，他侧倒在隔间冰冷的地面上，闭上双眼。

讲述完毕。走廊里暂时恢复了安静。

吴涵看看面前的方木，表情轻松，神色中甚至有些揶揄的成分。

“怎么样，精彩么？”

尽管周围烈火熊熊，方木却感到全身冰冷。

“真的是你……”

那天方木在俱乐部看见吴涵，并不是因为吴涵痛惜陈希之死或者为此而感到内疚，而是在回味当天精彩的演出。

“还有问题么？”

吴涵的笑容一下子消失得无影无踪，脸上的表情又变得冰冷无比。

方木倒退两步，大脑在急速转动着——消防队应该很快就会赶到，必须尽量拖延时间，此外，还有个疑问没有解开。

“那唐德厚又是怎么回事？那套戏服为什么会在他手里？”方木顿了一下，咬着牙说，“你可以杀了我，但我必须知道真相。”

让他没想到的是，吴涵的脸色立刻阴沉下来。

“那，是另外一段故事了。”

元旦前夜。

孙梅坐在俱乐部的角落里，目不转睛地看着聚光灯下的吴涵。她看得专注、投入，却又无比安静。周围的人不时发出赞叹和掌声，她只是抿着嘴微笑。

其实只有她自己知道，她有多想大声宣布：舞台上这个光芒四射的男人，是我的爱人！

然而，她不能这么做，她只能坐在宛如他们的爱情一般的黑暗中，吞下苦涩，品味甜蜜。

公主与英雄的婚礼一幕已经完结，吴涵和陈希双双退场。那个身影消失在帷幕中，孙梅的目光才移向别处。

回过神来，孙梅突然发现身体有些异样。

身下热热的。孙梅下意识地摸了摸，立刻感觉不对劲——手指上湿湿黏黏的。

她偷偷地低下头一看，是血。

倒霉，怎么偏偏这个时候来好事。

她站起来，用自带的坐垫挡在身后，急切地向剧场外挤去。

今天穿的是蓝色牛仔裤，估计裤子都被血湿透了。丢脸丢大发了。

孙梅看看一楼走廊里的人群，想了想，向三楼走去。

三楼的卫生间里果然没人。孙梅钻进最里面的隔间，用纸巾清理完毕后，她正在犹豫要不要回去继续看话剧，就听见走廊里传来一阵急促的脚步声。紧接着，隔壁男厕的门被咣当一声推开。有人进去了。

来人呼吸急促，还伴随着一阵撕扯的声音。

呵呵，够急的。孙梅暗暗好笑。她推开隔间的门，正要出去，却忽然心念一动。

这呼吸声——好像非常熟悉。

她想了想，屏住呼吸，把耳朵贴在薄薄的木质隔板上倾听着。

隔壁的动静十分奇怪。有撕扯声，有脚踏在水管上的咯吱声，有落地的扑通声，有窸窸窣窣摆弄塑料袋的声音，还有哗啦啦的冲水声。

他在干什么？

孙梅站直身子，心下一片疑惑。这时，她瞥见眼前的隔板上有一片被白纸糊住的地方。

有些男生会故意在男女厕所之间的隔板上抠出小洞，方便偷窥。一旦发现这样的窟窿，管理员就会在女厕这一侧用白纸糊上。

孙梅想了想，把手指放在嘴里濡湿，把白纸捅开了一个小小的缝隙，又把眼睛凑上去。

眼前是一片狭小的空间，能看出是男厕最里面的隔间。一个身影在隔间的门口一晃而过，看起来十分忙碌。

孙梅的眼睛一下子睁大，差点叫出声来。

是吴涵。

他不是应该在下面演戏么？没记错的话，刚才应该上演全剧高潮的那一幕，他为什么会出现在这里？

无数个问号瞬间涌入孙梅的大脑，还没容她多想，全身只着内裤的吴涵拿着两条塑料扣绳走进了隔间。

接下来的一幕让孙梅目瞪口呆。

几分钟后，吴涵闭上眼睛躺在隔间里。一墙之隔的孙梅双手掩口，背靠在墙壁上，全身战栗。

直到楼下的喧嚣声响起，孙梅才如梦初醒般回过神来。她战战兢兢地拉开门，蹑手蹑脚地走出卫生间，然后快步向另一侧的楼梯跑去。

第二天，孙梅得知女主角陈希被冒充吴涵的人砍死，吴涵被打伤，进了医院。

只有她知道，砍死陈希的，其实是吴涵。

尽管如此，她的第一反应却不是恐惧，而是深深的担心。

爱情这东西很奇怪。只要爱了，他就是天使。即使从天使变成魔鬼，也会心甘情愿地跟着他下地狱。

既然爱了，就得为他做点什么。

孙梅走进俱乐部，一个老头从值班室里探出头来。孙梅挥挥手："找个人。"

值班员认得她是二舍的管理员，点点头又缩了回去。

孙梅站在走廊里，犹豫了一下，轻手轻脚地爬上了三楼。

三楼走廊里空无一人，不远处有人在大声吆喝着，听起来好像是几个男人在打牌。

孙梅没有迟疑，快步走向三楼的厕所。她必须抓紧时间。

孙梅仔细回忆了吴涵当晚的动作，他似乎登上高处用塑料袋放置了什么东西。最后出现在第四个隔间里的时候，他几乎是一丝不挂。

那么他藏起来的应该是那套紧身的戏服。

而且就在某一个隔间的水箱里。

孙梅站在男厕的门口，屏气凝神，侧耳倾听，确定里面没有人之后，迅速进入第一个隔间。

吴涵还在医院里，她必须尽快把那套戏服转移走。转移得越早，吴涵越安全。

第一个隔间的水箱里没有。第二个也没有。

只剩下第三个隔间了。孙梅的额头上沁出细密的汗珠。她在踏上水管的时候，感到双腿已经开始酸软。这并不完全是因为紧张和劳累，如果在第三个隔间还找不到戏服，就意味着末日来临。

手伸进冰冷的水里，却抓了个空。孙梅的心一沉，又四处摸了摸，心脏狂跳起来。

她把手拿出来，掌心里死死地攥着一个塑料袋。

孙梅跳下水管，顾不得身上的水渍，解开塑料袋——那个狰狞的头套赫然在目。

一时间，孙梅的心里说不上是喜是怕。喜的是终于找到了这个最要命的证据，怕的是吴涵——他真的是杀人犯。

正在心神恍惚的时候，走廊里忽然传来了脚步声。

一个男人边走边嚷嚷："你们先洗牌，老子去撒泡尿，憋不住啦。"

孙梅一惊，顾不得扎紧塑料袋就急忙冲出去。刚跑到门口，却和一个男人撞了个满怀，手中的塑料袋哗啦一声掉在地上。

来人竟是唐德厚。

唐德厚也吃惊不小："妹子，你咋在这儿呢？"

孙梅咬着嘴唇不答话，弯下腰去拿塑料袋，却被唐德厚先抓在了手里。

"看看弄脏了没有……"唐德厚拍打着头套上的灰尘，动作却越来越慢，最后停了下来。

他怔怔地看着那面目狰狞的图案，几秒钟后，他的眼睛一下子睁大了，紧接着倒退了两步，脸色变得煞白："你……原来你……"

孙梅急得一把捂住他的嘴，连拖带拽地把他拉进女厕。

唐德厚缩在隔间的墙角，一手遮在额前，另一只手里还紧紧攥着那个塑料袋。

孙梅咬咬牙："大哥，把东西还我。"

唐德厚战战兢兢地看着孙梅的手脚："那小姑娘……是你杀的？"

孙梅不语，突然跪了下去："大哥，求求你，把东西还我。"

唐德厚有些手足无措，可是他很快就意识到目前所处的优势地位，高度戒备的姿态也放松下来。

"是你干的？"

孙梅闭上眼睛。

"是。"

唐德厚想了想："那……其他人，也是你杀的？"

"……是。"

唐德厚啧啧两声："你这娘们，还真看不出……"

"大哥，把东西还给我，求求你了。"

孙梅跪着上前一步，抱住唐德厚的腿。

这时，走廊里传来一个男人的叫嚷声："老唐，你他妈的顺着尿道溜了？别赢了钱就想跑啊！"

唐德厚回头喊了一声："马上就来，等着我。"

说完，他看看仍然跪着的孙梅，嘿嘿笑了两声，肆无忌惮地解开裤子，掏出家伙尿了起来。

孙梅跪在地上，把头扭到一旁，感到有细密的水珠溅在脸上。

唐德厚系好裤子，在孙梅脸上摸了一把。

"东西嘛，晚上值班的时候再说吧。"说罢，他把塑料袋揣进怀里，拉开隔间的门走了。

孙梅呆呆地跪在隔间里，周围是强烈的尿臊味。顺着地面流淌的尿液已经浸湿了她的膝盖，可是一贯整洁的她好像察觉不到似的，就那么跪着，直到两行眼泪从脸颊上滚落下来。

东西找到了，却仍然是末日。

深夜，男生二舍的值班室。

“你是说那姓陈的丫头看上了小吴，所以你就砍了她的脑袋？”

“是。”

完全是审问和被审问的语气。可是审问者此刻把被审问者抱在腿上，上下其手。

“你那么喜欢那小子？”

“是。”孙梅咬着牙，心里是吴涵的脸。

值得。值得。她告诉自己。

“那你给了他一棒子，真下得去手？”

“……如果我不这么做，警察就会怀疑他。”

唐德厚半天没有说话，似乎在思考，手却没闲着。

“那其他人呢？”

“姓周的小子欺负过小吴；那女研究生靠她导师的关系，抢了本该属于小吴的助学金……”孙梅竭力躲避着，继续编造着杀人的动机，“操场上那两个人，是因为有一次在图书馆占座，打了小吴……别弄了，我很疼！”

孙梅猛地挣脱开来。唐德厚坐在椅子上，脸上是讪讪的表情。

“那东西……什么时候还我？”孙梅背对着唐德厚，低声问道。

唐德厚马上换了一副得意的表情，他站起身来，拍拍孙梅的肩膀，走进了里屋。

孙梅听到他在里屋边哼着小曲边脱衣服，两只皮鞋咣当咣当地扔在地上，禁不住浑身颤抖起来。

唐德厚敲敲铁床的栏杆。等了一会儿，见孙梅没有反应，又敲了两下。

该来的终归躲不过去，孙梅闭上眼睛，咬咬牙，转身走进了里屋。

“你为他做了这么多，他知道么？”黑暗中，唐德厚气喘吁吁地问。

“……不知道！”孙梅从牙缝中挤出几个字。

“咳，傻妹子，你这么做，值得么？”

唐德厚瘫软在孙梅身上，他没有注意到，孙梅脸侧的枕头已经湿透。

“值得，为他做什么都值得……”

这是她今晚说过的唯一一句真话。

入夜。孙梅枯坐在值班室里，双眼呆呆地望着墙上的挂钟。那嘀嗒嘀嗒的单调声音似乎成了她唯一的寄托，然而，随着时针的缓缓移动，她的目光变得越发绝望。

什么时候能见到他？

她有一肚子的委屈要告诉吴涵，可是又不敢去医院探望他。今天好不容易盼到他回来，在走廊里见了面，却客气又冷漠：“孙姨，这段时间你辛苦了。”

孙姨。他叫我孙姨。

桌子上摆着一件刚刚起头的毛衣，每到夜深人静，孙梅就会把它拿出来，偷偷地织上一会儿。此刻，它悄无声息地趴在那里，身上乱七八糟地插着毛衣针，好像一具刚刚毙命的尸体。

想到这里，孙梅打了个寒噤。她勉强打起精神，伸手拿过毛衣，一针一线地织起来。

宿舍的铁皮门响了，有人进来。

孙梅稍稍平复的心跳再次剧烈。这么晚回来的，只能是吴涵。

她停下手里的动作，盯着门口，胸口不断地起伏。

然而，她没有等到吴涵走进来，走廊对面的图书室的门响了一声，又咣当一声关上。

眼泪终于夺眶而出。

孙梅小声哭了一会儿，胸口仍然憋闷得厉害，好像有个气球塞在里面，越涨越大。她腾地一下站起来，冲出门去，拉开图书室的门。

吴涵坐在黑暗里，脑后的白色纱布显得格外刺眼。尽管他没有回头，孙梅仍然可以感觉到他在发抖。

她的心一下子软了。

“你怎么了？”

没有回答。只听见牙齿上下撞击的声音。

孙梅绕到吴涵的身前。他低着头，整个人缩成一团，好像一个受惊的动物。

她把他抱在怀里，感到他全身僵直，似乎从里到外透着寒气。孙梅伸出手去，刚碰到他的脸颊，手心里就是一片湿冷。

“我完了。”他的声音嘶哑。

明白了，他一定是去了俱乐部，想拿回藏在水箱里的戏服。

吴涵抖得越来越厉害，边抖边往孙梅怀里钻，似乎想躲藏起来。

孙梅不得不按住他的双肩，可是双手的剧烈震感几乎让她站立不住。吴涵的手在她身上胡乱抓着，似乎在寻找任何一点可以把握的东西。

孙梅感到喘不过气来。她竭力抓住吴涵的肩膀，小声说：“你别这样……东西被我拿走了。”

如秋叶般颤抖不止的吴涵一下子安静下来。几秒钟后，他缓缓地从孙梅的怀抱里挣脱开来，动作虽小，却很坚决。

吴涵坐在椅子上，低着头，很响地吸了一下鼻子。

“你是怎么知道的？”

孙梅忽然觉得全身没有力气。似乎刚才那个脆弱、无助的男孩才是她最熟悉的，而眼前这个硬冷的他，让她感到恐惧。

“那天，你在卫生间里的时候，我就在隔壁……我全看到了。”

“我记得我跟你说过了，不让你去看我的演出。”吴涵恢复了平静，语调冷冷的，“把东西给我。”

孙梅从背后把门关上，图书室里顿时漆黑一片。

黑暗中，她咬咬嘴唇，轻声问道：“为什么要杀人？”

吴涵沉默了一会儿，缓缓说道：“因为你。”

“我？”孙梅的眼睛一下子瞪大了，“因为我？”

“是。因为你夹在书里的那封信。”

孙梅的腿一软，几乎瘫倒在地上：“你是说，他们看到了那封信？”

吴涵轻轻地笑了一下：“我曾经以为是这样。”

“什么叫曾经？”孙梅急了，几乎是扑到吴涵的脚下，拼命摇晃着他的大腿，“你到底是什么意思？快告诉我！”

吴涵摇摇头：“你不会明白的。”

他脸上的笑容一下子收敛了：“把东西给我。”

孙梅身子一颤，似乎全身的力气在一瞬间都被抽走。她跌坐在吴涵的脚下，嘴唇翕动了半天：“东西在……唐德厚手里。”

深夜，值班室小小的里间。

两具滚烫的躯体纠缠在一起，撕扯，啃咬，喘息，战栗。

吴涵发狠般动作着，丝毫不顾忌床板越来越明显的吱呀声。他很清楚，就在一个小时前，另一个男人刚刚离开身下这个躯体。

这让他感到羞辱。

一切恢复平静。孙梅手脚利落地整理好床铺和自己，吴涵却赤着身子坐在床上吸烟。孙梅催了他几次，他却始终看着眼前的烟雾出神。

一支烟吸完，吴涵盯着斑驳的墙壁，忽然开口说道："杀了他吧。"

正在梳头的孙梅回过头来："什么？"

吴涵盯着她看了几秒钟，缓缓说道："咱们……杀了他吧。"

唐德厚压在孙梅身上挥汗如雨。孙梅却面无表情地盯着天花板。无论唐德厚怎样卖力，孙梅都像个木头人一样毫无反应。

唐德厚有些泄气，更有些恼火，勉强动了几下之后，终于按捺不住，伸手给了孙梅一记耳光。

孙梅的脸颊上慢慢凸现出一个暗红色的掌印，她既没有哭，也看不出愤恨的表情，仍旧保持着刚才的姿势，一动不动地躺着。

唐德厚气咻咻地穿起衣服，边穿边嘟囔着："跟他妈死人似的……老子还不如去打手枪！"

孙梅冷不防开口了："老唐。"

唐德厚头也不回地说道："干吗？"

"你娶了我吧。"

唐德厚的动作停下来，几秒钟后，他嘟囔了一句，继续穿衣服。

孙梅赤身坐起来，声音出奇的冷静："你不敢娶我，是么？"

唐德厚不敢转身，默不作声地往脚上套着鞋子。

"你不敢娶我，只想跟我睡觉对么？"

唐德厚还是没有作声，神态却专注了许多。

孙梅重重地躺回床上。

"跟我睡觉可以，不过你得让我高兴。"

唐德厚终于转过身来："让你高兴？"

"对！"孙梅霍地一下爬起来，伸手拿过挂在床头的一件军大衣甩给唐德厚，"穿上！"

唐德厚看看手中的军大衣，认得那是吴涵值夜班的时候披在身上的。

“你想让我扮成……他的样子？”

“对！”

唐德厚拧起眉毛：“凭什么？”

“小吴不可能看上我，这点我很清楚。”孙梅看着唐德厚，“但是我心里有他。你想跟我睡，就得听我的。”

唐德厚犹豫了一下，慢慢地把衣服披在身上。

“站起来。”孙梅一改往日柔弱、无助的模样，躺在床上指挥着唐德厚。

他老老实实地照做。

孙梅以手托腮，脸上挂着浅浅的笑，上下打量着唐德厚。

“老唐，身材不错啊。”

唐德厚竟有些腼腆，嘿嘿地笑了两声。

“转过去。”

唐德厚再次顺从，身体开始莫名其妙地兴奋。

过了几分钟，唐德厚听到身后的女人慢慢走下床来。须臾，一双手从身后抱住了自己。

那双手在他的身上慢慢游走，依次掠过肩膀、胸脯、小腹……唐德厚感到一种从未有过的刺激，心脏不由得狂跳起来。

片刻，身后的孙梅沙哑着嗓子说：“来吧。”

已如发情公兽般的唐德厚低吼一声，将身后的女人推倒在床上。

走廊对面的图书室里，吴涵用颤抖的手点燃一支烟。

脚下，是一只被戳得稀烂的枕头。

中午，孙梅坐在值班室的窗前吃饭，眼睛却盯着面前的走廊。

终于，吴涵和几个同学端着饭盆走过来，路过值班室的时候，他仿佛漫不经心地向值班室一瞥，看见孙梅，微微地点了点头。

孙梅的心里一热，似乎这一天中最值得期待的，就是这饱含深意的一瞥。

她转过头，看看身后狼吞虎咽的唐德厚，起身到柜子里拿出一件男式呢子短外套。

“老唐。”

“嗯？”唐德厚把视线转向她。

“接着。”

外套扔进他的怀里。唐德厚展开衣服，表情莫名其妙：“给我的？”

孙梅笑笑：“还不试试？”

唐德厚有些受宠若惊，答应了一声，就手忙脚乱地把衣服套在身上。

“挺合身的……”唐德厚一脸又惊又喜的表情，“想不到你还挺会疼人的。”

孙梅意味深长地笑笑，拿起饭盆走出了值班室。刚掩上门，她的眉头就紧紧地皱起来。

六楼的仓库。吴涵站在废旧桌椅中间，四处打量着。最后，他走向窗台，仰起头，仔细查看着窗户。很快，他选择了其中一扇，打开来，轻轻开合了几次。

随即，他就抓住窗框，用力摇晃起来。

随着他的动作，窗户的折页开始变形，渐渐脱离了窗框。

一个胖胖的男孩拎着一只大号的塑料袋走下楼梯，他身后是一个神色疲惫、表情悲戚的男生。孙梅坐在值班室的窗子后面，静静地看着他们走出宿舍的大门。她认得后面的男孩是吴涵的室友，也是那个被砍了脑袋的女孩的男朋友。

等这件事完结之后，我一定不会再对你们那么凶。

电话铃忽然响起来，孙梅被吓了一跳，急忙拿起话筒。

“喂？”

“是我。说话方便么？”

孙梅忽然感到紧张：“方便。你说吧。”

“就在今晚。”

孙梅的手颤抖起来：“今晚？”

“对。一切按照计划行事。”

“……我害怕。”

电话那头沉默了几秒钟：“别怕。过了今晚，就什么事都没有了，你再也不用忍受他的侮辱——你不希望这样么？”

孙梅咬咬嘴唇。那些不堪回首的夜晚，正让她的内心一点点被仇恨填满。

“好吧。”

“11点半你再上去，记住，11点半。”

“嗯……你确定他肯跟我走么？”

“嘿嘿。”吴涵轻轻地笑笑，“我昨天刚给了他几本色情杂志，估计这会儿正欲火焚身呢。放心吧，他肯定上钩。”

孙梅皱皱眉头，深吸一口气：“好吧。”

四楼，唐德厚的小屋里。

唐德厚半躺在床上，眼睛眨也不眨地盯着手里的色情杂志，另一只手不停地在下体抚弄着。

门被轻轻地叩响了。唐德厚把手里的杂志塞进枕头下，问道：“谁？”

“我。”

声音虽低，唐德厚还是马上分辨出那是孙梅。

他大喜过望，光着脚跳下床把门拉开。孙梅马上闪了进来。

她的头发好像刚刚洗过，还没干透，一股洗发水混合着女人体香的诱人味道，在狭小凌乱的宿舍里隐隐浮动。

孙梅靠在门上，看着唐德厚不说话。

正看得热血沸腾，就有女人送上门来。看到孙梅的撩人模样，唐德厚马上感到口干舌燥。他一把将孙梅拉倒在床上，手向她的扣子伸过去。

孙梅轻轻地笑着，翻滚着，就是不让唐德厚解她的衣服。

唐德厚的双眼几乎要喷出火来："干啥啊，妹子。快点，哥急死了。"

孙梅缩在床头，眼睛盯着唐德厚："我不。我要玩点刺激的。"

"你想咋玩？"

"你穿上那套衣服！"

唐德厚愣了一下："为啥？"

"因为……"孙梅沙哑着嗓子，"你穿着它我会兴奋。"

唐德厚有些犹豫。孙梅见他那副样子，脸沉了下来，起身要走。唐德厚赶紧拦住她，心一横，从床底拽出一只纸箱，在里面掏摸了半天，翻出一只塑料袋来。

孙梅的眼睛一下子睁大了，那套要命的戏服！

那一瞬间，孙梅很想抢过它转身就跑。可是她竭力克制住了自己，强作微笑地看着唐德厚把戏服套在身上。

唐德厚套好衣服，又急不可待地过来撕扯孙梅。孙梅却把身子一侧，滚到了床的另一边。

她松开手，几件揉成一团的内衣落在地上。

"你又干啥啊？"唐德厚的脑袋上戴着头套，瓮声瓮气地说。

"别在这儿，一会儿声音太大，会让人听见，"孙梅目光灼灼地看着唐德厚，“跟我上六楼。”

这句话显然刺激了唐德厚。他毫不犹豫地点点头。

六楼的仓库里，孙梅一面应付着在她身上乱拱乱摸的唐德厚，一面焦急地聆听着门外的动静。

唐德厚的手已经伸向她的裤带。撕扯中，孙梅突然感觉自己已经到了极限。

她再也无法忍受面前这个男人的侮辱，几乎是踢打着抗拒唐德厚的侵犯。

不明就里的唐德厚却觉得刺激，他在面目狰狞的头套下发出兴奋的“唔唔”声，手上的力气也越来越大。

忽然，紧锁的门响了。

对于正在撕扯的两人而言，敲门声无异于惊雷一般。唐德厚吓得倒退两步，一把椅子被他哗啦一声撞翻在地。

“保卫处的，开门！”有人在门外大喝。

唐德厚顿时乱了手脚。孙梅却一下子冷静下来，她听出那是吴涵的声音。

计划开始了。

她冲唐德厚做出了一个“嘘”的手势，疾步走到门前，侧耳倾听着。

“方木，我在这里守着，你快去找点家伙来！”

声音虽小，可是孙梅却听得真切。

方木应了一声，随后就听到急促的脚步向走廊另一侧跑去。

孙梅咬咬牙，转过身来，对站在原地筛糠的唐德厚说：“快跑，要不我们就都完了。”

唐德厚一脸惊惧：“往哪跑啊？再不就承认了吧……”

“你少放屁，不想要工作了？”孙梅低声喝道，“听我的，保管你没事！”

她的话宛如一棵救命稻草，唐德厚忙不迭地点头。

孙梅疾步走进里间，少顷，她捧着一卷绳子走出来。还没等唐德厚开口问这绳子的来历，她已经把绳子系在了窗户上：“快点，顺着绳子爬下去！”

唐德厚把绳子围在腰间，有些犹豫。孙梅在他后背上推了一把：“快点！再不跑就晚了。”

正在这时，拍门声又响成一片。唐德厚来不及多想，跳上窗台，顺着绳子战战兢兢地爬了下去。

唐德厚的头刚刚消失在窗台上，木质窗框就发出了危险的呻吟声。折页一点点扭曲起来，与窗框渐渐分离，却始终不肯断开。

孙梅的心一横，闭上眼睛，冲着窗框猛推一掌。

“哗啦啦……”

一阵令人心悸的断裂声后，就听见楼下“嘭”的一声闷响。

孙梅感到心脏都快跳出喉咙了，她顾不得察看楼下的唐德厚是死是活，就快步走进了里间，躲在门旁的角落里。

还没等她把气喘匀，仓库的大门就被哗啦一声踢开了。

“我靠，不好！”她听见吴涵大骂一声，紧接着，一阵急促的脚步直奔窗户而去。

一切都在按照计划进行，方木果真被吴涵的动作吸引到窗前，压根儿没有注意到里间。

孙梅却不敢放松，她探出头去，看见方木正把头伸出窗外，向楼下张望着。吴涵看着她这边，眼神焦急却坚决。

快！

孙梅深吸一口气，轻手轻脚地走到仓库的门口，边走边把身上的衣服脱下来披在身上。走到门口，她转过身，摆出刚刚走进来的姿势，用手把头发弄乱，忽然大吼一声："你们干什么呢？这是怎么回事？"

听完吴涵的陈述，方木有好一阵子没有说话，只是死死地盯着他，良久，缓缓吐出一口气。

"这么说，你那天晚上让我相信这一切都是我'看到'和'听到'的，就是为了让我做证？"

吴涵笑笑："是。你得承认我很高明。"

方木沉默了几秒钟，不得不点点头："你的胆子太大了。"

"是啊，是有点冒险。"吴涵挺直了身子，"不过的确很有效。"

这时，远处传来消防车尖锐的警笛声，吴涵看看窗外，转过头，平静地说道："方木，我们得抓紧时间了。"

方木一时间没反应过来："嗯，什么？"

吴涵的脸上挂着微笑："我本来想把你留在最后的，看你挖空心思去揣摩我的心理却不得要领——这的确是一件很有趣的事情。可是你愚蠢地破坏了这个游戏。"

突然，他脸上的笑容消失得无影无踪："我们只能今天说再见了。"

一种莫大的恐惧袭上方木的心头。在火光和浓烟中，死亡的气息越发浓烈。

他一边留意着吴涵的动作，一边慢慢地向后退。孰料，刚刚退后了几步，方木就踩到了一只饭盆，脚下一滑，摔倒在地上。

火光耀眼。吴涵的脸隐藏在阴影中，只看见两道寒光从他的双眼中投射出来，血色隐隐。

他从地上捡起一根还在燃烧的桌腿，一步步向方木逼近。

方木手脚并用地向后退着，手里抓到什么就狂乱地向吴涵扔去。吴涵并不躲避，任由那些东西砸在自己身上，脚步却一刻不停。

吴涵毫不躲闪的决绝更让方木感到恐惧。一分钟前，他还想亲手干掉这个杀害陈希的凶手。然而，在这一刻，他只想逃走。

是的，逃走。

眼前的吴涵有着死神一般令人绝望的力量，而自己却宛若不堪一击的破酒瓶。

方木的牙齿“嘚嘚”地上下撞击着，泪水渐渐盈满眼眶。面前的黑影在一片模糊中显得越来越厚重。方木不顾一切地把随手抓到的东西向他扔去，墨水瓶、鞋子，甚至是一根桌腿。

忽然，手心里抓到了一个硬硬的东西，方木来不及多想，死命扔了过去。

那东西“啷”的一声砸中吴涵的额角，又落在地上。是一把锁头。

吴涵疼得啊呀一声，停住了脚步。

方木趁机站了起来，手里也摸到了一根短短的断木。

吴涵把手放在额头上抹了一下，看到手指上的血后，他的眼神由得意变为狂暴。

他的五官扭曲起来，大吼一声，抡起桌腿向方木头上砸去。

方木急忙抬手去挡。孰料吴涵只是虚晃一枪，还没等他反应过来，桌腿已经向方木的脚踝打去。

“咔嚓！”方木清楚地听到了自己的踝骨折断的声音，身子一歪，扑倒在地上。

先是麻木，继而是剧痛，仿佛整个左脚都脱离了身体。方木痛苦地翻滚着，却发不出半点声音。

吴涵笑起来。在他身后，是仍然在燃烧的走廊，烟气与火光萦绕在他周身，仿佛一对若隐若现的翅膀。

吴涵的笑声激发了方木最后一丝求生的本能，他翻转过身子，艰难地一点点向前爬去。

快点，快点，求求你，救命……

方木的狂乱与张皇失措让吴涵很满意。但是，他很清楚，自己没有那么多时间去欣赏。他上前一步，抡起桌腿，狠狠地砸向方木的头。

随着重击，方木的头撞向地面，抽搐了一下，就伏在地上不动了。

吴涵扔掉桌腿，伸手揪起方木的衣领，艰难地向352寝室的方向拖去。

走廊里散落的杂物不时刺扎着方木的身体，可是他毫无知觉。直到一片碎玻璃扎进了他的手心，那突如其来的刺痛才让方木稍稍恢复了神志。

刚刚睁开眼睛，身体就被重重地扔在了地上。方木勉强抬起头来，发现自己正在352寝室的门口。

室内仍然是一片火海，两具尸体还在默默地燃烧着。胖胖的祝老四已经快被烤成焦炭，王建只剩下短短的一截。

方木转过头，刚想撑起身子，就被吴涵一脚踏在胸口，紧接着，一把刀子抵在了脖子上。

吴涵一只手握着军刀，另一只手在衣袋里摸索着。

“别再反抗了，否则只会带来更大的痛苦。”吴涵仿佛劝慰般轻声说道，手上多了一个矿泉水瓶，“还好我留了一瓶，足够了。”

瓶子里的液体泛着淡淡的红色，是汽油。

方木的眼睛一下子睁大了，他拼命想爬起来，却丝毫动弹不得。

泪水终于不争气地流下来。我要死了。

事已至此，除了哭泣，似乎再没有别的事情可做。方木的眼前一片模糊。不甘心，可是又能怎样？

“你逃不了的，你逃不了的……”

“别傻了，你们都死了，我想怎么说都可以。”吴涵拧开瓶盖，居然叹了一口气，“说真的，我也不想这么早杀死你。你的确是个很不错的伙伴。有时候，我甚至认为我遇到了另一个自己。”

吴涵凝视着他的眼睛：“其实，你跟我是一样的。”

方木愣住了，目瞪口呆地看着吴涵。

“别这么看着我，伙计。难道我感受到的一切，你不曾体会到么？”吴涵笑笑，“那天从公安局回来，我发现你能感受到我的恐惧、我的喜悦。这让我既紧张又惊喜，你让我的冒险充满了乐趣。你可以说我有恶魔一样的思维，可是，在这里，”他敲敲方木的太阳穴，“难道你没有么？”

他直起身子：“所以，别怨恨我，你不是被我杀死，而是被另一个自己杀死而已。”

吴涵举起矿泉水瓶，瓶口缓缓倾斜：“不要动，不会太久的，很快就会好。”

方木看着那淡红色的液体在瓶子里流动，慢慢汇聚在瓶口……

“不要……”

一声低哑的呻吟突然在身后响起。

方木和吴涵同时向墙角望去。在那一瞬间，方木还以为自己出现了幻觉。

可是孙梅真的动了一下。

随后，她就慢慢地站了起来。

“不……不要……再杀人……”

孙梅全身的衣服只剩下丝丝缕缕，有的还在冒烟，而头发已经被全部烧光，脸上除了焦黑，就是翻开的皮肉，早已辨不清五官。

她弓着腰，摇摇晃晃地站着，一副快散架了的模样。忽然，孙梅向前迈了一步，紧接着，就一步步走过来。

吴涵大张着嘴巴，却发不出任何一点声音，脸上的肌肉突突地跳动着。

已经被烧得不成人形、宛如厉鬼般的孙梅张开双臂，步履蹒跚，仿佛随时会倒下去，可是她却一步步走近了。

“不要……再……杀人……”

孙梅猛地抬起头来，血肉模糊的脸上，曾经是双眼的地方陡然放出两束逼人的光芒。

吴涵颤抖起来，他直勾勾地看着孙梅，眼睛瞪得几乎要突出眼眶，手中的矿泉水瓶被他攥得变了形。

“你……你别过来……”他终于从喉咙里挤出几个字，“我……我们……”

“啊——”

孙梅突然发出一声凄厉的尖叫，向吴涵猛扑了过去。

吴涵躲闪不及，短促的惊叫后，就被孙梅扑进了燃烧的352寝室。

方木被眼前的一幕吓傻了。可是，当他感到胸口的压力松弛下来时，本能地转身滚到了门外。

几乎与此时，352寝室里的火焰骤然猛烈。

方木躺在地上大口喘息着。呼吸稍稍平复，他就不顾扑面而来的灼人热浪，拼命向寝室爬过去。然而，火势太大，他还没爬到门口，就已经无法前行了。

352寝室。熊熊火光中，两个身影纠缠在一起。

吴涵一边高声惨呼一边拼命挣扎，孙梅却死死地抱着他。矿泉水瓶里的汽油已经全泼洒在他们身上。越来越多的火苗从两个人周身蹿起。

他们在地上翻滚着，厮打着。吴涵在孙梅的脸上乱抓乱挠，被烧焦的皮肉一块块剥脱，她的手却始终紧紧箍着吴涵。

燃烧了很久的门框终于倒塌下来，砸落在他们身上。吴涵挣扎的幅度越来越小，身上的火焰却越来越大。

“啊——啊——”

短短几分钟过后，孙梅已经不动了，双手却依然缠绕在吴涵身上。她的头抵在吴涵的胸口，如同曾经甜蜜的依偎。

吴涵的头发已经被烧光，脸上也早已辨不清模样，他的喉咙里发出类似啜泣的呻吟声，身体只剩下偶尔的抽搐。

“出来……出来啊……”方木的喉咙里全是滚烫的烟尘，他尽量躲避着炽烈的火苗，声嘶力竭地喊着。

寝室中央的一团焦黑中，一只眼睛缓缓睁开，即使在耀眼的烈火中，那只眼中的光芒依旧清晰可辨。

一只还在燃烧的手慢慢地从火中伸出来，似乎想向前抓住什么。可是，还没等它完全伸直，就垂落在地面上，不动了。

那点光，渐渐微弱，直至熄灭。

“出来啊……出来……”

越来越多的烟尘被方木吸进肺里，他的脑子渐渐麻木，仅存的意识正一点点抽离身体。

眼前的火光蔓延开来，最后，幻化成一片温暖的白色，将他彻底包裹进去。

第二十六章

孙梅的日记

方木醒来的时候，已经在医院里了。

闭合性颅脑损伤。踝骨骨折。呼吸道轻度灼伤，身上还有部分地方被烧伤。

入院的第二天，方木在时而清醒，时而昏迷的情况下，向邢至森断断续续地讲述了当晚发生的所有事情。

结果是：从早到晚，都有两个面色阴沉的警察在病房门口来回巡视。

邢至森对此直言不讳：警方已经把方木列为重大犯罪嫌疑人。方木提到的那把军刀，在现场没有找到。

所有的人都死了，只有你还活着。原因不言而喻。

某天深夜，方木突然惊醒了。

病房里满是呛人的烟雾，门外隐隐可见闪动的火光。

着火了。

方木想大声呼喊，却怎么也发不出声音来，身体仿佛被捆住一般动弹不得。

万分焦急中，方木突然认出头顶是熟悉的老五的床板。

他一下子停止了挣扎。

我在352寝室中……

门被轻轻地推开了。

先是一只被烧得皮开肉绽的手，然后是一个焦黑的身体，已辨不清五官的脸。

胖胖的，是祝老四。

他走到方木的床前，默默地站住。

接下来是同样面目全非的王建和孙梅。

然后是一个穿着白袍的女孩，陈希……

方木瞪大了眼睛。

他们安静地站成一排，默默地看着床上的方木。

那些目光仿佛一张网，悄悄地箍在方木的身上，渐渐收紧。

方木感觉呼吸越来越困难。突然，一个声音在耳边响起：

其实，你跟我是一样的。

方木猛地扭过头去，吴涵躺在自己身边。他已经烧得不成样了，但嘴里依然发出声音。

其实，你跟我是一样的。

“不——”

方木的身体在床上痛苦地弓起，双手死死地抓住床单，口中模糊不清地呻吟着。

坐在床边的妈妈一跃而起，拼命按住方木的身体。

“别怕别怕，没事的，妈妈在这里。”

方木的眼睛猛地睁开，午后的阳光一下子刺进眼球。他怔怔地看着眼前炫目的白光，直到意识一点点回到身上。

是梦。

他一下子放松下来，立刻感到全身瘫软。

门忽然被撞开了，听到动静的两个警察冲了进来，身后还跟着邢至森。

警察高度戒备的样子彻底激怒了妈妈，她扑向邢至森，当胸猛推了他一把。

“你们要干什么！还怕他逃跑么？你们把孩子抓走吧，判他死刑吧！”

其中一个警察尴尬地抓住她的手，轻轻地推开她。

妈妈挣扎了几下，感觉实在无力抗衡，就放开手，趴在床边大声抽泣起来。

邢至森看看方木，转身对两个警察耳语几句。那两个警察连连点头，转身离开了病房。

邢至森走到床边，俯身拍拍妈妈的肩膀。

“大姐，您别这样。方木没事，我们已经排除对他的怀疑了。”

“真的？”妈妈抬起满是泪痕的脸，眼神先是惊喜，后是委屈，“我都说了，不是我们小木干的，你们就是不相信……”

说着说着，她又呜咽起来。

“是啊，大姐。已经搞清楚了，跟方木没关系。”邢至森抓起搭在床头的毛巾，“快擦擦脸吧，瞧您，都成什么样了。”

妈妈吸着鼻子，不好意思地抓过毛巾，在脸上抹了两下。

“我去洗洗脸。”她有些不放心地看看方木。

“没事，您去吧，我在这里照看他。再说，”邢至森转过头，看着躺在床上的方木，“您的儿子是一个意志坚强的人。”

妈妈的眼睛里浮现出骄傲的神色，仿佛在说“那当然”。接着，她拢拢头发，转身出去了。

邢至森在床边坐下，手搭在被子上。

“怎么样？”

方木没有马上回答。他的眼睛始终盯着天花板，眼神空洞落寞。仔细看去，似乎还有一丝尚未消散的恐惧。

良久，他微微地点了点头。

邢至森暗自叹息。他把脸埋在手掌里，用力地搓了几下。

“我们已经排除了你的嫌疑。”

“唔。”

方木的无动于衷让邢至森有些尴尬。他从口袋里拿出一盒烟，抽出一支叼在嘴上，想了想，又插回烟盒中。

“你是不是还在埋怨我？”

方木毫无反应。

“对不起。那晚我在郊区……”

“我没有埋怨你！”方木突然开口了，“我没有埋怨任何人。”

是的，我没有理由埋怨任何人。

是我发现了借书卡。是我没有及时赶回学校。而我，是和他极为相似的人。在某种程度上来说，我就是他，他就是我。他是凶手，我也是。

邢至森低下头。片刻，他发出一声长叹，开始在随身带来的提包里摸索。须臾，他把几样东西放在床头。

“我们在孙梅家里发现了这个。”

方木第一次扭过头来。那是三个硬皮的笔记本。其中一个质地精良，价格不菲，另外两个是十分普通的便宜货。

“这是什么？”

“孙梅的日记。在这里，我们发现了一些重要的证据。所以，排除了你的嫌疑。”

邢至森看到方木目不转睛地盯着日记本，不由得笑了笑。

“想看看么？”

方木的目光从日记本转移到邢至森的脸上。虽然他没有说话，然而，邢至森在他脸上看到了曾经熟悉的东西。

坚强与狂热。

“你看看吧，不过要保管好。”邢至森站起身来，冲他挤挤眼睛，“反正我也不是第一次违犯纪律了。”

他顿了一下，脸色变得凝重：“而且，你有权知道真相。”

邢至森把手放在方木肩膀上，用力捏了捏。

“方木，”邢至森盯着方木的眼睛，“过去的事情就让它过去。你始终比我想象的要坚强，别让我失望。”

说罢，他拉开门，走了出去。

第一本日记。

1998年7月14日。晴。

今天是克俭的忌日。心情不好。

上午请了假，带着凡凡给她爸爸扫墓。给她穿上了孩子爸爸最喜欢的那件小花格裙子。当时好贵呦，要100多块钱，可是克俭毫不犹豫地买下来了。

这一幕，好像就发生在昨天似的。

凡凡已经9岁了，裙子有点小，撑在身上紧绷绷的。

孩子长大了，不像前两年，扫墓的时候像春游一样，只顾自己东跑西跑地玩。今天不仅很安静，还给爸爸磕了两个头。

……

1998年7月29日。小雨。

后勤处带来了一个男孩，叫吴涵，说是勤工俭学的大学生。人长得瘦瘦的，营养不良的样子。

我不太高兴，说是帮助我管理舍务，却分给我一个这么瘦小的，能干什么？

吴涵怯生生的，说话的时候，眼睛也是低垂着，不敢看人。可我却注意到他的眼睛始终在乱转。搞不好又是一个心眼很多的小子。

总之，我不喜欢他。

……

1998年8月3日。多云转小雨。

邱大姐给我介绍了个男人。

实在拗不过她，就去见面了。很久不穿高跟鞋了，脚磨得很疼。

对方是个退休的中学教师，和我一样，丧偶。

人倒是长得很精神，体体面面的。最初，我说我在师大后勤处工作的时候，他还挺客气。后来知道我是宿舍管理员，马上就是一副盛气凌人的嘴脸。

吃饭的时候，我要了清蒸鳜鱼，他居然心疼得要死，最后给我换了锅包肉。

后来下雨了，他极力邀请我去他家坐坐。哼，以为我不知道他打什么鬼主意么？

……

1998年8月4日。大雨。

昨天心情不好，吴涵下午来干活的时候，就把一肚子火都撒在了他的身上。

外面明明下着大雨，我偏偏让他去擦厕所的玻璃。他却一声不吭地拎着水桶走了。他可真有劲，满满一大桶水，很轻松地拎起来了。“别看我瘦，骨头里面全是肉”，这句话是谁说的来着？

傍晚的时候，他满头大汗地回来了，怯怯地说外面雨太大，窗户外面怎么也擦不干净。我的心一下子软了。

……

1998年9月17日。晴。

今天早上洗脸的时候，发现自己的白头发又多了几根，眼角的鱼尾纹也更深了。

我老了么？

……

1998年10月22日。晴。

小吴今天情绪不高。我问他怎么了，他吞吞吐吐地说自己丢了300块钱。

我吓了一跳，300块钱，这相当于他一个月的生活费啊。

我问他怎么办，这孩子倔强得很，强笑着说没关系，大不了吃一个月的馒头蘸酱油。

一个月啊，他正在长身体，每天还要干那么多活，怎么受得了。

下班的时候，我在他的书包里偷偷地塞了100块钱。不为别的，只是可怜他。

……

1998年10月23日。晴。

一整天小吴都没说什么，我怀疑他到底看没看到那100块钱。

下午收拾东西的时候，我在我的包里看到一张纸条。上面写着：孙姨，谢谢你。我会把钱还给你的。

这孩子，还挺客气。

第二本日记。

1998年11月2日。小雨。

中午吃饭的时候，我给小吴带了一饭盒排骨炖土豆，我自己做的。他吃得很香，吃完后把饭盒刷得干干净净。

邓姐看到了，取笑我找小情人。这老不正经的。我和她打闹了半天，回过头才发现小吴的脸都快红到脖子根了。这孩子，还当真了。呵呵。

……

1998年12月11日。大雪。

昨天看见小吴只穿着一件薄薄的单衣，扫雪的时候，冻得直打哆嗦。这么冷的天，只穿着那件衣服可不行。

我回家找出了一件克俭的棉衣，款式老了一点，可是很暖和。

小吴接过棉衣的时候显得很害羞。我让他穿上试试，他很听话地照做了。衣服有点大，可是从背后看，竟有点像克俭。

……

凡凡睡了之后，我在卫生间里用手满足了自己。之后我哭得很厉害。

克俭，我好想你。

……

1999年1月27日。晴。

明天就正式放假了，学生们走了一大半。满楼都是学生们扔掉的垃圾，好在有小吴帮我。

干活的时候，小吴说他要回家过年，我问他要电话号码，过年时给他打电话拜年。他说没有。也难怪，他家住在那么偏僻的地方，连用电都很费劲，更别提电话了。

我给了他一个酱肘子，让他在路上吃。他说孙姨谢谢你。

孙姨孙姨，我真的有那么老么？突然有点生他的气。

……

1999年2月15日。阴。

今天是年三十，凡凡在看春节晚会。我不想看。千篇一律的节目，没意思透了。

不知道农村怎么过年，应该比城里热闹吧。杀猪、放鞭炮、包饺子、请财神、串门。

突然对现在的生活有点厌烦。

……

1999年2月16日。小雪。

今天说好要去凡凡老师家的，临出门的时候，意外地接到了小吴的电话。

他气喘吁吁地，先跟我说了一句过年好。我吃惊极了，问他在哪里。他说在乡里的邮局。我又问邮局离他家有多远，他说要走10多里的山路。

大年初一的早晨，跑了10多里的山路，就为了向我说一声过年好。

……

1999年3月2日。晴。

开学的第一天，看到了小涵，人胖了点，看见我不好意思地笑。

……

1999年3月9日。晴。

昨天发现了小涵的一个秘密。

值夜班的时候，我看他困得厉害，就叫他去里屋睡觉。过了一会儿，我进去拿东西，却看见他缩在被子里，抱着一件我的衣服，闭着眼睛，手在下面一动一动的。

我吓坏了，赶快退出来。

知道他在干什么，却不太生气。

他该不会喜欢我吧？嘻嘻，自己的脸都红了。

……

1999年3月22日。小雨。

今天好倒霉，好端端地在楼梯上摔了一跤。脚当时就动弹不得了。

小涵背起我就往医院跑，气喘吁吁的，挥汗如雨。

他的后背好宽啊，让人趴在上面不想下来。

他说明天要来看我，要不要好好打扮一下呢？

第二本日记就写到这里，后面的半本都是空白。

第三本日记，质地精良，价格不菲。

1999年3月23日。阴。

从今天开始，从这一刻开始，这本日记就只为你写，我的涵。我要记下我们所有的点点滴滴，我要把这本日记本的每一页都写满。在此之前，我要向你保守这个小小的秘密。我的涵，我要看见你脸上惊喜的样子。

你是老天赐予我的礼物。是的，我的爱人。我应该从一开始就知道。当那天下午你第一次站到我的面前，我怎么就没看出，你是我命中注定的男人？我的天，我太笨了。

今天是美妙的一天。可是，当我一个人躺在床上静静回味的时候，怎么也想不起是如何把头埋在你的怀里，你又何时开始亲吻我的嘴唇。亲爱的，现在的你，是不是也和我一样失眠，也在回忆那一切呢？

当你进入我的时候，我几乎忍不住要叫喊。是的，我的身体就像一片荒芜已久的土地，在一张春犁的耕耘下，豁然觉醒。我多么渴望你年轻的身体。当它赤裸着在我身上跃动的时候，我感觉年轻了十几岁，和你一样，有着无比敏感的触觉。你的手、你的唇，它们经过的地方仿佛在燃烧一般。那一刻，我相信我是美丽的。

我忍不住想再见到你，明天还来看我好么，亲爱的涵。

……

1999年4月1日。晴。

终于能上班了。虽然脚还是有点疼，可是能看见你，亲爱的涵，我还是很高兴。

奇怪的是，你有点躲着我。好不容易等到晚上值班，我问你为什么，你支支吾吾的。可是当我靠近你的时候，你的眼神又变得炽热。

……

1999年5月22日。阴。

其实我心里清楚，你并不爱我。或者说，只是爱我的身体。

可是你不能阻止我爱你。

我们今天吵架了。是的，第一次吵架。我很伤心。可是，到了晚上，我还是没有拒绝你的要求。你拥抱我的时候，我几乎忘了一切不开心的事情。

我不再要求你爱我。毕竟，我和你之间相隔着12年的岁月。

……

1999年6月28日，晴。

怎么办，我发现我怀孕了。

已经两个月没来月经了。今早我用试纸测了一下，阳性。我吓坏了，又偷偷地去医院做了检查，结果还是一样。

要不要告诉他？

……

1999年7月2日。阴。

决定还是告诉他。

本来想晚上告诉他的，可是他兴致很高的样子，考基地班的事情大概没有问题了。不忍心搞坏他的心情。

于是决定写一封信给他，趁他睡觉的时候塞进他书包里。呵呵，还记得他给我塞的那张纸条呢。

孙姨，谢谢你。

好像是很久之前的事情了。

……

1999年7月6日。阴。

为什么？

几天过去了，涵还是没有反应。是没看到那封信，还是觉得难以面对？

明天就要放暑假了，我不敢问他，可是又要一个多月不能联系。

我该怎么办？

……

1999年8月22日。晴。

我要独自去面对，我不要我的男人为我担忧。

可是，真的很疼。

……

1999年8月29日。晴。

我闯祸了。

涵没看到那封信，不知道那封信到哪里去了。

我的天，如果被别人看到，我们就都完了。

我是个蠢女人，为什么要把信放在书包里呢？

真想扇自己的耳光。

……

1999年9月3日。阴。

我的心情跟今天的天气一样。

涵好久不肯理我了。晚上值班的时候，他宁可站在走廊里，也不愿意靠近我。

我自作自受，我知道。

……

1999年9月16日。小雨。

祸不单行。

下午凡凡来学校找我，我要她管学生叫叔叔。那个叫周军的小子居然让凡凡对涵叫爸爸。我当时吓坏了，涵的脸色也一下子变得比身后的墙壁还要白。

傍晚的时候传来了另一个坏消息：涵没有进基地班。一定有人看到了那封信！

怎么办？怎么办？怎么办？

……

1999年9月17日。晴。

出大事了。

351寝室的周军死了。警察在到处调查。早上的时候，涵偷偷来找我，央求我对警察说昨晚他一直在值班室和我聊天。他说昨晚在二楼的水房看书。当时没有人看见，怕说不清楚。我看他吓成那个样子，就答应了。涵，为了你，我什么都肯做。你呢？

……

1999年10月29日。大雨。

真可怕，又死人了。听说死的是个女研究生，就是法学院的，很漂亮。晚上我向涵打听情况，他的表情很可怕。难道他也吓坏了？

……

1999年11月6日。晴。

涵昨晚和我在值班室过了一夜。好温馨，他很久没对我这么温柔了。

……

1999年12月2日。大雪。

涵受伤了。11点多的时候，他在外面敲门。我急忙给他打开，看到他捂住肋骨的位置。我忙问他怎么了，他说跑回来的时候摔了一跤。我问他为什么这么晚才回来，他没有回答我，只是嘱咐我不要告诉别人，然后就匆匆地上楼了。

好担心。

……

1999年12月3日。大雪。

这个学校太可怕了，又死了两个学生。我很害怕。

可是，昨晚他到底干什么去了？

……

1999年12月17日。晴。

学校里在风传一张叫什么死亡借书卡的东西。我很好奇地问涵，他居然说他也在那上面。我吓坏了，他却一脸不在乎的样子。

他不知道，我每天晚上都在为他求菩萨保佑。

……

1999年12月23日。晴。

俱乐部的宋姐说，涵在排演一部话剧，说涵演得挺不错的。我听了心里美滋滋的。

晚上我问他，他说演男主角。我说到时候我去看你演出。他拒绝了。我不高兴。

……

2000年1月1日。晴。

我一直没睡，也不想睡。我只是在思考一个问题，我爱上的，究竟是一个什么样的人？

上午传来消息，那个女主角被砍了脑袋。涵进了医院。只有我知道，杀人的是他。

这一整天，我的脑子一会儿清醒，一会儿糊涂，却终于让我想清楚了一件事：那些人，都是他杀的。

……

2000年1月3日。多云转阴。

这是个耻辱的夜晚。

刚才，我不敢看唐德厚的脸，可是我知道他在得意地笑。他走了之后，我发疯似的用整整两个暖水瓶的水来清洗自己。热水用完了，我就用冷水。可是无论我怎样洗，那令人作呕的味道就是洗不掉。

我无法面对涵，无法面对那个禽兽，我甚至无法面对自己。

你为什么要杀人？为什么要杀人？为什么，为什么？

我恨他，也恨自己。要是早一天去就好了，甚至早一点去都行，就能顺利地把戏服从水箱里拿走。可是现在，说什么都晚了。

……

2000年1月10日。小雪。

我每天期待的，就是他的目光。

我觉得我快撑不下去了。每次对那个禽兽曲意逢迎后，我都绝望得想大哭大叫。我觉得我和涵就像两条摆在砧板上的鱼。屠刀，就是那套要命的戏服。

不过有他在，我就踏实了许多。他虽然不跟我说话，可是他的眼神告诉我：坚持住，就要过去了。

那个计划，真的能成功么?

……

2000年1月15日。晴。

刚才我站在镜子前，问自己：你是谁?

如果一个月前有人问我：你会不会杀人？我肯定会害怕地跑掉。可是昨天，我做到了。

其实，人的生死，仅仅是一掌的差别。

计划很成功。

……

2000年1月19日。晴。

下午的时候，涵偷偷告诉我，公安局那边传来消息，所有的事情都被推到了唐德厚身上，案件撤销了。悬了多日的一颗心终于落了下来。

好日子，就要来了。

……

尾声

时间的彼岸

方木申请了半年病休。

每天读书，发呆，做简单的运动。

想念那些人。情愿或者不情愿。

伤势在慢慢好转。断骨重新复位。头发长出来，覆盖住头顶的疤痕。春天如约而至。

一切按部就班，周而复始。只有方木自己知道，不一样。

有种东西，从心底生长出来，渐渐进入每根血管、每个细胞，替换掉原有的一切。

无法阻止。方木常常半躺在床上，从日出看到日落，揣测明天的自己将会是什么样子。

开学后第二个月的某个下午，阳光很好。方木接到了老大的电话。

“二舍已经被拆掉了。”

“是么，为什么？”

“那还用说么？”

“……”

“你什么时候回学校来？”

“过段时间吧，我也不清楚。”

“只剩下我们四个了。”

“……”

“我们都挺想你的，有时间回来看看吧。”

“好。”

挂断电话，方木拿起拐杖，打电话叫了一辆出租车。

二舍已经变成了一堆断墙碎瓦。各种叫不出名字的建筑机械在尘土飞

扬的工地上忙碌着。很多人都好奇地打量着这个拄着双拐、面色苍白的男孩。

方木挑了一块石头坐下，眯起眼睛看着这个曾经发生了太多事情的宿舍楼。

有人在走廊里大声地骂着脏话。

有人趁其他人洗脸的时候，在对方裆里猛抓一把。

有人在楼道里响亮地唱着跑调的情歌。

也有人，被杀死在这座楼里。

一切都被埋葬了。好的坏的，悲的喜的，都消失在这一堆瓦砾之下。

是不是唯有如此，方可遗忘?

不远处，有某件东西在闪闪发亮。

方木费力地挪过去，蹲下身子，翻开一大块水泥。

那是一把烟迹斑驳的大号军刀，塑料刀柄已经被火熔掉了一部分。

看到这把刀，方木立刻回忆起被它顶在脖子上的尖锐痛感。

其实，你跟我是一样的。

方木把刀捡起来，合拢，揣进自己怀里。

他拄起双拐，转身离开工地。

回到二舍对面的马路上，方木慢慢地走着。几个热心的学生过来搀扶他，都被他冰冷的目光逐一逼退。他并非逞强，只是想一个人待着。

然而，方木很快就感到力不从心。脚踝开始隐隐作痛，双臂酸软，腋窝也许已经被拐杖磨破了。

在一个路口，方木犹豫了片刻，转了进去。

这条叫静湖的校园人工湖已经解冻，湖面上飘荡着轻纱般的水汽。偶尔会看到小鱼从湖底游上来，掀起几朵水花就不见了。

方木在湖边坐下，看着波光粼粼的湖水，身上有微微的暖意。不时有学生从他身边经过。他们大声谈笑着，脚步匆匆。偶尔有人留意到湖边这个奇怪的男孩，也只是在随意的一瞥之后，即刻离开。

方木感到有点疲惫。他抬起头，漫无目的地向远方张望。湖的对岸是一排柳树，已经泛出些许绿意。清风拂过，树枝轻柔地摇摆起来，远远望去，仿佛一个人在招手。

方木的眼睛渐渐迷离，他竭力想看清对面到底有什么。一大团水雾从湖中升起，在空中扩展、旋转、消散，对面摇摆的手也愈加模糊，最后竟分不清究竟在眼前，还是在遥远的彼岸。